U0525512

Marguerite Duras

L'homme assis dans le couloir
L'homme atlantique
La maladie de la mort
La pute de la côte normande
Emily L.
La pluie d'été
Yann Andréa Steiner

Œuvres complètes

10

Marguerite
Duras

杜拉斯全集

扬

［法］

玛格丽特·杜拉斯

著

王道乾 马振骋 桂裕芳 王文融

译

上海译文出版社

目 录

坐在走廊里的男人

1

大西洋人

15

死亡的疾病

29

诺曼底海滨的娼妓

55

....

埃米莉·L

63

....

夏雨

173

....

扬·安德烈亚·斯泰奈

309

坐在走廊里的男人

王道乾 译

那个男人坐在走廊阴影下，面对着向外打开的门。

他在看一个女人，她躺在离他有几米远的石子路上。他们四周是花园，花园坐落在平原一处很陡的坡地上，还有不长树木连绵起伏的岗峦，还有田野，沿岸是一条大河。景物从眼前展开，一直到大河那边，由此再向远处延伸，直到地平线，那是一片朦胧无从确定的空间，一种永远迷濛空淼的无限，那很可能就是大海的那种无限。

那个女人先是在大河前斜坡坡脊上走动，后来来到她现在所在的那个地方，她在太阳光照之下，对着门廊，展卧在地上。她，她在这里看不见那个男人，她被盛夏炫目的阳光与房屋内部的暗影分隔开来了。

无法说清她眼睛是张开还是闭着。不妨说她是躺在那里休息。这时阳光十分强烈。她穿着一件浅色衣衫，浅颜色的绸衣，前身撕裂开来，可以看到她全身。在绸衣下面，身体是赤裸着的。衣衫也许穿旧褪色成了白色的了。

她也许经常是这样。有时也许并不是这样，自有她不同的做法。永远变化不一。依我看，她就是这样的。

她大概什么也没有说，什么也没有看。面对坐在走廊阴影下那个男人，她是被囚闭在她的眼睑里面了。她透过眼睑天空光影恍惚可见。她知道他在注目看她，他把一切都看在眼中。她知道他眼睛闭着，我也知道，我也正在看。这是确定不移的事实。

我见她显然漫不经心把双腿半屈，我看见她两腿用力并拢，着力而且困难地愈来愈猛烈地动着。看她把腿夹得那么紧，她身体都扭曲变形了，她平时的体形逐渐消失看不出了。接着，我看到那种努力猛然停下来，用力一停，所有的动作随即停止。身体于是恢复到挺直舒展的确定形态。头俯在手臂上，她就在这种睡眠的姿态中一动不动。那个男人，向着这个女人，无声无息，沉默着。

在他们前面，是临河之上宁谧不变的层峦叠嶂。天上白云涌来，向前飘动，以一种整齐合度的缓慢速度相继流去。流云沿大河入海口方向向迷离不定的广袤处飘走。淡淡云影，在田野上，在河上，轻轻掠过。

平台上房屋那边，没有任何声息传来。

她一定开始动了。动得缓慢，缓缓地拖延着。那一对蓝眼睛在暗黑的走廊下在吸取外面的强光，她知道，那眼光正紧缠着她回旋不去。这时我见她把她的腿抬起来，从她的身体伸出叉开。她分开两腿一如两腿闭拢，都是出于一种有意而为之而且是很费力的动作，动作是那样强烈，以致她的身体与在此之前做出的动作正好相反，从长度上把身形截断变形甚至出现某种可能形成的丑态。她就像这样对着他自行展开保持不动。头一直是从身上扭过去，垂落在一侧手臂上。以后，她就停留在这种猥亵、兽性的姿势之中。她变得丑了，她变成她原本应有的那种丑。她是丑的。今天她就像这样保持在丑的状态下。

我看见两腿张开其中深陷部位，我见整个肉体就在它四周凝止不动，燃烧更加猛烈。我没有看清楚她的脸。我看见有一种难以辨明的美在她面容四周浮动，不过我不能让这种美熔铸在面容上使它成为独特的面貌。我只能看到侧转来的椭圆脸形，线条纯净而且富于张力，绷得紧紧的。我相信那两个紧闭的眼睛一定是绿色的。我收住我的视线。即使我长久睇视那两个眼睛，它们也不会把整个面貌呈示于我。那面貌仍然是未可知的。我看那身体。我强行逼近去看那躯体整体。胴体上汗流如渖，呈现在阳光一片可怕的白色之中。

男人在等待着。

随后，她进入那样一种境界。太阳的力量是这般强烈，为能经受得住，她在叫喊，她在呻唤。她咬她衣袖撕破的那个地方，嘶叫着。她在叫一个名字。叫他来。

我们，她和我，都听到他一步一步走来。他是在动，他从走廊下走出来。我看见他了，我告诉她说他来了。我说他在走着，我说他从走廊那里走过来了。我说，他的动作开始是欲行又止，动作僵硬,好像不能走路似的,后来,是慢慢地走,非常滞缓,极其缓慢。我说他是来了。我说他已经走到那个地方了。我看到他的眼睛的那种蓝色,眼睛正在往她那里看,朝大河那边看。

他走到她前面停下来,他的影子投落在她的身形之上。她隔着眼睑一定看到光线暗下来,他形体高大直立在她上方,她正好被笼罩在他的身影之下。阳光炙晒,一时让她停止去咬她的衣衫,咬在衣衫上的嘴张开来。他来了。她的眼睛一直闭着没有睁开,她把身上的衣衫褪下,她的两臂顺着身体伸到髋骨弧线那里,她的张开的两腿也略有变动,倾身对准他,让他进一步看她,让他更好地看到她张开的器官张得更开看得更清楚,同时还让他看到她身上别的东西,从她体内流出的脏腑,就像是从嘴里一口吐出的呕吐物。

他在等着。她把她闭着眼睛的脸转过来正对着阴影,她也在等他。于是,由他开始,动作起来。

他先从嘴开始。一股体液喷溅在嘴唇上,张开的牙齿上,溅满在眼睛上、头发上,接着沿身体下移,流泻在乳房上,流出的水已经变缓。当他触及,他的力量再度重振,他碎裂瘫倒在他自身的灼热之中,他和他的震动混而为一,水沫淋漓,一泄如注。女人的眼睛半开着,视而无所见,又紧紧闭起来。绿绿的眼睛。

我对她讲,我告诉她那个男人做了什么。我还告诉她,她又是怎样。但愿她看见,这是我所期求的。

那个男人用他的脚推她的身体在石子路上滚动。脸朝着地。男人停了一停,等了一时,接着又开始,他以一种无法控制的粗暴狂野把那个肉体踢得滚来滚去。他又停了几秒钟,平一平气,再来。他把那个身体远远推开又拉回,拉回到他身边,充满着温情。那肉体绵软柔顺如水一般,也许可以说他存心要这么干,就像是迷狂中完全丧失知觉一样,他也在石子路上乱滚,滚到哪里停下来就停在哪里,就在他那种形态下停下不动了。

这一幕就这样戛然而止。

那个身体就像这样,披头散发,不成其形,离他远远地躺在那里。男人看着她,随后又挪近挨到她那里去。看来还想要她在地上滚滚爬爬,这时,他就把他的脚一下踩在她身上不动了。

大概他那赤着的脚踩在她身上靠近心脏那个地方,偶然踩到那个地方就那样踩住不动了。乳房上的肉是柔软的热热的,他就深深陷在那个地方。再也不动了。

他抬起头,看远处那条大河。阳光十分强烈,凝固不动。这个男人非常注意看当时呈现在他眼中的一切,虽然在看,可是视而不见。他说:

"我爱你。你。"

脚仍旧踩在身体上一动不动。

时间绵延在扩大,这种延绵将不确定的广袤性归之于统一。男人不感到有什么恐惧。他始终审视着现时展现在他眼目中的一切,光的闪烁炫目,空气的震颤,尽管是视而不见。

她的身体踩在他的脚下，竭尽全力注意着事态发生。她的嘴死咬着她臂上的那件绸衫，没有其他动作，她在感受事态的进展，感受着脚踩在心上的压力。两个眼睛一定是在依稀可辨的绿色上紧紧闭起。赤脚踩在身上，脚底沾满沼泽的污泥，有水的颤动，喑哑无声、远远的、连绵不断的颤动。那形体已不成形，绵软，像是碎裂了，僵滞萎缩了，十分可怕。脚还是踩在身上。还在往下踩，已经踩到骨骼上，还在踩。

她叫出声来。一声叫喊他已经听到。过了一段时间，他听到那叫声不停，又听到叫声渐渐减弱。他相信时间来得及可以让他作出抉择，这时，他的脚犹豫着，因此脚才沉重地从踩着的身体上提起，在一声嘶叫声中从心脏那个地方移开来。

回到走廊阴影下他一下坐倒在扶手椅上。

那女人，把双腿分开，又慢慢垂落下来，疲惫至极。她转身躺正，还在叫着，久久地缓缓地抽搐着，挣扎着。她在哀诉，她在哭，她还在呼救，叫人来，随后，突然，不动了，不出声了。

阳光正好照射在他的腰那里。我能看见他坐在走廊里的身形，那是在阴影下面，几乎看不出什么色彩。他的头倒在坐椅的靠背上。我看他已经被爱情和欲望弄得筋疲力尽，异常苍白，体表处处都可以看到他的心脏不停地在跳。我看见他在颤抖。我看到他所看不见的一切，此情此景，在走廊前面还有人在推测，也看得清清楚楚。在大河前方,在那永远有薄雾弥漫的淡紫色的一望无际之处,应该就是大海的广袤幅面,在那一切的前方,山岭起伏,竟是那么美。一片裸露的平原,雨水导向的方向,应该就是大海的方向。可是这种爱情竟是这般猛烈。我知道,我知道这种无比强烈的爱欲。大海就是我所看不见的那一切。我知道那是超出于那个男人和女人能见的领域之外的。

石子路上那个游魂,他一定看见她正向他这边走过来。

她在走进走廊森森阴影之前,倚在门框上靠了一靠。她在看他。她在来到他面前之前他那时正在她面前闭着眼睛。他两只手扶在坐椅扶手上一动不动。他原来穿着,现在还穿着一条蓝帆布长裤,裤子已经打开,它就从那里露出在外。它的形状又大又粗野,像他的心脏一样。和他的心脏一样,也在跳动。形状属于原始时代,还不曾从远古时期岩石、苔藓分化出来,植在这男人的身上,总叫他围绕着它挣扎不已。因为它,他总是哭、叫。

我听见那女人和男人谈话。
"我爱你。"
我听见他回答她说他知道:
"是。"

我看见女人在动,她要迈出三步越过她从他那里分隔开的一段距离。我还见他动了一动存心逃避开去，后来又坐倒在椅子上。除去这一些具体事实，我后来就什么也看不见了。

她走到他身前，跪在他两腿之间，看它，而且仅仅是看它，在暗影里，这一次是她在他身上动起来。她小心翼翼地把它拿出来完全裸露于外。把衣服分开。让深隐在内的部分伸出来。又略略后退，让它裸露在光线下面。

我看见那个男人低头，看她，看这个女人的同时也看自身的呈示。它始终是按心脏悸动惊跳的节奏躁动冲撞着。它上面细腻的包皮上布满暗暗的血管网络。它充满着快感欢快，那畅快欢乐涨溢至极难以自持，竟变得这样狭小局促以至手也迟疑不敢去拿它。

男人和女人一同在看它。可是他们对它没有什么举动，他们就听任它那样。

在他们之外，我看见远处一片没有生长树木的地带，那是北方。大海应是何等平静何等温暖。那是无色之水那样一种明快的温暖。在山峦起伏之上不见有一丝云影，但是那缥缈云雾永在。这是一处永远从自身消逝的土地，不让人看见它，可是又让人有所见，看见的只是一种震撼，永无宁息的颤动，震颤无休无止，永不停息。

她慢慢往前移动，她张开她的口唇，她一口把那柔软细滑的前端完整地吞进嘴里。她把嘴唇紧紧裹在包着头部的皱褶那个地方。她嘴里塞得满满的。多么温柔甘美，她眼目充满了泪水。我看任什么也比不过这种奇妙的力量，除非禁止去触动。禁止。她不可能再往下吞，只能在齿间用口舌抚弄。这是我亲眼所见：一般只许心里去想，而她竟可以将这粗野的大大的东西含在嘴里作弄。她在精神上吞进去，借以滋养自己，在精神上获得满足。既然罪恶已经吞在口中，只好拖带它把它引向狂喜之境，牙齿已经在准备着。她用手来帮助，来去抽动。至此她好像不知该怎么办才好。男人在喊叫。用手抓起女人的头发，把她从这样的动作中推开去，但是力有所不及，她不情愿放开。

男人。身体上长着那个脑袋，是被弃置不要了，他嫉妒，怒不可遏，在呻吟号叫。他在怨诉，叫着拿出来，收回来，他哭叫数说这种不幸的倒行逆施，竟要他享受这种好事。她，对于女人来说，她不管。她把舌头对准另一种女性的特征伸入其中，让它到下面来，又耐心地缓缓把舌头抬上去，直到嘴里含着溢出物，拖住它不停地动着又吮又吸，几乎把它吞咽下去。他再不能怎么了。眼睛闭起。就他一个人。他一动不动，呻吟着。

他在上面喊叫，哭叫声愈益尖厉，起初哭叫声几乎和小孩一样，继后变得深沉，变得那么痛苦，以至女人不得不把捕获物放开。她松开来，往后退，把两条腿拉近她，把腿分开，又看，又嗅，嗅那潮湿的热热的气味。她拖延着，随即把脸伸到他也不知是他身上什么地方，不停地嗅着那种腥臭气味。

我见他，她要怎么就怎么，还和她一起看。他看她怎么做，他准备尽其所能满足她的欲望。这个贪婪的女人，他对她百依百顺，就这么一个男人。现在它就像心脏跳动那样在这女人一头乱发之中跳动不止。

他多情地喊叫着，对那种不可忍受的幸福怨叹悲诉。

天空从开着的门框中间缓缓移动。天宇整体都在向前推动，可以说，按地球的缓慢速度在移动。密密层层白云，都有固定不变的形状，往广阔无垠之处那个方向飘移。

她的嘴张开，眼睛闭紧，蜷缩在男人身体形成像洞穴那样的凹洞里，她又从那里抽身退出，身体分离开来，成了独自一人，处在男人身体的暗影之中。她不知道她在做什么，也不知道在说什么，只是相信还有可能再变换其他样式去做什么。她在亲吻。有气味的地方她就去吻，去舐。她给那东西起了名字，咒骂，喊话，要求帮帮她。接下去，沉默了，亢奋若狂，拼出全力肆意挑动，直到男人伸手把她推开，掼倒在地。他转身过来，趴在她身上长时间进入体内，留在里面不动，她在哭叫。

他们刚才得到欢快满足。他们分开来。躺在地上，有很长时间，他们谁也不去碰谁。地上石板清新凉爽，足以止渴。她断断续续哭个不停。像小孩那样哭着。

他慢慢往她这边移身，他一条腿把她紧搂在他身上。他们就这样躺在那里休息。他对她说他不想再爱她了。她没有回答。他对她说，迟早有一天，他会杀死她。

除了他们不成形的身体那种混乱放荡以及在那里僵卧以外，什么事也没有发生，只有他不停地对她说那些话。而且也是没有个终结的。

他们躺在走廊下像是已经睡去，这时欲望又缓缓再起，另有一些事在酝酿中。从隐约可见的一些动作可以看出，他们正在互相接近。皮肤，汗水接触在一起，还有脸，她的嘴，他又找到了她的嘴。他们就这样躺在那里，相互触摩，在等待。她说她真想叫他打她，她对着他的脸说，她要他打，打吧。他打了，他那么做了，他坐在她身边，他看着她。她说：打，使劲地打，就像刚才心在猛跳那样一下一下打。她说她真想死。

就这样，开着的方方的门框上都被那个坐着的男人的身形占满了，男人在动手打。

雾气从那不可限定的广袤空间飘移到来，在遥远雨季季候风转换期中，一种紫色已经在另一些地点、另一些河流正处在遇合的途中。

那个男人把手举起，打下来，打她的脸。开始是轻轻的，继后一下一下打下去。

手打她的嘴唇，接着越打越重，还对着牙齿抽打。她说打对了，就这样打。她抬起她的脸，让手打上去打得更厉害，她让脸更加松弛舒展，让他手打上去打得满意，她让脸显得更富有质感。

十分钟后，他们把自己的身体位置摆得准确平行。他渐渐打得愈来愈重了。

手转向下部打下去，打在乳房上，打在身体上。她说，对，好，就这样打，对。她眼睛在流泪。手在打，抽，每一下都打得很准，渐渐成为一种机械式的速度。

他脸上没有表情，麻木了，他再也扛不住了，人已经散架了，他有意要脖颈动一动，那已经成为死去的什么东西了。

我见那肉体只顾让它打去，已经是舍弃不要的了，谈不上什么痛苦。我见男人只是咒骂，打。紧接着猛地发出一阵惊叫，恐惧。

再接下来，我见这两个人完全沉陷在寂静之中。

我看到那种紫色在移动，弥漫在大河入海口那个地方，天空暗下来，天宇向着广阔无垠的空间在运行中停止不动了。我看到另一些人在张望，还有另一些女人，我看到另一些现在已经死去的女人曾经注意看夏季季候风形成和分解，就在那些岸边有暗暗水田的大河前面，就在那广阔深邃的河口的对面。我看到夏季风暴从那种紫色光芒处涌来。

我看见那个男人睡在女人身上哭。那个女人我看不见她，只见她在那里一动不动。我不认识她，我什么也不知道，我不知道她是不是睡着了。

大西洋人

马振骋 译

你不要看镜头。除非人家要求你看。

你会忘记的。
你会忘记的。

这是你，你会忘记的。
我相信走到这一步是可能的。
你也会忘记这是摄影镜头。但是你更会忘记这是你。你。
是的，我相信走到这一步是可能的，比如说，从其他各种情况引起的，尤其是死亡这个情况，你的死亡，消失在布下天罗地网而又无名状的死亡中。

你要瞧着你看到的东西。但是你要绝对瞧着它。你要试图盯着看，直至你的目光望不到，直至你的眼睛失去光明，然而你透过失明还是应该试图盯着看。直至最后。

你问我：瞧什么？

我说，嗯，我说海，是的，在你前面的这个词，海前面的这些墙，这些逐一消失的景物，这条狗，这个海滨，在大西洋海风下的那只飞鸟。

你听着。我还相信你若不瞧呈现在面前的东西，这些东西也会在银幕上看见的。银幕然后再清除。

那时候你正在那里看到的东西：大海、玻璃窗、墙、窗子后面的海、墙上的窗子，你将永远不会去看，不会去瞧。

你将想到这些即将过去的东西不会复现，它是启幕式的，就像你自己的人生那样，人生过程的每一秒钟本身就是启幕。在你周围人的数十亿次涌动中，你是唯一在我身边、在正在拍摄的影片的这个时刻，代替你自己的人。

你将想到是我选择了你。我。你。你在我身边每个时刻都是你自己的一切，不管你做什么，不管你离我的期待多远或多近。

你将想到你，但是也就像想到这堵墙、这片从来还不曾拍摄出来的海、还是第一次分离的这风与海鸥、这条野狗。

你将想到，在这个连续不断的数十亿次涌动中，每个粒子表面的相同中不存在神迹，神迹是存在于区分它们的不可还原的不同中；它区分人与狗、狗与电影、沙与海、上帝与这条狗或这只在风中搏击的海鸥、你眼睛中的液晶与沙子中伤人的液晶、海滩上独有的耀眼的晶莹与这家下榻的旅馆大堂中不可呼吸的浊气、每个词与每句话、每行字与每部书、每天与每个世纪与过去或未来的每个永恒、你与我。

当你走在人生道路上，必须相信你自己拥有不可剥夺的王位。

你要往前走。你就像你是一个人和你以为有人——或是上帝，或是我，或是沿着海边走的那条狗，或是在大西洋景色前孤零零面对海风的那只悲壮的海鸥——瞧着你那样走。

我要对你说的是：电影认为可以记载你此刻正在做的事。但是你，不论你从哪里来，还是在哪里，你与沙，或是风，或是海，或是墙，或是鸟，或是狗在一起，你要理会电影是不可能做到的。

你走过去。不管它。
你走你的。

你会看到，从你在大厅的柱子后沿着海边走动开始，从你直到那时都认为自己的身子移动是自然的那个时刻起，一切也都随之而来了。

你向右转,你沿着玻璃窗和海、玻璃窗后面的海、墙壁里的玻璃窗,还有海鸥和风和狗。

你这样做了。

你沿着海,你沿着这些被你的目光串联起来的东西。

这时候,海在你的左边。你会听到涛声与风声交织一起。海从远处滚滚而来,朝着你,朝着岸边的丘陵。

你与海,对我是合而为一的,是唯一的目标,是我在这件历险中担任的角色的目标。我也是在瞧着海。你应该像我那样瞧着它,像我那样瞧着它,全神贯注,在你的位子上。

你走出了镜头的画面。

你不在了。

你走出画面,才突然有了你的不在,你的不在与刚才你的在都已经拍了下来。

你的生活已远去了。

只是留下了你的不在，不在从今以后是没有任何厚度的，没有任何可能性给自己闯出一条道路，因欲望而屈从它。

确切地说你已哪儿都不在了。
你不再受宠了。

那里再也没有你的什么，除了这种飘移不定的不在，它充斥着银幕，它独自——为什么不能这样说呢——布满了美国西部大平原，或者这家已改做它用的旅馆，或者这片沙滩。

什么都不会再来，除了这个淹没在遗憾中的不在，它甚至再也没有痕迹，令人为之流泪。
你不要因这些眼泪、因这个伤心事而满腔悲情。

不。

继续去遗忘、去忽视这一切的形成与你自己的形成。

昨天晚上，在你一去不复返之后，我走进了底楼那间朝向花园的客厅，就是那个悲哀的六月里我一直待着的地方——那一个月开启了冬季。

我打扫了屋子，把一切都抹了一遍，仿佛接着要举行我的葬礼。一切都不带有生命的痕迹，删除和清空了记号；然后我对自己说：我要开始写作，治愈我，不再听信一场行将结束的爱情的谎言。我洗涤了我的用品，四样东西，一切都干干净净，我的身子、我的头发、我的衣服和包这一切的东西，身体和衣服，这些房间，这幢房子，这座花园。

然后，我开始写作。

为我的死亡一切准备妥当，我开始写那个我恰好知道你不可能预知理由、窥测其形成的这件事。事情就是这样过去的。我总是针对的是你的不懂。若不是这样，你看，就没有必要了。

但是你这种不可能一下子对我无关紧要，我由着你不可能，我毫不强制，我让你不可能，我的祝愿是你把这个不可能带着吧，你带着它跟你一起吧，你把它融合在你的睡眠中，融合在人家告诉你所谓幸福的破碎的梦境中吧——对此我理解为情人幸福默契的败坏。

然后,那个日子又如平时那么回来了,泪眼模糊,完全可以写成剧本。于是剧本又一次提了出来。

我没有去死,而是走上了花园里的这座露台,我毫不动情地高声说出那天的日子,一九八一年六月十五日星期一,那天你在酷热中永远离开了,我也相信这次确是永远不复返了。

我相信我对你的离去没有难过。一切都像平时一样,树木、玫瑰、平台上旋转的房屋影子、钟点与日子,和你,虽则你是不在了。我那时不相信你应该回来。有几只斑鸠飞在屋顶上绕着花园转,鸣叫着要别的斑鸠过来。然后是晚上七点钟。

我心想我是会爱你的。我那时相信你对我来说已是一个游移不定的回忆。但是不,我错了,骋目四望还有这一片沙滩,就像在那里,平躺在温暖的沙子上,目光集中在死亡。

这时我心想为什么不呢。为什么不拍一部影片。写书今后可能太那个了。为什么不是一部影片。

后来太阳升起。一只鸟沿着房屋的墙头穿过平台。它以为房子是空的,飞得那么近,碰上了一朵玫瑰,一朵我称为"凡尔赛"的玫瑰。这个突如其来的行动,是花园天光下的唯一的行动。我听到鸟在飞翔中羽毛碰上玫瑰的摩擦声。我瞧玫瑰。它起初像有了生命那么颤动，然后又徐徐变回成了一朵普通的玫瑰。

你一直处于远离的状态，我则拍了一部说你不在的影片。

你接下来又经过镜头面前。这次你要瞧着镜头。

你瞧着镜头。

镜头现在就要拍到你重新出现在那块与反映摄影机的镜子平行的镜子里。

你不要动。等着。不要惊奇。我要跟你说的是这个：你将重新出现在画面里。不，我不会预先关照你的。是的，这就要再开始了。

你身后已经有一段历史、一个场景。
你已经老了。

你已经处于危险境地。你现在遭遇的最大危险是你像你自己，像一小时前拍的场景里的那个人。

还是要忘记。

忘记得再多一点。

你接着瞧放映厅里的所有观众,一个接一个,各人看各人的。

你要记住这个: 放映厅本身来说就是一个完整的世界,跟你一样,你本身也是一个完整的世界。永远不要忘记。

不要怕。

没有人,除了你世界上没有人能够做出你现在接着要做的事:今天被我一个人命令,在上帝面前,在这里走上两次。

不要去弄明白这个拍电影现象——这是生命。

这次,你要亲眼看到自己死去。

你瞧着镜头,就像你瞧着海,就像你瞧着海和玻璃窗和狗和风中悲哀的鸟和对着波涛如钢似的沙。

旅行到达终点,则由摄影机取舍你瞧过的东西。你瞧。摄影机是不会撒谎的。但是你瞧着它,当它是个由你指定的、一直以来期望得到的一件爱物,仿佛你下定决心与它面对面,把它带入一场生与死的斗争中。

你要做得好像你此刻已经明白,当你目光盯着它看时,是它——摄影机——首先愿意把你杀了。

你瞧你的四周。一望无际的是这些凝结的景物、战争与玩乐黏合的水泥山谷,这些拍片用的山谷,它们对瞧着,它们面对面。

你转过身去。
过去。
忘了吧。
远离这个细节——电影。

片子就保持这样了。收镜了。你这人既隐蔽,也显露。只是通过影片、超越影片是显露的,至于要了解你的一切、要了解大家可以对你的一切了解,则是隐蔽的。

当我不再爱你时,我也不再爱什么、爱什么,除了你还是爱的。

这天晚上下雨。房屋四周,还有海面上都在下雨。影片就保持这样了,照这个样子。我不再有画面要给它拍了。我不再知道我们在哪里,到了什么样的爱情结局,有其他什么样的爱情的什么样开局,在什么样的故事中我们迷路了。我所知道的只是这部影片。只有这部影片我是知道的,我知道没有一个画面、再也没有哪个画面可以把影片延续。

白天天没有白,树梢、田野或山谷也没有吹起一丝风。大家不知道这是在夏天,还是到了夏末,还是进入一个让人上当、变易不定、可憎的、说不出名堂的季节。

我不像第一天那么爱你了。我不再爱你了。

在你的视线四周,依然是视线围绕的这些景物,在睡眠中鼓动你的这个存在。
依然是袭上心头的这份激情,不知道用这个、用我对你的视线的认识,用你的视线探索的大地来做什么;不知道写下来是为什么,说出来是为什么,指出它们的原始的无意义是为什么。对于那个我只知道这个: 我已无事可做,除了在那边某个人身上去感受激情——某个人他不知道他活着,而我知道他活着,
  某个人他不知道生活着,我对你说,而我知道他在生活,
  而不知道拿这个、拿我对他生活的生活的认识做什么用,
  我同样不知道拿自己做什么用。

有人说盛夏开始,这是可能的。我不知道。不知道玫瑰已经在

花园深处盛开。不知道玫瑰有时在整个花期没有人看见，它们就这样花香四溢，过不了几天然后凋谢了。这个孤独的女人忘了，就从来没有见到。我也从来没有见到，它们就死了。

  我处于生死之间的爱情中。我不用认识你的感情就发现了你的品质，恰是这个令我喜欢。我相信我仅是关心生命不要离你而去，不是其他别的，生命如何展现在我是无所谓的，它不能教我对你有所了解，它只能使死亡更接近我，更容易接受，是的，更期盼。你就是这样在温情中，在一种恒久的、无辜的和不可窥测的挑衅中面对着我。
  你对此并不知道。

死亡的疾病

马振骋 译

你们应该是不会认识她的，虽然同时在什么地方都见到她，在旅馆中，在马路上，在列车里，在酒吧里，在书里，在电影里，在你们自己身上，在你们，在你，在夜里你的阴茎不经意勃起时，它在叫往哪儿去放，往哪儿去挥洒里面溢满的泪水。

你可能已经付过她钱。

你会说：每夜都要来，来上好几天。

她会长久瞧着你，然后她会说这样的话：价格要贵一点。

然后她问：你要什么呢？

你说你要试验、尝试这件事，尝试去认识这件事，习惯这件事，习惯这个身体、这对乳房、这个香味、这个娇丽、这个身体所代表生儿育女的这种危险、这个既无凹凸肌肉也无力量的无毛形体、这张脸、这身裸露的皮肤、这层皮肤与皮肤所包含的生命之间的这种巧合。

你对她说你愿意试验，可能试验好几天。

可能好几个星期。

甚至可能整个一生。

她问：试验什么？

你说：试验爱。

她问：为什么还要呢？

你说为了睡在平静的阴户上，那是你不认识的地方。

你说你愿意在世界上的这个地方试验，挥洒泪水。

她微笑，她问：我也是你要的吗？

你说：是的。我还不认识，我要进去。跟我习惯做的同样猛。有人说这还不通畅，这是一种丝绒，比空洞还不通畅。

她说她没有看法，她不可能知道。

她问：还有什么其他条件？

你说她应该像她祖上的妇女那样不说话，完全屈从于你、于你的意愿，对你百依百顺，像收割以后躺在谷仓里的农妇，那时折断了腰，睡眠中让男人上来——这样是为了你能够徐徐习惯于这个与你的人形相叠合的人形，它将听任你的摆布，犹如修女献身于上帝一样——这个也是为了徐徐地随着天色渐亮，你对不知道置身于哪里或向哪个空洞去爱不那么害怕。

她瞧着你。然后她不再瞧你，向别处看。然后她回答。

她说这样的话那就更贵了。她报个价。

你接受了。

她每天会来的。她每天来了。

第一天她剥得一丝不挂,直躺在床上你给她指定的位置。

你望着她入睡。她没有开口。她睡着了。你整夜望着她。

入夜以后她会来的。入夜以后她来了。

你整夜望着她。你两个夜里都望着她。

那两个夜里她几乎不说话。

然后一个晚上她做了那事。她说话了。

她问你她是否有助于你的身体较不孤单。你说你不是很明白指你的情况时这个词是什么意思。还说你实在是混淆了"相信自己孤单"与相反"变得孤单"的区别,你又加了一句:像跟你一起一样。

后来又一次半夜里,她问:现在是一年中的什么季节?

你说:冬天没到,还在秋天。

她也问:听到的是什么声音?

你说:海声。

她问:海在哪里?

你说:那里,房间的墙壁后面。

她又睡着了。

年轻，她还是年轻的。在她的衣服上，在她的头发上，有一股气味滞留不去，你思忖是什么气味，你最后凭你鉴赏的知识给它一个名称。你会说：一种天芥菜和枸橼树的气味。她回答：随你怎么说。

另一个晚上，你做了这事，像预料的那样，你睡觉，脸搁在叉开的双腿上部，挨着她的阴户，她放开之处已见肉体的湿润。她由着你怎么做。

有一天晚上，心不在焉之间，你给了她快感，她叫喊起来。
你对她说不要叫。她说她以后不再叫了。
她不再叫了。
从此再也没有一个女人为你而叫了。

或许你从她那里获得了一种你从未有过的乐趣，我不知道。我还不知道你是不是通过她的呼吸，通过她的嘴传到外面空气之间来来回回的这种非常轻柔的喘息，察觉她享受快感的隐约与遥远的呻吟。这个我不相信。
她睁开眼睛，她说：多么幸福。
你把手放到她的嘴上，要她别说话，你对她说这类事人家是不说的。
她闭上眼睛。

她说她今后这事再也不说了。

她问他们是不是谈这个。你说不谈的。

她问他们谈什么。你说他们其他一切都谈，他们谈一切，就是不谈这个。

她笑了，她又睡着了。

有时候，你在房间里绕着床或沿着靠海的墙壁走。

有时候，你哭泣。

有时候，你在清晨的寒气中走到露台上。

你不知道睡在床上的那个女人在睡眠中有什么内容。

你愿意以这个身体为起点，你愿意回到其他人的身体里，你的身体里，回到你自己，同时你又为了必须这样做而哭泣。

她在房间里睡觉。她睡觉。你不叫醒她。她的睡眠在蔓延的同时，房间里的不幸在增长。有一次，你睡在床脚下的地板上。

她总是睡得很平稳。睡得那么好时还会微笑。她只有当你抚摸她的身体、乳房、眼睛时才会醒来。她才会无缘无故醒来，此外就是问你这是风声还是涨潮声。

她醒来。她瞧着你。她说：你的病愈来愈重，病到你的眼睛、你的声音。

你问：什么病？

她说她还不知道怎么说。

一夜又一夜，你深入到她的阴暗处，你几乎不知道便走了这条盲道。有时你留在那里，你睡在那里，在她深处，整夜随时待命，趁着她一方或者你一方有一个不由自主的动作，可以让你欲望又起，再占有她一次，再把她抱个满怀，再泪水模糊地快快活活享受。

她不论同意或不同意，总是随时待命的。恰是在这件明确的事情上，你永远也不会知道什么。你目前所知道的一切明显的表面事实，她要比这些更为神秘。

你永远也不会知道——不论是你还是谁永远不知道——她是怎么看和怎么想这个世界、你、你的身体、你的精神和她说你已染上的这个疾病。她自己也不知道。她不知道跟你说这件事，你也没法从她那里知道是什么。

你永远不会知道——不论是你还是谁——她是怎么想你和这件事的。不论有多少个世纪把你们的存在埋没在遗忘中，没有人会知道这个的。她，她不知道自己知道这件事。

因为你对她一无所知，你也就说她对你一无所知。你是这样认定了。

她可以是个身材修长的人。亭亭玉立,妖娆柔软,像由上帝亲手一次浇铸而成,个性突出,不可磨灭的完美。

实际上她是无人可以比拟的。

身上毫无防御,从头到脚细嫩丝滑。它诱人紧抱、强暴、虐待、侮辱、恨恨地叫喊、全身的与致死的热情一发不可收拾。

你瞧她。

她非常苗条,偏于瘦弱,她的两腿有一种美,不参与身材之美的一部分。她的两腿与身材的其余部分不是浑然一体。

你对她说:你实在是非常漂亮。

她说:我在这里,你瞧吧,我在你面前。

你说:我什么都没看见。

她说:试着看看,这包括在你付的价钱里面的。

你握住身体,观看身上各个不同部位,把身子转过来,又转过去,你瞧着它,还是瞧着它。

你放弃了。

你放弃了。你停止去碰这个身体。

在那夜以前,你一直不明白一个人怎么可以不理会眼睛看到的东西、手接触的东西、身子接触的东西。你发现了这个无知。

你说:我什么都没看见。

她没有回答。

她在睡觉。

你把她叫醒。你问她是不是妓女。她表示不是。
你问她为什么接受渡夜资的合同。
她回答说,声音还是睡意蒙眬,几乎听不清楚:因为自从你跟我说话那时起,我看出你得上了死亡的疾病。最初几天,我不知道把这个病叫什么。后来我就能够叫了。
你让她把那几个字重复说一遍。她做了,她重复那几个字:死亡的疾病。
你问她怎么知道的。她说她知道。她说有人不知道自己怎么知道就知道了。
你问她:死亡的疾病在哪一点上致人死命呢?她回答:在这一点上,得了病的人不知道自己携带这种病、携带死亡。还有,他在死于此病之前还不知道自己会死于非命,就这样丢掉了性命。

两只眼睛一直闭着。可以说她在休息,要消除一种自古以来的疲劳。当她睡时,你忘了她的眼睛颜色,还有你在第一个晚上给她取的名字。然后你发现绝不是眼睛的颜色。将一直是她与你之间不可逾越的边界。不,不是颜色,你知道这个颜色将会徘徊在绿与灰之间,不,不是颜色,不是,而是目光。
目光。

你发现她瞧着你。

你叫。她转身对着墙壁。

她说：马上就结束了，不要害怕。

你用一条胳膊抱起她贴着你，她是那么轻。你瞧着。

奇怪的是乳房是棕色的，它们的乳晕几乎是黑的。你吃它们，你吸它们，身上没有一处搐动，她让着做，她让着。可能到了一定的时刻你还会叫。另一次你要她开口说一个词，只是一个，说出你的名字那个词，你给她说了这个词、这个名字。她不回答，于是你又叫了。那时候她微微一笑。那时候你知道她是个活人。

笑容消失了。她没有说出那个名字。

你还在瞧。她的脸上出现了睡意，全无表情，像手那么沉睡。但是精神总是浮现在肉体的表面，遍布在整个身躯，以至于这个身躯各部分单独就是全身的佐证，手与眼睛如此，肚脐与面孔如此，乳房与阴穴如此，腿脚与手臂如此，呼吸、心、太阳穴，太阳穴与时间无不如此。

你在露台上转身面朝黑色大海。

你内心在呜咽，你不知道是为了什么。它们压在身内与落出体外都一样。它们不可能触动你而被你哭泣。面对着黑色大海，身靠着她睡觉房间的墙头，你哭起自己来，所作所为就像个陌生人。

你回房间。她睡着。你不明白。她一丝不挂，睡在她在床上的位置。你不明白她怎么可能不知道你的泪液，她自我保护免受你的侵犯，她当时并不知道塞满了全世界。

你在她身边伸直身子躺下。始终对着你自己哭泣。

然后，已近天亮。然后房间里日色昏暗，颜色飘忽不定。然后你点灯要看看她。要看看她。要看看你从未见过的东西、插入的棍子，看看它塞进、抽出，表面上不像在做这个，不在睡意蒙眬看着它这样封闭在睡眠中。同样要看看她身上散布的雀斑，从头发边际到乳房隆起处，在这里乳房因其本身重量下垂，靠在胳膊的肘弯处；在闭着的眼皮上和半闭与苍白的嘴唇上都有。你对自己说：在夏日阳光照到的部位、在开放的部位，供人观赏。

她睡着。

你熄了灯。

天色差不多亮了。

总是快要黎明的时候。这时的钟点与苍穹同样辽阔。太辽阔了，时间再也找不到从哪儿穿过。时间再也穿不过。你心想她应该死了。你心想，如果现在夜里这个时间她死了，这样就好办了，你肯定愿意说：对你是如此，但是你没有把你的那句话说完啊。

你倾听刚开始的涨潮声。这个陌生女人躺在床上她占的那个位置,在白色床单的白色凹陷里。这种白色使她的形体更暗更明显,这显然是被生命突然抛弃的动物所做不到的,死亡本身所做不到的。

你望着这个形体,你同时发现地狱般的威力、可憎的脆弱、软弱、无比软弱的不可战胜的力量。

你离开房间,你回到面对大海、远离她的气味的露台上。

天下起了毛毛雨,大海在苍白失色的天空下更乌了。你听到海声。黑水继续上涨,正在接近。它在涌动。它不停地涌动。几条长长的白色浪峰横穿海面,一条长浪跌落溅起白涛的喧嚣。黑水磅礴有力。夜里,远处经常刮起暴风雨。你长时间瞧着不走。

你忽然想到黑水在代替某样东西、代替你、代替床上的这个昏暗的形体在涌动。

你把你的那句话说完了。你对自己说,如果现在夜里这个时间她死了,这对你来说更容易让她从地球表面上消失,把她扔在黑色海水里;还说把这个重量的尸体扔到涨潮的海里需要几分钟,才可让床上天芥菜和枸橼树的臭味消除掉。

你还是回到房间里。她在那里,沉睡不醒,跌入自己的黑暗中,保持了自己的气派。

你发现她是这么一个人,只要她有这个欲望——据说——她的身体随时可以停止生存,向四周散发,在你眼前消失;她睡觉时,她展示自己供你观看时,就陷在这个威胁中。在海那么近,那么空旷,还那么黑时,当她睡觉时,她遭遇的是这个危险。

她的身体四周是房间。这可以是你个人的房间。被她——一个女人——住着。你认不出自己的房间了。它失去了生命,它没有了你,它没有了你的同类。唯一占着它的是床上这个陌生女人的娇柔修长的身子。

她扭动身子,睁开眼睛。她问:付了钱的还有几夜?你说:三夜。
她问:你从来没有爱过女人吗?你说没有,从来没有。
她问:你从来没有想要过女人吗?你说没有,从来没有。
她问:一次也没有?一刻也没有?你说没有,从来没有。
她说:从来没有?从来没有?你也同样说:从来没有。
她微笑,她说:做个死人真奇怪。
她又开口说:瞧一个女人,你从来没有瞧过一个女人?你说没有,从来没有。
她问:那你瞧什么?你说:其余什么都瞧。
她伸一伸身子,不说话了。她微笑,又睡着了。

你回到房间里。她在床单的白色凹陷里没有动过一动。你瞧着这个你从来不曾接触过的女人,无论通过与她同类的人还是通过她本人从来没有。

你瞧着几世纪以来受人怀疑的人形。你放弃了。

你不再瞧。你再也不瞧什么。你闭上眼睛为了回到你的差异，回到你的死亡。

当你睁开眼睛，她在这里，一直在，她还是在这里。

你又朝这个陌生人的身体走去。它睡着。

你瞧着你的生命的疾病、死亡的疾病。你俯身对着她、俯身对着她熟睡的身体瞧。你瞧身体的各部位。你瞧面孔、乳房、模糊的私处。

你瞧心脏的位置。你感到不同的心跳，更遥远——有个词油然而生——更陌生。它跳得均匀，好像永远不应该停止似的。你让你的身体靠上她身体上的那个目标。它是温暖的，它是清新的。她始终活着。当她活着时诱使人家谋杀。你在思忖怎么杀死她，谁来杀死她。你什么都不爱，谁都不爱，即使你认为活生生的这个差别你也不爱。你只明白死人的体态优雅，你同类的体态优雅。突然，死人的体态优雅与此时在你眼前的体态优雅对你显露出来；后者的体态优雅具有最终的弱点，仿佛一挥手就可以把身上的这种权威摧毁。

你发现在这里，在她身体里酝酿死亡的疾病，展露在你面前的这个形体宣布了死亡的疾病。

从半张的嘴巴里有一口气呼出,吸回,呼出,又吸回。肉身这台机器走得出奇地准确。你一动不动俯身望着她。你知道你可以用你愿意的方式、最危险的方式支配她。你没有这样做。相反,你细心体贴地去抚摸这个身子,如同它正在遭遇幸福的危险。你的手放在她的私处两爿张开的玉瓣上,它抚摸的是这个部位。你瞧着,目光移到四周,移到全身。你什么都没看见。

你要把一个女人看个遍,能看多少就看多少。你没有看到这对你是不可能的。

你瞧着这个封闭的躯体。

你首先看到的是皮肤出现的细微颤动,仿佛受难那样的颤动。然后又是她的眼皮战栗,完全像要睁开眼睛看似的。然后又是嘴巴张开,好像嘴巴要说话。然后你看到在你的抚摸下那两爿玉瓣隆起,从它们的天鹅绒下流出黏液,如同血一般温热。那时你抚摸动作更快。你看到两腿敞开让你的手有灵活的余地,动得更加自在。

骤然之间,一声呻吟中,你看到她在享受快感,全身蠕动,从床上挺了起来。你密切注视你在她的身上完成的变化。然后你又看到这个身子跌在白色床单上一动不动。它在间隔时间愈来愈长的悸动中呼吸急促。然后眼睛闭得更紧了,然后眼睛跟面孔更加严丝合缝了。然后眼睛睁开了,然后又合上了。

它们合上了。

你瞧了全过程。最后轮到你合上眼睛了。你就这样长时间合上眼睛，像她一样。

你想到你的房间外面、城里的街道、车站那边隔开的这些小广场。想到这些彼此相似的冬日星期六。

然后，你听这个逐渐靠近的声音，你听海声。

你听海声。它与房间的墙壁挨得很近。通过窗子看到的总是这个苍白的光线、这个日光缓慢出现在天空，总是黑色海水、这个沉睡的躯体、房间里的陌生女人。

然后你做了起来。我说不出你为什么做了。我看到你不知不觉做了。你本来可以走出房间，离开这个躯体、这个沉睡的人形。但是不，你做了这事，好像表面上是另一个人在做，带着这种把你与她分离的完整差异。你做了这事，你回到了那个躯体。

你用你的躯体把这个躯体完全盖罩，你把这个躯体朝你这边拉，为了它不至于被你的力量压扁，为了免得杀了它，然后接着你做了那事，你朝着夜的住所走去，你淹没在里面。

你还是在这里逗留。你还是在哭泣。你以为知道了你自己不知道什么，你到达不了这个知识的终点。你以为你独自看到了世界不幸是什么样的、一个享有特权的命运是什么样的。你以为自己是正在发生的这个事件的国王,你以为它是存在的。

她睡着,嘴角含笑,真诱人把她杀了。

你还逗留在她的体内。

她睡眠时还是满怀着你。遍布这个躯体的颤抖、战栗、尖叫愈来愈明显。她在睡梦中也在享受充满了一个男人,一个你或是另一个男人,或是再另一个男人的幸福。

你哭了。

泪水把她弄醒了。她望着你。她望着房间。她回过来又望着你。她抚摸你的手。她问:你为什么哭?你说她问你为什么哭,其实知道为什么的还应该是她。

她一片温情低声说:因为你不爱。你回答说是啊。

她要求你把这话跟她说得明白些。你跟她说:我不爱。

她说:从来不爱?

你说:从来不爱。

她说:差点要把一位情人杀死,要他为你留下来,为你一个人留下来,把他占有,不顾任何法律、不顾任何道德约束要把他掳去,这样的欲望你没有,你从来没有过?

你说:从来没有。

她瞧着你,重复说了一句:死人真是怪得很。

她问你有没有看见过海,她问你太阳出来了吗,天亮了吗?

你说太阳在升起,但是每年这个季节天空亮得很慢。

她问你海水是什么颜色。

你说:黑的。

她回答说海水永远不会是黑的,你一定弄错了。

你问她是否相信人家会爱你。

她说不论什么情况下都是不可能的。你问她:是因为死亡?她说:是的,是因为对此兴趣索然,而你的感情毫无进展,是因为说海水是黑的这种谎言。

然后,她不说话了。

你怕她别又睡着了,你弄醒她,你对她说:说下去吧。她对你说:那么你对我提问题吧,我自己提不出来。你重新问她人家是不是会爱你。她还是说:不会。

她说,刚才那一会儿,当你从露台回来,第二次进房间时,你有过要杀死她的念头;这是她瞌睡时从你瞧她的目光中看出来的。她要求你说出为什么。

你对她说你不可能知道为什么,你还没有智慧了解自己的疾病。

她微笑,她说这是第一次,她在遇到你以前不知道死亡是可能自我生存的。

　　她通过她瞳孔里的绿色网膜瞧你。她说：你宣布了死亡的王朝。如果死亡是由外界强加的，大家不可能爱死亡。你以为是为了不爱而哭的。你是为了不强加死亡而哭的。

　　她已经进入睡眠。她用一种几乎没法懂的样子对你说：你将要在死亡中死去。你的死亡已经开始了。

　　你哭了。她对你说：不要哭，这没必要；把你对着自己哭泣的习惯改了，这没必要。

　　不知不觉地，还嫌昏暗的阳光照进了房间。

　　她睁开眼睛，又闭上眼睛。她说：付过钱的还剩两夜了，一切快要结束了。她微笑，她用手抚摸你的眼睛。她一边睡一边嘲笑。

　　你继续说话，独自在世界上，像你盼望的那样。你说爱情对你来说总显得不是地方，你一直没有弄明白，你一直避免去爱，你一直愿意自由自在不去爱，你说你这人完了。你说你不知道你是因为什么、在什么里面完的。

　　她不在听，她睡觉。

　　你说起一个孩子的故事。

　　阳光照到了窗户上。

她睁开眼睛，她说：不要再撒谎了。她说对于你对这个世界知道什么的方式她什么都不希望知道。她说：对于你抱着从死亡而来的确信，知道这种不可救药的单调的方式，她什么都不要知道——这份单调相当于你生活中的每一天、每一夜，还带着缺失爱的致死功能。

她说：白天来了，一切就要开始，除了你。你，你永远不会开始。

她又睡着了。你问她为什么睡，她休息要消除什么样——日积月累——的疲劳。她举起手，重新抚摸你的面孔，可能嘴。她还一边睡一边嘲笑。她说：当你提问题时你不可能懂。她说她这样也是在休息中消除了你与死亡。

你继续说孩子的故事，你尖声叙述。你说你不知道孩子的、你的全部故事。你说你是听人家说起这个故事的。她微笑，她说这个故事她听过还读过许多次，到处可见，在许多书里。你问爱的感情怎么样才能来呢。她回答你说：可能是普世的逻辑中突然破裂了。她说：比如出于一个错误。她说：从来不是出于一个意愿。你问：爱的感情还能从其他方面来吗？你恳求她说说。她说：从什么都能来的，从夜鸟的飞翔、从一次睡眠、从一次睡梦中、从死亡的来临中、从一句话、从一桩罪恶、从其本身、从其自己本身，不知道怎么突然来的。她说：你瞧。她撑开两腿，在她撑开两腿的凹陷处你终于看见了黑夜。你说：是那里，黑夜是在那里。

她说：来吧。你来了。你进去后还在哭。她说：不要再哭了。她说：抱住我做完吧。

你做了，你抱住了。

做了。

她重新入睡。

一天，她不再在了。你醒来，她不再在了。她是在黑夜里走的。她的躯体的痕迹还留在床单上，痕迹是凉的。

这是今天黎明。太阳还没有出现，但是天空的四边已经亮了，黑暗从天空的中心落在大地上，浓浓的。

房间里除了你一人以外不再有什么。她的躯体消失了。她与你的区别由于她的突然消失得到了证实。

远处，在海滩上，海鸥在渐渐消逝的黑暗中尖叫，它们已经开始啄食淤泥里的虫子，搜寻落潮后留下的沙堆。饥饿的海鸥在黑暗里疯叫，使你突然觉得以前从来不曾听到过。

她不会再回来了。

她离开的那个晚上，你在一家酒吧讲这个故事。你一开始讲，好像没什么不好讲的，然后你放弃了。后来你又笑着讲得仿佛这故事是不可能发生过的，或者好像可能是你自己编造的。

第二天，你可能一下子察觉房间里少了她。第二天，你也可能盼望看见她在这里。对你以陌生人的身份出现,在你奇特的孤独状态中。

可能你在你的房间外面,在海滩上,在露天咖啡座里,在路上寻找她。但是你不可能找到她,因为在白日的光线下你认不出是谁来。你认不出她的。你认识她的只是她眼睛半张或闭上时的睡态。云雨之事你是不可能认出的,你永远不可能认出的。你以后绝不能认出的。

当你哭的时候,这是对着你的孤独而哭的,不是为跨过你与她的差距而去寻找她的这种美妙的不可能性而哭的。

在整个故事中,你记得的只是她在睡眠中说的几句话,这些话说你患上的是死亡的疾病。

你很快就放弃了,你不再寻找她,城里、夜里、白天都不找。

然而正是这样,你能够以你唯一能够适应的方式去体验这个爱情,在它尚未发生以前把它失去了。

《死亡的疾病》可以在舞台上演出。

那个要人付渡夜资的少妇应该躺在舞台中央的白色床单上。她可以全裸，一个男人绕着她一边走一边说故事。

只有那位少妇凭记忆叙说自己这个角色。而男人则不是。男人念文本，时而停步不前，时而围绕着少妇走。

故事中提到的那个人一直不出场。即使在他对少妇说话时，也是通过念故事的男人代劳的。

这时，表演可由阅读代替。我一直相信什么都代替不了文本阅读，什么都代替不了文本记忆的缺失，任何东西，任何表演。

两位演员的念白，应该好像各自待在分开的两个房间里正在写文本。

文本若像演戏似的那么念则会毫无价值。

男人的声音应该响亮，少妇的声音应该轻柔，几乎听不见。

我的要求是男人围绕少妇身体走的路径很长，会走出观众的视线，让他消失在舞台上就像消失在时间中一样，然后再朝着灯光，朝着我们回来。

舞台应该低，几乎贴着地面，好让少妇的整个身体都被观众看到。

召妓的那几个夜晚之间只有时间的流逝，中间相隔的静默时间应该拉长。

念故事的男人扮演的是那个不出场的人，因而也要像另外那个人一样，显得患上了痼疾，虚弱不堪。

少妇要美丽，有个性。

通过一个黑暗的洞口传来海涛声。让观众看到同一个长方形黑块，从来不见亮光。海涛声可以时强时弱。

少妇的离去不用被观众看见。可以有一个暗场，她趁暗场时消失，当灯光又亮时舞台中央只留下白床单，从黑门又传来汹涌的波涛声。

不伴音乐。

如果由我把文本拍成电影，我要做到海涛打上来，几乎同时可以看到白色波涛翻滚和男人的面孔。在白色床单与白色波涛之间有一种联系。让床单已经成为大海的形象。以上作为总提示使用。

诺曼底海滨的娼妓

马振骋 译

吕克·邦迪要求我把《死亡的疾病》搬上舞台，在柏林剧院演出。我答应了，但是我对他说必须由我作一番剧本改编，我给文本作个梳理，文本原是阅读的，不是演出的。我进行了改编。在这部改编本中，故事的主角已经不开口了，是由演员叙述他们的故事，他们说过的话，他们遭遇的事。

所有的舞台桥段，十或十二条，已经完成。它们应该是念的，如同主角对白的文本一样。在这部改编本中女角已经没有戏了，搁在一边。对男角而不对女角说话。把《死亡的疾病》舞台本寄往柏林后两天，我打电话要求把它给我寄回，因为我放弃不做了。我把这事告诉了扬。我经常把我做的事告诉扬。稿子一从我手里发出，我明白我弄错了。我恰巧做了我要避免去做的事。我把《死亡的疾病》改回来，回到三声部文本的原本的原则，回到它已定的单一形式。我掏空了自己的内心，走到了作家的反面。我成了一种我试图逃避而又没能逃避的形式宿命的玩具。我对扬说起这件事。他不相信我。他以前经常看到我在我的计划前卡住了，不能前进。然后又重新拾起。柏林的这部剧本我重写了三次，最后一次跟一位女打字员和几个临时帮忙的人一起干的。这次我口授了一部理想的本子，我当时很自信，但是事实上却是最糟糕的一部：夸夸其谈、堆砌造作。我试了三次。我从《死亡的疾病》出发，又回到《死亡的疾病》。我改写过程中竟没有发觉。我总是返回到文本中的老地方，跨不过去，失去方向。我不能再依靠自己，我迷失了。尤其这是我在打誊清定稿的时候才发觉的。我没其他办法只有采用这个不是办法的办法：用戏剧方式。我还是跟扬说。我对他说这下结束了。我实在不想再浪费我的时间了，我放弃把这部文本改编成舞台剧。我说我最后一次发现《死亡的疾病》存在于那么明显的模棱两可状态中，必须使用其他方法来使它言之有理，我也就无从反对了。我对我在文本中遇到的困难之外并不知道其他什么了。

然后，有了基依伯夫①这个插曲，我当时没有予以注意。不久以后，我重新开始写一部书，也是半途而废，书名后来叫《受骗的男人》。然后有一天，晚上，夜里天气都很热。这六月盛夏。我开始写夏季，写炎热的晚上。我不知道为什么，但是这事一直做下去。

这是一九八六年夏天。我写故事。整个夏天，每天写，有时晚上，有时夜里也写。在那时，扬进入了一个鬼哭狼嚎的时期。他每天打我的书稿两小时。在书中我十八岁，我爱上一个讨厌我的欲望、我的身体的男人。扬在我的口授下打字。他打字时不吼叫。在

---

① Quillebeuf-sur-Seine，法国北部上诺曼底大区厄尔省市镇。

这之后又来了。他冲着我吼叫。他变成了一个要东西、但是又不知道要什么东西的男人。他要,但是不知道要什么。这时他吼叫,是在说他不知道他在要什么。他吼叫也是为了知道,为了在他滔滔不绝的话中自动进出他要的什么信息。他怎么也分不清他这年夏天要什么的这个细节,与他一直以来要什么的这个整体。我几乎没有见他,这个男人,扬。他几乎不在这里,在海边我们一起生活的那家公寓里。他走路。他白天走上许多路,不同的路与重复的路。他从山冈走向山冈。他走进大酒店。他寻找英俊的男人。他找到几个英俊的酒保。他在高尔夫球场上也寻找。他坐在高尔夫酒店的大堂里,他等待,他东张西望。晚上,他说:"我在高尔夫酒店好好休息过了,我安安静静。"有几次,他在高尔夫酒店的沙发上睡着了,但是他衣冠楚楚,穿着非常雅致,扬,一身白,于是他们让他睡着。他时刻带着一只很大的蓝色旧帆布包,是我缝制的,以备他偶尔采购时使用。他把他的钱放在里面。夜里他去梅乐迪歌厅。下午,他有时也去诺曼底。在特鲁维尔,他去贝尔维。当他回来时,他大叫,冲着我吼,我继续写作。不管我说什么,"你好""怎么样?""你吃过晚饭啦?""你累了吗?"他就是吼叫。

有一个月每天夜里,他问我要车到卡昂去看望朋友。车我不给因为我害怕。于是,他乘的士,他成了的士朋友,好客人。当他吼叫时,我继续写作。起初很困难。我想他冲着我叫不公平。这样不好。当我写作时,看到他过来,我知道他接着要吼叫时,我不能再写了,或者更可说写作到处停止了。再也没有东西可以写了;我写一些词句、画几个图像，装得没听到有人在吼叫。我过了整整几个星期写出了一堆不同体裁的文章。我现在相信，那些在我看来杂乱无章的东西，其实是我未来那部书中具有决定性的东西。但是那时我一点不知道。我没有跟他说，由于他吼叫，由于我认为他对我不公平闹得我写不了。不久，即使他不在我也写不了。我等待他鬼哭狼嚎。但是我继续在纸上写满有异于这里这部书所要的句子，正在一个有异于它的领域中写成一个虚构的故事。

不管怎样，秩序建立了，我在纸上写作对此是没有责任的，但是该负责的唯有扬，这是他不在写，什么都不用写，什么想法都没有，除了从根子上要把原本可以认为是励志的内容摧毁。他对自己、对自己的怒气跟畜生一样所知甚少，他甚至不知道自己在吼叫。这样一来，在约定交稿日期以前一个月，我开始确定这部书怎么写，也就是说找到这个男人扬，但不是在他所在的地方去找，在有异于他、有异于这部书的东西上去找，比如说塞纳河河湾的风景里。那里可多着呢。对他也是，在他——扬——的微笑里，在他——扬——的步伐里、手里。我把他跟他的那些话完全分开，仿佛他都是不知不觉中想到就说的，仿佛他为此而得了病。这样我还觉得他有道理。他有道理这么需要得到什么东西，不管这个东西是什么。不管这个东西有多么可怕。有时，我想是这么回事，我要死了。由于我四年前那次治疗身体一直很虚弱，我有种怪癖，时常相信自己已经死期不远了。他同时什么都要，他要毁了这部书，他害怕这部书。有好几个星期，他每天给我打字两小时。在成书的不同阶段提出一些建议。他知道这部书已经存在。他对我说："你整天不停地写干什么？你已被大家抛弃。你是个疯子，你是个诺曼底海滨的娼妓，一个笨蛋，你让人烦。"过后大家会笑起来。他怕我没写完书就死去，或者，更可能的是怕我又一次搁笔不写了。

基依伯夫，我不再去想它，但是我觉得有必要去一趟。我带了几个朋友一起去的，但是我不知道我为什么那么留恋那个陌生地方，我相信那是因为傍着广场流过的那条大河，广场上有那家咖啡馆。我相信那是因为暹罗的天空，这里因开采石油而发黄，而那时暹罗死气沉沉。

他有时清晨五点钟回来，高高兴兴。我开始不再问他什么，不再跟他说话，高兴的时候跟他说声好。那时他更厉害，他更可怕，有时我害怕，我觉得他愈来愈有道理，但是，我不再能够停下写这部书，就像他不再能够停止暴力。我此刻还不知道扬那时冲着什么吼叫。我相信是冲着书本身，不论真还是假，从任何定义来说，托辞、借口，等等。这，不论何种情况，都是在做一部书。这属于理智的理性范围以内的，或者同样的理智的非理性范围以内的。这就成了一个目标：把它杀了。这个我知道。扬的事我知道愈来愈多。最后这变成了一场赛跑。要比他跑得更快，在他对书完全封杀以前把书写成。整个夏天我就是带着这件事过的。这应该也是我所希望的。我向人诉苦，但是不提主题，不提我在这里说的事。因为我想他们是不会懂的。因为在我的一生中还不曾有过像扬与我那样不合法的故事。这个故事在我们所在的地方以外是不会发生的。

要说到扬把他的时间、他的夏季做什么用了，那是不可能的，不可能的。他是完全不可阅读的，不可预测的。也可以说他是无限制的。他四面八方都去，走进所有这些旅馆，还在别处寻找美男子，酒吧招待，来自异国他乡如阿根廷或古巴的高大的酒吧招待。他四面八方都去。扬。到了黄昏、到了夜里，四面八方也都汇集在他身上。他们聚在一起，疯狂希望来一场可能的丑闻，闻所未闻的平常事，而我的生活可以作为其目标。最后，这也就有可能开始阅读了。我们到达了某个地方，那里生活不是完全不存在的。有几次，我们接收到生命的信号。生命沿着海过去。有几次，生命在风化警察的警车内穿越城市而过。那里也有潮汐，然后基依伯夫，大家都知道它在远处，然而像扬一样到处都在。

当我在写《死亡的疾病》时，我不知道写的是扬。这我现在知道了。看到这里读者会问："他究竟怎么啦？既然什么都没到来，也就什么都没发生。到来的事才是发生的事。当什么都不再到来时，才真正是写作与阅读所不能企及的故事。"

埃米莉·L

王道乾 译

致让·马斯科洛[①]

① Jean Mascolo(1947—)，作者的儿子。

事情是因恐惧开始的。

和往常夏天一样,我们到基依伯夫去。

傍晚到达,仍然是那个已成了惯例的时间。每次去都是一样,从海港入口处那座教堂开始,沿着码头沿岸白色矮墙,拖着脚步,一直走到码头出口处,走过现在废弃、本来直通布罗托纳森林的那条通道。

看河①对岸,是石油专用港,再远一点,是勒阿弗尔②矗立在海上的峭壁,还有天空。近看是红色渡船载着旅客过河。一直是这种矮墙,不许人靠近,颤颤巍巍的,白色的。

随后到了滨海旅馆,在露天座上坐下来,旅馆在广场中心,正好面对轮渡码头上下船的坡道。

露天座上摆的台子都荫蔽在旅馆建筑的阴影之下。空气静止,没有风。

我在看你。你看着这个地方。天气很热。河水一平如镜。夏天。接着，你又看远处。两手相握，支在颔下，手很白，很美，你虽然在看，实无所见。你动也没有动，问我怎么样。我说和往常一样。我说没什么。我说我在看你。

你开始是一动不动，后来，由于我在，我在你的眼睛里看到有一缕笑意。你说：

"这里，这个地方，是你喜欢的，总有一天，要写到一本书里去，地点呀，炎热呀，河水呀。"

你说这些话，我没有置答。我不知道。我对你说，我事先无从知道，相反，我若是知道，那倒是极为少有的事。

广场上，空无一人。轮渡带来不少旅游者。这里是塞纳河河谷尽头，是瑞米耶日③轮渡往下最后一处轮渡。这里的渡船一开走，广场立刻就变得空荡荡的。两次轮渡之间，广场上便寂无人迹，在这样的情况下，那种恐惧感就出现了。我看看我们四周，这里还有人，可是在广场深处，在那条废弃不通行的道路出口那边，大概是没有人了。这些人，这时已经停下脚步，在朝着我们看。他们约十五个人，所有的人一律穿白色服装。仿佛只有那么一个人，无限增殖就成了这许多人。我也不去看他。

---

① 即塞纳河。
② Le Havre，法国第二大港口城市，在塞纳河出海处，位于河右岸，属滨海塞纳省。
③ Jumièges，滨海塞纳省近鲁昂地区的城市。鲁昂是沿河最大城市，处于巴黎北向至勒阿弗尔的中途。

我又开始去看。我发现我弄错了。他们是在那里,不过在往前走。有几个人在说话。说话声还听不到。我知道,他们是在那里。我还看到一些细节。不过这样的恐惧心情我自己知道,至于这种恐惧最初怎么出现的,我并不知道。这些人看起来都属于一种独特而又相同的面目,所以让我感到害怕。他们都剪成板刷式的头发,眯细眼,神态一律是面带笑容,一律是胖胖的,身材大小也不分彼此。但问题并不在这种异常情况,确实,问题是他们好像都编了号似的。我说:

"这些高丽人怎么到基依伯夫来了?"

你突然回过头来对着我,因为你听到我的声调有变,大概你也突然预感到那种恐惧。

"你什么地方见有高丽人?"

"你转过身去,看看你后面,在码头那边。"

你转过身去,你停下来,以便弄清这一切对我究竟是怎么一回事。你心里一定也怕,就仿佛那次夜里我面前发生的事又要出现。你寻思怎么回答我,对于你,这我是明白的。

你说:

"实际上是亚洲人,为什么说他们是高丽人?"

"不知道。我从来没有见过他们。"

你突然笑了。我也跟着你笑了。你说:

"因为你从来没有见过,所以你倾向认为你不认识的亚洲人就是高丽人,就是他们,是不是?"

"是。"

你注意往高丽人那边看了看。然后你转回身来对着我,你注意地把我深深地看了又看,你看得非常专注,以至看我这件事本身也自行泯没无其事了。我人在这里这样的意念一下又牵住你的思绪。你看着我,仿佛你在爱我。这种情况在你那里经常出现。

我说那种恐惧我无法抵制,那种恐惧我避也避不开,我说那种恐惧我不理解也不明白。

我说的话你并没有听进去。你一直用只有在你身上才能看到的那种眼光看我。

高丽人往我们这边走近,他们分坐在另几张台子四周。他们在看我们,就像前一时我们看他们一样。他们面带微笑,是一种含有残忍的微笑,这残忍的微笑一下转而成为一种悲戚,这种悲戚似乎不能再转换复原。但是,那种残忍的微笑竟又回到他们的脸上。那种笑留驻在脸上,冻结在眼睛上,凝固在半开的嘴上。正是这种微笑叫人害怕,正是这种微笑宣告开始,是要宰割我,是我,我已想到此事。这个故事中的女人,就是我,和你这样一个正在看我的男人在一起,在这一天的午后,在基依伯夫这个地方,要杀的就是我。

我心里害怕,持续不断地感到害怕,虽然我什么也没有说。这你是知道的。这件事甚至让你感到很有趣。你对我说:这是一种讨厌的种族主义。我说,是吧。我怎么想就怎么说。我不禁也笑了。我说：

"死应是日本式的。世界死灭。我相信这一点。你么，也许你还有时间能看到它将是怎么个搞法，怎么展开。"

你说那也可能。

那些高丽人留在露天座桌前坚持不走，你对我说最好还是坐到咖啡馆里面去。你看我一直在注意这些高丽人的一举一动，你看到恐惧心情一直持续不去，你明白任何逻辑也说不上有多少道理可讲，这你不是不知道，我一直是悲怆哀痛，绝望，又愚又痴，以后我会在一本什么书里讲到，你是知道的。于是我跟着你走到咖啡馆里面。不论走到哪里反正我总是跟你走的。

这天下午滨海咖啡馆几乎没有什么人。只有几个常客，基依伯夫市区的老主顾，还有几个乘轮渡来的年轻人。他们大多我们都看着眼熟。他们在滨海咖啡馆大厅围着老板娘和一个年轻女人，那无疑是老板娘的女儿。这些年轻人多是河对岸石油专用港上的雇员，必是回到低地村庄上他们住家之前到滨海这里来逗留一时。这里还有游客，有锡兰[①]来的，这你已经说过，还有其他不同国家的旅游者。这些人大致懂一点法语，这些年轻人讲出什么笑话他们弄不清，只是有礼貌地笑笑，还有一些人显然一句法国话也听不懂，看

---

① Ceylan，今斯里兰卡。

看旅馆的菜单，看看这个地方，看看这里的人，神态都一样，一律带着迷惘的笑容。听到这些过路的年轻人孤单无聊喊喊喳喳讲些猥亵难听的话也无可奈何。不过滨海旅馆酒吧间原本是一个十分清静的地方。

那些人，我们在滨海酒吧里看到的那些人，就像我们在大厅里看到的那些顾客一样，同样还有老板娘和她身边那个年轻女人，这种情况已经持续有相当一段时间——那些人，我们走进咖啡馆大厅之前就已经在这里了，这本来也说不上有什么缘由，反正一进来，接着，我们一眼就看见他们在这里，如此而已。我们一定是见到他们竟视而不见，所以后来才突然发现他们在这里。随之而来的也只能如此，不能不是这样。

最初，或此或彼，是两种情况。随后，两者并在。两方面融合成为独一一种色彩，独一一种形式。成为同样相同的年龄了。

他们走到酒吧给过路客人保留的那一侧。老顾客是在另一头，向着大厅的那一侧。他们都是一个个单独的。形同于无。在夏天，孤独一人。就像在大沙漠里一样。消融在大河反射到广场、墙垣、白垩悬崖、酒吧间向外敞开的两重大门的光芒之中。他们什么也看不见，一个人也看不见。盛夏的光照也看不见。那条大河，也看不见。

在他们面前，摆着盎格鲁-撒克逊人的酒精饮料：他是比尔森黑啤，她是双份波旁威士忌。

他们坐在高脚吧凳上几乎不动，头朝前俯下去，摇晃着，他们那个样子很有点可笑。也许可以说，他们都是植物，反正很像这一类东西，中性的，植物形状一类的，植物人吧，刚刚出生就已经半死，活着就已告死去。是的，是纯真无辜却又有罪遭谴的什么对象。是一些树木。是一些被剥夺了水和土地的树木，受到惩罚的树木。就像一个人的存在，受到严惩，倒毙在地，就倒在那里，就在我们眼前。

　　当时我竟以为她是睡着了，酒吧柜台前的那个女人。现在我看不是。我知道她闭着眼同时头竖起专心静听四周出现的各种声音，特别是从大厅那边传来的声音，这声音里面含有英国声调。她细细谛听，倾听种种声响中那样一种声音，即各种声音中说出的英语中间的那种声调。

　　这些人，就是从英国来的英国人。当大厅一静下来，他们之间讲英语就可以听得出，而且能听清。他们说的不可能全听懂。他们不是接连不断一直往下说，而是断断续续，声音很低，只要远处传来一点声响，这声音就几乎听不见了，把他们说话的声音掩盖下去了。只要能听到一点，就可以听出他们正在烦恼犯愁，大概是交通车辆发生故障，遇上麻烦，什么问题一时不明，所以还不能离开这个地方。如不是要按原计划走完这段行程，因发生故障非中途停下不可，那也就没有什么了。他们谈话里面夹杂一些技术性名词，他们自己也弄不清。很快他们把这事放下不再说了。

有一段时间,他们谈到一条船的事。

另一时间,他们还谈到海。

一股风穿过港口,一说起风,马上又是一阵风吹过。这就是说:海潮在转换。The turn of the tide…①海上在夏季就有这样一些日子,所以海洋想来一定是神奇不可思议的。The sea must be marvellously calm. As it is sometimes in summer.②

她,她在倾听。她微微笑了一笑,海上是多么好,多么静,这让她感到满意。

这迷人的情味,这种妍丽明媚,从何而来,属于此时此刻的这样一句话,有关夏天的这样一句话,关于这些人的这样一句话,又从何而来?不可知,不可能知道。我不知道。想必是出自面对死亡的这种谦卑忍从,一定是这样。不过,也出自这种猥亵俗恶。是由于这一事件的出现。也由于所有这许多事物的总体,所有这些事件当中单独每一件的总体。没有人能说出是为什么,没有人能道出其中一个究竟。也可以说,是因为这里有这样一条长河,一切沐浴于其中的光照,众多白灿灿的巉岩绝壁四外散射这种纯白的色彩。出自白垩的这种白。出自悬崖的白色和海上水沫的白色。出自海鸟身上蓝白被研碎成粉末的那种白色。同样,也来自海风的那种纯白。

---

① 英文,转潮……
② 英文,海上一定是静得不可思议。夏季有时就是这样。

他们的年纪，无从辨认，不可能知道。看得出她年纪明显比他大。不过，他，他的动作和她相比提前变得迟滞了。步行追不上她，他不能多走，已经有几年了。看得出，关于她，她已经走到尽头，完了，可是她人毕竟在，在男人所属领域范围内她身体不论黑夜白昼不论在什么地方依然处在他的肉体他的手所及的界限之内。

看得出是走到终点了，完了。可是，同时，她毕竟人还在。同样，如果他离开她，那么她，她就只有一死，这是看得出来的。

对我们来说，事情就是这样开始的，这两个留在酒吧里的人，坐在那里不动，他们就那样始终保持着凝固状态。他看看她，或者，有几次，看看摆酒的架子后面的镜子，这时红色渡轮来到，旅客在旅馆门前走过。她，她的眼睛只是看着地上。

他们面前吧台上，摆着酒劲很大的比尔森黑啤空瓶和盛着威士忌的酒杯，杯里的冰块这时开始融化。我们到滨海咖啡馆之前，他们大概已经喝得不少了。

我和你说过。我曾经告诉你，我决定要写我们自己的故事。你坐在那里不动。你在继续看那个女人，好像我对你说的话你没有听清。

我把我刚才给你说的又重复说一遍，说我要写我们两个人在一起的故事，就这样一个故事，故事眼前还在进行，就是至死也不会结束的那个故事。

你在看外面，看外边那条河，不是在看，什么也没有看见，这有很长一段时间，惶惶惑惑的。

"又是这样的故事……不可能……"

"我还没有下决心……不是那样。我不能停下不写。我不能。不过，这个故事，我若是写，那就好像我又重新找到了你……我又找到那样一些瞬间，在这些瞬间我不知道……不知会发生什么事……不知道你是谁，不知道我们会怎样……"

你眼睛里有一种狡黠诡诈，有一种恐怖一闪而过，还有，隐没在深邃之处，是生命的狂喜。你说：

"我可以肯定，此时你写的就是这些，不要说不是。"

"不是，我认为不是……可是我已经想了很多，至少有两年……我不知道。说真话，我不知道，是这样……但是我不认为我一定写我们的故事。再过四年，就完全不是了……现在就已经不完全相同。越久故事就越不相同。不，不……此时我写的是别的事情，里面含有它，消融在里面，也许是更为宽广的什么事……不过，这，这个故事，直说吧，不，已经结束了……无能为力，我再也不可能了……"

你当时眼睛并没有看我。你说话口气在加强。你的目光里面含有暴力消融在某种痛苦之中。你说：

"没有什么可讲的。根本没有。从来就没有。"

我延迟了半天才回答你：

"有几次，我们在一起说话，困难得简直可以叫人死掉。"

"真是这样。"

"我觉得写进书里就不会让人感到痛苦……也就无所谓了。一笔勾销。我从我和你的这个故事里发现了这一点：写作，毫无疑问，也是这样，一笔勾销。置换。"

"死什么也勾销不掉，确实。你死了，故事就变成神奇的虚构，很清楚……"

我仍然看着你。你稍稍有点苍白，在那个地方，在嘴唇四周。稍稍有一点。是这样。

随你去。我不去管你。就在这一刹那，对我来说，和你说话就永远宣告终止了。作为第一次，我开始这样同你谈话：

"讲话应该有一个讲话的方法，即把和你说的话设法承接连贯起来那种方法……那种确定性……你那么喜欢相信确定性，确定性根本不存在，本来就是没有的。这样的确定性在原则上一经确立，其余相关的一切就可能眼见其出现，两个相爱的人在同一时间没有看到的东西也就可以接受下来。譬如过去你对我并没有欲望，可是同时……就在那样的时候。"

"因为在那样的时刻，必须以已有或者没有的什么来做什么，"你笑了，"或者什么也不做。"

我眼睛注意看着你。我对你说：

"奇怪，你怎么不明白？在那样的时刻，其余的一切就起于有所有或者相信有所有，反正都一样……什么也不能把我们分拆开来，"说到这里我也笑了，"可是我们又处在同一个点上。"

"你是想说……是说现在还有……在这个时期之内……在这个夏天……留下来就能把它再创造出来，一直是这样，到现在已经有好几年了。"

我眼睛看着你。这，你并不知道，我说，我对你说，我告诉你：

"第一天还有一点什么。"

你在犹豫不决。后来你说出这样的话来：

"不，没有。根本没有。本来就没有。"

"你并不理解它。"

大家都不说话了。

看着那条流去的长河。

轮渡几乎空无一人。热气突然变得沉重浓厚。一点风也没有，令人无法忍受。你说：

"为我你在臆造。你我在一起的故事，我在其中可有可无，我什么也不是。"

"开始的时候，有一次，你说过与此相反的话。"

"随我说什么，后来，都忘了。你知道，"你笑了，"但是在我带给你的失望当中我永远是和你靠近的。"

"我知道。我也知道，即使你说了，心里也没有那样想，有口无心，是为了我，为了叫我开心，即使你永远这样说也还是一样。是这样。什么人在怎样一天说了什么话，书就怎么写。书是真诚的。我们说过那个话,或者我们透过一堵墙听到那个话,不是你,是另一个男人说给另一个女人,不是我,在你可能听到的时间的同时我也在同一地点听到,对书来说,都一样。都包容在同一种恐惧之中。"

我们都不说话了。你再次去看那条河,接着,看大厅,看坐在酒吧柜台前面眼睛看着地下的那个女人。你说:

"不要相信我。不要再写了。"

"你说的事,全部,最虚假不真的事,你说的谎,我都相信。你表现出来的一切,所有你说过的话,你的消遣玩乐,你做的蠢事,全部包括在内,我都相信,甚至在这乌七八糟环境中你超出于一切之上的真诚,我相信,我都相信。"

"不要再写了。"

"我一开始写,我就不再爱你了。"

我们相互看着。我们又收住眼光,谁也不看谁。我说:

"这些话说出来真叫人害怕。"

"是。"

"绝望已经迫近,是发疯了……在我们说话的时候,我是想说一说的。"

"是。"

你微微一笑。你的脸还在发白,勉强可以看出,在口唇的上部,那个地方是惨白的,还在加剧。我对你说:

"我不爱你了。是你还在爱我。你还不知道呢。"

我们一直走到轮渡码头矮墙那边。我们看着流去的河水。

"这很复杂。"

"是。"

我们回到酒吧里。滨海的老板娘正在给那两位英国旅客斟比尔森黑啤和双份波旁威士忌。我们站在大厅入口那个地方,离他们远远的,转眼之间好像什么都离得远远的了。

这年整个一个夏天,每星期总有三四次到基依伯夫去。每天都要外出。爱情或者是近而又近,或者是远而又远,再也无法知道,这一天总是要到来的,无法知道,无从得知。去基依伯夫就是因为这个缘故,为了避免和绝望孤零零关在一座房子里。

起先,去基依伯夫有好多条路,有四五条路,路都走遍。走到最后,只剩有一条路没有走过,就是蓬托德梅尔①这条道路。通过这个城市几处广场,出城,横越高原那条大路避开不走,取道往左一直向西开去。这是绕过高原沿里勒河②而行的一条小路。一经开出蓬托德梅尔,夏天对我们来说就开始了,到处都是水,河川,运河,水浸的牧地,钓鳗鱼的人,停船场,在我们前面远处,是一片月色,还有里勒河河口湾。穿过水浸地,沿着一条看不清的道路攀上高岭,森林茂密郁闭,看来阴森可怖。有时还要打开车前灯

---

① Pont-Audemer,自巴黎北向沿塞纳河厄尔省城市。
② Risle,诺曼底地区一条河流,汇入塞纳河。

照路。

一走上白垩高原，就开始进入基依伯夫地界。每转一个弯，车就从阴暗的森林中走出，进入阳光耀眼的地带。这是从卑隰森林中有计划伐去树木开辟出来的小块土地，在年成不好的年份用来放牧的。随后又离开阳光，再进入如同黑夜的森林。在这里夏天也开始了，真是让人高兴得要叫出声来。时而阳光明耀，时而暗如黑夜，交替变化。又是水流飞溅。又是泉流浸润的沼泽。肥沃丰美如同花园。就在这个地方，在田场的遗址上，在灰绿榆树生长的地方，常常有水冲来淹没。大水漩流的河口相去不远了。新生成的河流已经在望。咸水淡水大海兼收而去。大海把一切障碍都磨得平滑圆润。海流顺着风势，莫非它也无所倾诉？

这时水流到处都是一样的。都浮现在齐一的平面上，处处可见。但也常常潜入地下。水流向着太阳的方向涌出清新的有如兽类的唇吻，这时，水流正在穿过黑土向高处浸漫。

出了森林，来到一片旱地。大高原上有风遍地猛吹，贫瘠的牧场，赤裸裸的，光秃秃的，一眼望不到边际。可以说，这就是美洲吧。高地南向侧坡上覆盖着一片森林，但是高原上面树木稀少。村落也是小小的，空落落的，三处农场才有一家兼售烟草的咖啡馆，一家市镇乳品商店，一座教堂，教堂高高的，坚固如同一座要塞。四周是墓地，埋葬着三百年来的亡人，仅墓地就占去村镇之半。见不到树木，除去耕地边角上一些长得不好的矮小梨树。树在这里生长不好，因为是白垩地。草地是贫瘠的，田地也是贫瘠的。这是白垩地。白垩地留不下水。

也许因为海风的缘故，白垩高原东侧是光秃一片。上行就到了一处空旷之地，下行是灌溉渠划出一方方的低洼地，黏土垒成的堤，直直的排水沟，一排排笔直的长着青灰叶子的树。风一吹过树弯下又伸起。这就到了低洼地的尽头，到了塞纳河边，来到悬崖峭壁中间。这就到了悬崖的脚下。这里就是塞纳河畔基依伯夫石油专用港。

我们看见一些人。这些人一下就出现在我们面前。他们来自远方，有多远，无从计算。终于最后一次，一生中最后一次，远行来到这里。这是明显的，明显得有如强光照眼。这些来到我们这里的旅人，到了这里，是在面对死亡匍伏谦卑情态下来到的。

人们不能不看看他们，人们不知道连同这一切，这种疲乏厌倦、这种对于解脱的沉溺执着究竟是怎么形成的，这属于每一瞬间的奇迹又是怎么形成的。为什么人们要这样去看他们，也无从得知，怎样能把他们留在我们中间也无从预料。人们更说不出这一切究竟是什么。说不出在他们身上的和贯穿于时间之中的一切究竟应该称作什么。

人们能做的不过是往大厅这边围着走上一圈，也不必用目光去示意，就仿佛那里没有什么可看，然后怀着自己原有的思想默默离去。

滨海的老板娘走到她那位英国旅客跟前去。她和他讲英语。她问他旅途过得怎样。她叫他 Captain①。Glad to see you, Captain.② 船长说旅途一切都好。Yes, we had quite a good trip.③ 船长笑容可掬，看着滨海的老板娘。他们很熟。Glad to see you too, Madame...④

我们看船长在这里穿着一身快艇运动员白色服装。水手穿的那种厚呢上衣，鸭舌帽放在他身边高脚吧凳上。

她，她就是船长的女人。她只顾眼睛看着地上。她被挡住的身体可以看到了。一眼就可以看出，她那身体已经濒于死亡边缘。这副身躯，穿着却似少女，年轻时穿的那种旧衣衫，手指上还戴着德文郡⑤父母给她的那几个金钻戒。在裙衫之下，死亡已是外现可见的了，皮肤，在眼睛，在眼睛残暴又纯真的视线之下，也是如此。笑意不时掩没视线，可是她，她从这一笑又急忙收缩退回，为这一笑犯下的过失心中十分惊惧。这时她为察明后果注意看了看船长。于是她的脸上出现了迷惘无措的神情，转而又陷入沉思。

---

① 英文，船长。
② 英文，船长，见到您很高兴。
③ 英文，是的，我们有过一次十分好的旅行。
④ 英文，太太，见到您也很高兴……
⑤ Devon，英格兰西南濒临英吉利海峡一地区。

老板娘没有回大厅去。她留下不走了,背倚着酒吧餐具架,不妨说是休息一下吧,她的视线对着那条河流的方向,在那深不见底的蓝黑色水道中迷失了。

滨海这位老板娘姿色依然妍美,两个眼睛乌黑,皮肤有如白瓷,两颊、嘴唇红嫣嫣的。她不时看一眼船长——那个女人,船长的女人,她避去不看。她犹豫着,她还想和船长谈谈,后来,她没有开口,默不作声。船长,他,可以说,他不想和她多谈,可是,最后,她还是说了。她以一种又胆怯又果断的神情说:I want to tell you…①我们明年不会再见面了。夏天过后九月我就离开这里走了……我想告诉您。

船长不禁痛苦地发出一声呻吟。隐隐约约像一声低沉的喊叫。他说:Oh… It's too sad… too much…②他转身对着他的女人,压低声音叫着对她说:She's leaving in September…③她抬起头来,一面摇头,一面叹息。Oh, no… no…④

老板娘眼里含着泪水。她说:我也……和一些人相知很有感情竟不自知……最常见的人倒也不一定……船长说:太太,您看,这就是我们生活在海上应得的不幸,咖啡馆和饭店这些人我们

---

① 英文,我想告诉您……
② 英文,噢……太不幸了……太……
③ 英文,她九月就走了……
④ 英文,啊,不……不……

都很熟悉，都是我们的朋友，可是他们竟丢下我们，离开了这个地方或者死去，yes...①真的……我可以给您发誓……他们死了，不在人世了……that happens too...②确实叫人忍受不了……请原谅我。

后来，他也向她表示歉意。后来，他们三个人，有一段时间，都不说话，就那么留在那里不动。后来，船长问老板娘离开滨海咖啡馆以后有什么打算。她说到黑非洲去，和她的丈夫同去。他们在阿比让③附近要开一家大舞厅兼饭店。看样子，这是让她很感兴趣的一项事业。他们准备试办一年。等事情最后定下来，她的女儿再去。去接手。她顺便把她的女儿叫来。就是我们在大厅看到同她在一起的那个女人。这位年轻女店主走出来，她比她妈妈更要妍美，一样的风韵，眉目顾盼也一样温柔妩媚。

老板娘把她的女儿介绍给船长和他的女人。船长向她夸赞她的女儿真美。她，她扬起头来，笑着说事实上她是很美。船长也开口说：

"我们非常爱您的母亲。"

老板娘离开这里向大厅走去。这时是这个年轻女人单独留下和我们这些人在一起，经过很短一段时间，我们感到她和她的母亲毕

---

① 英文，是的……
② 英文，总要发生的……
③ Abidjan，西非科特迪瓦首都。

竟有所不同。我们觉得她不如她精明机巧，看人能看到内心不如她，当然差也差不多少，不过，所有形成她那讨人欢喜的表现与她母亲是永远并行相配的。恰好在这一时刻出现了这一情景。年轻的女店主不仅立刻和船长攀谈起来，似乎和船长交谈并不是什么难事，她还对他说她早就认识他了，好像她认识船长与否船长也很感兴趣似的。她说：

"每年夏天您出外旅行回来我都看到您。When I was little... Every year, every summer... I used to see you...①"

船长彬彬有礼对着滨海咖啡馆年轻女主人笑着。他看上去毕竟有些感到惊奇，可是她，她那方面似乎牢牢掌握着主动权，她有权以她之存在不怕他会感到厌烦。她想要比她母亲更多地了解船长和他的女人，这是显然可见的。所以她母亲始终不曾问过的事，她，她竟提出来问他：

"是啊，你们就这样一直旅行在外。"

对我们所有的人来说，那是一段十分困难的时间。

在船长和那个年轻女人之间也出现了一阵沉默。船长感到意外，不过他对那位作为朋友的女主人的女儿始终保持着亲切的笑容。她呢，她不了解他为什么会感到突然。也许她此时此刻理解到她本应事先料到这些人出外旅行与她一直想象的旅行不可同日而

---

① 英文，当时我还很小……每年，每年夏天……我总是看到您的……

语,不该问这些问题。在船长身边那个一直看着地下的女人这时抬起头来,并且注目看这位年轻女店主。于是,年轻女店主一下领悟到了什么,她窘得脸也红起来了。

"Excuse me.①"

船长对年轻女店主笑了笑。大家都怕她再提别的什么问题。时间不容。突然事件就这样结束了。

船长说事实上他们在外旅行已经很久,他们在海上生活也很久了。

年轻女店主一直红晕满面,像是在表示歉意,说她对旅行非常感兴趣。她还没有出过门呢。

但是她并没有借故抽身走开,她在等待着。这当中,看她可以看得更清楚一些:就是说,对她已经决定的事任何人都不可能加以回绝。她于是问他们去什么地方。去世界哪一方,经过哪一处海洋,她说话就像一个孩子,一个执拗的小女孩,像一个总是做出不合时宜的事的小女人。总之,那些事就好像她都应当知道似的。说完,她就停下不说了,贸贸然再提问不免也觉有些懔懔不安。船长是清楚的,他理解在他这方面他应该做出回答,何况这位年轻女店主是在讨好他,正像她的母亲使他感到欣喜一样。船长笑了。他说:God... How can I possibly tell you...②一直看着地下的那个女人这时也抬起头来,跟她丈夫一起,也笑了。我们也

---

① 英文,对不起。
② 英文,天哪……怎么对您说呢……

笑了。

船长讲他新近几次，在时间上最近的几次旅行。他说去过马来亚，马六甲，巽他群岛。Sunda Islands.①她是不是听说过？她说她知道这些地名，爪哇呀，苏门答腊呀，新加坡呀，但是她说她无法知道这些地方在哪里，或者知道得不很清楚。也许马六甲除外，因为是海峡，她在地图上看到过。对了，是不是就是马来亚，世界上这个地方在地图上画着的岛屿多极了，应该说本来是一片大陆……是怎么说的？被一次大爆发给炸碎的？船长说：是这样。正是这话。That's it.②是海底火山造成的……您注意到 the Pacific③ 上散布开来一小群一小群的小岛……是这样，the Pacific，这是一个布满大山，到处都是鲨鱼的海洋……太平洋，就是这样……

年轻女店主还说到那条船，在基依伯夫，人人都认得那条船，看它来来去去，她说那是一艘巨型游艇。船长说，做长途航行，中途不停靠横越大洋需要有一条大船，而且还要十分坚固，for instance the sea of Oman④，或者 the bay of Bengal⑤，如果愿意的话，譬如上溯 Manila⑥，或者相反，转向 Australia⑦……随后，船长又说：

"您看……是这样，历史……"

---

① 英文，巽他群岛。
② 英文，正是。
③ 英文，太平洋。
④ 英文，譬如说阿曼海。Oman，即阿拉伯半岛与伊朗之间的阿曼湾。
⑤ 英文，孟加拉湾。
⑥ 英文，马尼拉。
⑦ 英文，澳大利亚。

于是他就不再说什么事了。

年轻的女店主走到酒吧柜台另一侧去看看本地的那些客人。因此我们,我们也换了一个地方,我们面向着外面的那条河,看着那蓝蓝的平静的水流。

我们突然听到船长在低声哼唱一支从来不曾听到过的乐曲,调子十分忧郁,也许是一支英国古老的狐步舞曲曲调。她于是又转回身低头看着地上。

我看着这两个人。我对你说:
"爱的生活就像是对失望的体验。"
你笑了,我也对着你笑了。
"逃避,像罪犯那样到处逃避。"

你问我马来亚分散各处的小块海域都有多深。我说都是浅海,一百五十米到二百米深,但在这个区域深下去有深到十公里深度达到海渊。无疑是许多火山口过去把原来的大陆震成四分五裂。我相信最深的海渊处在高丽那个方向上,一系列群岛前后相续一直通向两极的边缘。我说这些延续几个星期几个月乘船旅行航程很长的人,他们生活中一定亲身经历过许多非同寻常的时刻。我说这些我在几本书里已经讲过,可是这一切决不会再次复现,不会再看到了。就像一个物件或一个活着的人经历的岁月一样,时间一经过去，就一去不复返。

我们又去注意看他们。他们两个人眼睛垂下，都在休息，在昏迷中休息。他们居住的世界就处在永无休止的世界周游之中，这就是海洋的世界。这一切都记录在他们海风吹拂烈日熏炙已成棕色的脸上了。

他们在那天傍晚来到这里，无异是一次往返的终点，过去的旅程的终结，未来行程的开始。他们在这里出现在我们面前，同时也处于一种伟大爱情无比艰巨的劳役之中。

你说他们之间一定有什么事发生了。他们的历史的某种外部情境，也许是一个意外事件，也许是一种恐惧，突如其来，迫使他们不得不问一问：爱情得以存活所设定的时间究竟是怎样一种时间。不会是一个可以往后推迟的时间。那是一个属于希望的时间，可是时间已经被支解了。此时此刻，在基依伯夫，就在这个地方，就在我们面前，在滨海咖啡馆，他们所度过的时间，这一段非同寻常的时间，竟空空一无所有，无所作为，这个时间竟是他们为亲身经历他们的历史所找到的那个时间。

"时间。"

"是。"

但是船长，像他那样，是不是存心要躲避在海外？是不是发生过一次杀人事件？那么她，是不是有什么信仰需要隐瞒，或者，有什么恐惧需要逃避，所以每天夜晚就沉溺于威士忌？

人们推测，他们一定是共同生活在逆境之中，他们一定是在患难中相识，患难与共，不论吉凶善恶，有罪或无罪，到头来只有一起死掉，可是他们又在逃避死亡，追问其中原委，其实亦无必要。

这样的爱情事件将怎样发展，两个相爱的人谁认出最初背叛的那种差异之前，神圣的谎言究竟达到怎样一个深度，我们也无法知道。

她，船长的女人。她低着头看着地上，已经是隐没在死亡之中的人了。竟可能有一种激奋狂情冲击你，让你恨不得抓住她的两个手、迫近她的面颊，注视两个眼睛中那种蓝光，那蓝色却渐渐融入某种明闪闪琥珀褐红色之中了。

她抬起头来，看着滨海的女主人，将要去象牙海岸①的那个女人，她向她以手致意，好像是在告别，对她微笑着。然后她自顾低下头来，仍旧看着地上。

一切皆沉入静寂无声、停顿凝止状态之中。只有大厅里时起时

---

① Côte d'Ivoire，即今科特迪瓦。

伏的谈话声。船长低声吟唱的曲调抑扬顿挫。还有在这个地方渐渐弥漫开来的那样一种情绪，是因为刚才那样一个错误引起的，就是那位年轻女店主差一点弄出来的那一件错失，即关于提出海上来去的过客其旅行的性质那个问题。

年少的女店主啊。她现在站在离她的母亲和别的顾客稍远一点那个地方。她还在看着船长。这天下午，后来，她一直没有再回到他那边去。

在码头上，有一个人在喊叫。

我们走到广场上去。别的人也从咖啡馆走出来。已经有不少人站在那里了。都往河那边张望着。

色彩鲜红的渡轮，四个吊杆悬挂在半空，正在横渡塞纳河，这时，从外海开来的一艘巨型油轮出现。

油轮直对着渡轮的方向驶去。渡轮与它相距约有二十米。它们彼此好像都没有看见，似乎它们体积大小不同让它们相互都看不见。

渡轮一直向油轮开过去。油轮也继续向渡轮推进。

这无异是一座白色的大厦，钢铁铸成的庞然大物，突然之间，显得十分怕人。

油轮向前推进的速度很慢，只有相对地从那些石油输送泵右侧和岸上树木之间可以看到它。油轮甲板上装满红红蓝蓝的集装箱。也许还有黄色的。

渡轮超过油轮的船头，在油轮后面隐没看不见了。

油轮继续向前航行。

渡轮在油轮的航迹上又出现了。一向是这样令人感到惊奇，渡轮已经朝着河右岸靠岸码头转过去了。危险已经过去。站在广场上的人，向港区商业大街的路上散去。

那些高丽人刚才并没有去看渡轮与油轮交错相遇那个场面。我对你说：

"你看他们无动于衷。"

你回答说塞纳河上渡轮同油轮那大家伙闹着玩，他们看得多了，他们想必在河那一带时间很久，对于这种偶然事故，已经司空见惯，这些过路人对此确实不以为有什么可怕。

一时之间，我也不想再听你说话了。

我们又回到咖啡馆那个老地方去，即大厅老顾客所在的后面，这样好让那几个人，那些英国旅客单独留在酒吧里。可是在这里我什么也不想听，不论是谁。这种心情在我是经常出现的。我说用不着改变话题。你笑了，我也无所谓。我说我了解亚洲人，他们是残忍的，我说在贡布①平原上他们开车轧死快死的狗取乐。我还谈到

---

① Kampot，柬埔寨南部省份，临泰国湾。

热带地区海上风平浪静,灰蒙蒙一片。接下去,还谈到暹罗,谈到大山背后①。这样一些记忆,每次回想起来,都使我和你们,和你们所有的人远远分隔开来,同样,对于一次关于我没有从中获得慰藉的阅读的回忆,阅读我自己写的关于我年轻时期某一段时间那一部分回忆,我也有那样的感觉,所以我想,我么,我必须离开你们,还是去写暹罗,以及其他什么你们当中任何人所不了解的事情,不过,要是那样,我就必须坚持不懈地再回到暹罗去,回到那崇山之上的天空,可是我又想到另外一些事,这时,我就必须在沉默中思索,而现在,情况不同,而且完全相反,我认为我必须把我自己全部连同生命都投入其中。

一想到过去的生活,我就感到周身麻木,一种悲哀从中袭来,所以我和你在一起,我只感到愁苦烦闷。我知道我总不说话你也感到不安,我也曾做过努力,以便再回到你这里来。可是你,你却一直无所动,不去激发引动我让我回到你这里来。

我们还在一起,一定是有什么东西把我们维系在一起,但是我们从来没有谈到那种感情,对这种感情,我们决不能说假话。我们过去并不知道它怎么会变成现在这样,又是怎么变成这样的。我们都没有立意想要了解它。

你竟让我这么长时间默默无话可说,尽管你很想知道我为什么这么久一句话也不说。

---

① 作者写有关印度支那、印度的小说,常以暹罗、暹罗山脉作为背景或话题。

你看着那几个高丽人。其实没有什么人注意他们，尽管他们明明坐在滨海旅馆露天咖啡座上。

他们中间有几个人开始跑开去，玩捉人的游戏，另几个人从沿河那条不通行的路上走回来，这几个人和前面那几个人长得一模一样。这些人都是圆滚滚的，过早得了肥胖症。他们跑的时候，无异是在地上蹦跳，轻得像皮球似的，是一些巨型的婴儿。我心中有一个意念，说他们要把我们关闭在滨海旅馆大厅里，把广场包围起来。我有这个想法，可没有给你说。这不是恐惧，而是一种可以承受得住的忧虑。我曾经征求你的意见：这些人，他们究竟是些什么人？一个社会团体？一个宗教团体？一些军人？警察？或者是飞行员？年纪都是难以辨认的。这些人年龄大概在十五至四十岁之间。我给你说过，这一切，对于我们所了解的关于生活的事全不相干。你注意到没有？没有一个女人和他们在一起，不要女人在他们那里是制度。

我对你说，我有这样一个想法，他们虽然穿这种运动衣模样的服装，好像是让他们来接受航海训练的，但我认为这是一个青年太监的组织，可能是。你听了笑了又笑。我说：

"要么是油轮上的职员。但为什么都是运动员的打扮？"

你非常专注地看着我。

"为什么全海港只有你怕这些人？"

我对你笑了笑。我对你说：

"有人告诉我说这也许是因为我出生在殖民地的缘故，童年时期是在那里度过的,还有饮酒过度。不过,这没有关系,也不会全好。"

"你从来没有说过这种事还会发生。"

"我对自己说,还是只让自己一个人知道为好。为的是让你不要也有那种恐惧感。"

你和我一起都笑了。我说:

"我现在怕的是你。"

对此你感到有点惊愕,你想笑。

"怕我什么?"

"就是怕你。"

我继续对你讲有关这种恐惧的问题。我设法解释给你听,设法和你讲清楚。我没有能做到。我说:这是属于我的内在方面的问题。是由我从内部分泌出来的。那是按一种矛盾方式生活而活着的什么,既是灵性的,又是细胞组成的。就是这样。没有语言可以说明。这是一种赤裸裸的不可诉之于言语的残忍性,出于我又归之于我,寄寓在我的头脑里,关在精神的牢笼之中,差不多是这样。密封的。只对理性,可能性,明悟,钻了几个小孔相通。

你看了看我,你又把我放开。你看着远处。你说:

"这就是恐惧。你刚才说的就是这种恐惧。是这样,没有其他的定义。"

"Una cosa mentale.①"

你没有答话。后来你说任何种类的恐惧都是这样。

我说：恐惧，是我最主要的参照相关的方面。形成恐惧，让人害怕，就是恶②。我相信是这样。很多年轻人也这样相信。

我说，对黑夜的恐惧，对上帝的恐惧，对死的恐惧，都是用来恫吓不服从的孩子的那种恐惧。我还说，有几次，我看见一些城市，那也是可怕的对象，因为城市四周城墙围得水泄不通，严加守卫。我看政府也是这样。还有金钱。有钱的家庭。我心里充满着战争的反响，还有占领殖民地。有时我听到用德语喊口令，我就只想杀人。

我讲有关恐惧害怕这些话你并没有听，因为你也是一个有所惧有所怕的人，认为怕就是自己的怕，谁也不可能知道它究竟怎样。有人从来不谈自己的惧怕，你就是这样的人。

你也不想听，你认为我说的一切其中无非是要求理解。所以你不要听。你最讨厌解释。

你问我油轮上全体人员都穿上运动衣这些人怎么会让我觉得可怕。我说这是因为他们不知道把造成这种恐惧的原因隐蔽起来。在贡布平原，他们用粗棒活活把狗打死，他们还笑得出，就好像小孩子似的。他们亲眼看着狗死去还笑得很得意，他们看那些成了一把骨头的狗龇牙咧嘴一口一口倒气取乐好玩。我说我经历过这样的童

---

① 拉丁文，一个属于精神方面的问题。
② mal，还有罪恶、精神痛苦等意。

年，我和在法国的法国人不可能一样。

我们不时看一看酒吧里的那些人。船长想必看见我们从柜台后陈列架里面的镜子上在看他。后来，我们转过脸去看外面的河水。后来，又回过头去看他们。我一时没有说话。你又对我说，留有战争创伤的人，那该是多么怕人。

像平时那样，我哭了。

我们又谈到他们，坐在酒吧里的那两个人。说她是快要死了。他呢，他将一个人孤独留下来。老板娘到他们那里去了。她给他们斟上比尔森黑啤，波旁威士忌。他们在说话，笑着，他们还往大厅那边看看，老板娘的女儿这时正在大厅里。

你说那两个人的情况是一样的，他们在年轻的时候，一定发生过什么事，这就决定了生活的走向进程。老板娘报了时间。五点了。船长就告诉他的女人说：It's five o'clock.[①] 她轻声说：Already.[②] 于是她问什么时候动身走。船长没有回答。

船长的女人，她，不论在什么地方，她永远处于等待之中。你说她的一生大概都是在等待，就像她在这酒吧里也在等待什么一

---

① 英文，五点了。
② 英文，已经五点了。

样，反正是等待那无人可知、不可忍受状态的解脱。你说：

"有关海上旅行的答案一定和什么事情相关，就像你说的那种焦急，那种无法忍受的焦急。"

你又说：

"一看见她，尽许年龄难以令人置信，但仍然能够看出，投身去爱她自有种种理由。"

"对船长来说，那是另一回事。"

你说事实上他比她年纪小，但恒心不能相比。

我指指那些高丽人。

"你看他们。刚才我认为他们要包围咖啡馆，消灭我们。我已经给你说了，这些人非常残忍。"

高丽人在看汽车，车轮，仪表板，汽车牌子，汽车牌照号码。你的眼睛随着他们一一看过去，但是你对他们毫无兴趣。你在看着的是我。你问我：

"为什么写这个故事？"

"我没别的好写。我以为我们的故事阻止我去写别的。不过，也不尽然。我们的故事，并不存在，不会全部都写出来。"

你问我是不是有一些故事注定是如此。

我不知道。你对我想了解什么，我不大理解。我知道我就说，有些故事是掌握不住的，是在缺少连贯性持续不断状态下形成的。这是一些最为可怕的故事，这些故事从来都是无法承认的，这些故事活动起来没有任何确定性，决不会有。

大家的眼睛都垂下来了。若是相对而视，你我一定会哭起来。接触到写作这个题目，你一向是聚精会神极其注意的。

"是你阻碍我着手去写。正因为这样，你才感到痛苦。因为你不写。你自己不写，因为这件事你自己一清二楚，都知道，写作，去做或者不去做，不去写，不能去做，总是带有悲剧性的，这你全都清楚。你，因为你是一位作家，所以你不写。这样的事是可能有的。"

你笑了，笑得有点勉强，你有所动。我必须说，我快要流泪了。我不去看你。

"你知道的。我说的话，你本来都知道。"

"不，我原本就不知道。但是我从前知道，你明白这是怎么……"你笑了，"如果你也像那样进行，可能时间拖得很长……不，不，我真的什么都不知道。看起来我好像是，但是我并不知道。"

"不写，可能永远不写，一辈子不写。"

"你认为这是因为怕？"

"我不知道。那也许像是一种信仰，禁止去做那件事，是一条禁令。看起来，我也是这样，可是，我不知道，我并不知道。"

说话之外，除去这一时之外，我们又开始四处张望。我们看那条河，看这里的广场，我们看着这静谧沉滞的夏季。你问我：

"问问你,你这是怎么了?"

"发傻,无疑是发傻……需要有那种傻气,为了开始相信那是可能的。不过这不能算是一个回答。究竟怎样才能做到那一步,我不知道,也不知为什么。你知道,没有人会知道那是为什么。反正开了个头,接下去,就来了,写,继续往下写。后来,就写成了。"

"你那时很年轻,想必像是做游戏似的。"

"是,肯定是……那时我还在读中学,大概十二岁就那么搞起来了。信笔写去……一直到现在。可是我一点也不知道……怎么会有这种事,而且是在学校里,而且还在校外,怎么会不发生这种事,我根本就不知道。"

"这是一个自傲的问题。"

"对于第一本书来说,无疑是这样。有些作家,男作家,只有傲气,除此之外,就没有别的了。但是写出第一本书之后,就不全是自傲的问题。以后,与生活进程相并推进,那总是给人强烈感受的,不过,这也是一个与恐惧相关的问题,确实是这样……它可以抵御某一种恐惧……反正我是说……那是可能的。我说不清,不知道。"

"作为一个作家,就是不知道是作家。"

"不,那还不够,要那么说,他总需在那方面有什么真实的东西。写作,也就是不知其所为,没有能力去判断它,其中肯定有作家自己的一点什么,有一种发出的强烈的光芒叫人看了张不开眼睛。其次,那又是需要耗出许多时间的工作,要求付出许多努力,这本身就很有诱惑力。这是几种为数极少的、令人感兴趣的职业当中的一种。就说到这里吧。"

我们都笑了,事实上也就到此为止。你说: 这是什么生活哟。你还是眼睛看着别处,可是你又问我:

"为什么和我说这个,说你要写这个故事?"

"因为,我什么都要说给你听。如果你忍受不下去,你愿意走,就走,今天晚上,明天早晨,随你。回巴黎去,搬家,离开。走吧。"

塞纳河上,油轮通过,络绎不绝,是从鲁昂返程回来的,海上正是平潮。油轮在水面上显得十分高大,空空的,一下又显得很脆弱,很轻。

"你不知道去哪里,所以你不想走。"

"不仅是这样。我很喜欢那个公寓,也喜欢我那个房间。我看不出为什么要从我住的房间搬出去。"

"真是,你没有理由那么做。"

有很长一段时间,你没有说话。你转身向着外面那条大河。你的头发在阳光下更显得金黄。我想起你是有一头金发的男人。我对你说:你是一个有金发的人;就是这样,和你相关,就是这样发现的,一开始,就因为这一头金发,我一眼就看见你了。

你在拖延时间不回答我。你是在生气。后来,你又笑了。

"我才不管你写不写,那是你的事。"

"对,我的事,我一个人的事。不管怎么说,我愿意怎么就怎么。"

"是呀,随你便。你只需做你决定要做的事,你有这种需要。"

"我无可选择。是你不允许我有别的选择。我也无法给你留有更多的余地。"

"是没有。你给我留得太少了。"

"这也是真的。"

就像这样,我们继续谈着。后来你说:

"我们都有这种偏向,就是写出书来,这个写那个那个写这个,"我们都笑了。

我已经给你说过我认为办法有一个,就是把这个故事串连起来。依我看,非这样不可。我说,以此作为起点,尽管故事把我们形成对立,有这种阻力,但我们能有办法处理这种阻力。

我们什么也不去看。你要了一份茶。我说:

"有的时候,我相信一切都还在。有的时候,我又认为全都完了。完了,完了,已经超出可以想象的界限。只有死的意念在跃动。"

"是这样。死。承受不了。但是对于你,你无所谓。把你放到我的位子上试试看。"

大家都笑了,笑那个所谓死灭。我们望着唐卡维尔桥,眺望着海上浮现的殷红光色。

你说:

"今年夏天来基依伯夫的人不会少。"

"不会少。你知道我们为什么这么喜欢这个地方？我可不知道。"

"我知道一点，全部都知道，不可能。"

"确实，不可能。有什么东西面对面全形展示，竟让你目盲无所见，看不见。"

突然你又去看广场，你说：

"高丽人都走了。"

广场又变得空旷无人，只有两个骑自行车的小孩，他们也是从那条废弃不通行的路上来的。暗影已经延伸到河对岸。北方，一部分天空现出青灰色。黄昏还没有来临。一场暴风雨将要临近。暴风雨正在海湾上空穿行移动。这场暴风雨高悬在天空之上，来势缓慢。天变得很暗，人们说暴风雨要来了。这时，恰好相反，铅灰色的天空下，大太阳又出现了，照射在地面上。所有的石油生产设施，钢制成物，发亮的东西，都放射出光芒闪烁耀眼。

几秒钟之间，其中就像是有什么神秘性一样。我们寻找太阳在什么地方。

太阳在天空露出来的部分已经低沉，太阳竟在暴风雨的下方照射着田野和港口。河口那里，直到海面，光芒闪耀。就是暴风雨将临的天空也在光波照耀之中。雷雨依然停留在那一方，并没有在天空漫延开来，还没有爆发，凝止不动，一片昏黑，像一袭黑石制成的大斗篷笼罩在上。我们不停地在看着。

我们看沿塞纳河峭岸的那一列白色矮墙，这矮墙按它所起的作用看未免单薄得可笑，矮墙是用来防止人靠近河边的。我说沿河这条矮墙那种白色对于我无异是一个没有尽头无法穷尽的问题。你说这条河被分割控制，让这种矮墙框起来——蓝得发黑的河水又被乳白色融汇于其中——就像尼古拉·德·斯塔尔①晚期画幅中混入白色的那种蓝。

我们又回到酒吧里去，喝了一点兑水的饮料，看看坐在酒吧里那些人。地方上的人，都是嘻嘻哈哈爱开玩笑的人。老板娘也在。还有她那个好捅娄子的女儿，那个非常迷人的女儿。还有两个人，就是那两位英国旅客。我还是讲有关亚洲人的事。我说他们残忍，喜欢赌纸牌，是偷东西的贼，伪善者，是疯人，我说我还记得在印度支那许多野兽，瘦成骨架子长满疥疮的人，西班牙南方和黑非洲也是一样。我说，一想起这些野兽，是所有痛苦中最让人痛苦的事，因为小孩决不能忍受这些动物受到的痛苦，小孩宁愿叫人代它们去死，那些狗啊，象啊，鹿啊，虎啊，猴子啊。

在我和你说话的时候，我的眼睛就看吧台上摆着的那两个酒杯，摆在我们酒杯旁边的那两个酒杯。一个是满满的烈性啤酒，比尔森黑啤，另一个杯子是双份波旁威士忌 on the rocks②，就和刚才一样，不过现在，两杯酒都斟得满满的。我们在向外面看的时候，人们给他们把酒加满了。

---

① Nicolas de Staël，(1914—1955)，俄裔法国画家，抽象主义代表人物。
② 英文，加冰块。

我转过身来对着你，低声给你说出一位美国作家的名字。死了，自杀死了。你做出表示：是。是这样。

现在，我们说那两位旅客在谈话。他们说出的语句都是不完整的，东一句西一句，而且，说一说，停一停，词句不相连贯。不过，慢慢去听，可以了解他们讲的是什么。

"What a shame... I was longing to go home...①"

"Don't think about it, dear... please...②"

"Oh dear, I'm so tired. Exhausted...Such a pity...Especially now, just when...③"

"Yes, yes, my dear. Don't think about it. There's nothing to be done.④"

"No... I'm not... It's just that...⑤"

"No, don't. Please...⑥"

"All right, darling... You're so sweet... Do forgive me.⑦"

他们谈的正是那条游船。停靠在塞纳河一个小港口码头上正在

---

① 英文，真难为情……我非常想回家去……
② 英文，亲爱的，别去想了……请不要……
③ 英文，啊，亲爱的，我是太疲倦了。简直是耗尽抽空了……多可惜……特别是现在，正要……
④ 英文，是，是，我亲爱的。别去想它吧。那里什么也没有了。
⑤ 英文，不……我不是……那是……
⑥ 英文，不是，别去。求求你……
⑦ 英文，好了，亲爱的……你真好……原谅我。

等着他们的那条船。还谈到货物免税通行证,上岸许可证,短期居留许可证。他们肯定不可能马上离开,因为离开法国返回英国所必需的许可证还没有到手。很可能是因为这个缘故。这些许可证是与他们还是与船有关,我们不知道。这类事大概他们经常忘记办理。可是许可证是必不可少的。她,她想得倒好,她说愿意的话回英国完全可以,因为他们是英国人。他对这一点不同意。在她那方面,那仿佛就是她最后的心愿,这最后的心愿突如其来,十分强烈。在他那方面,看来还不一定了解。她想离开法国,离开这里,离开这个地方,甚至就在这个夜晚。

爱情之恢宏浩大强烈地显示出来了,这时,他们都进入一种愤怒的沉默状态,或者是陷入昏醉麻木之中。那天晚上,他们之间显然有什么别人不知道的难题阻隔其间现在显露出来了。他们你看我我看你,悻悻含怒,又十分痛苦。

后来,他们又转过眼去看着地下,向着死寂空无看,看广场上的行人,看红色渡轮往返来去。

他们又相互看着,其中有一种爱意在复苏。

你在看那条河。夕阳已经照进咖啡馆的大厅。夕阳照在你含笑的眼睛上。你说:

"他们是这个世界上经历旅程最长的旅人。他们就居住在他们最长旅程这样的世界上。"

你说这些话很觉自得心喜。

我对你说，他们在威尼斯大概有房间开在那里，他们一定是要经过那里的，和周游世界旅行的人一样，总归还要回到故乡。我还说他们回英国前必须经过基依伯夫。我说他们一定是这样。究竟回英国的什么地方？不知道。

今年，有这许多行期，想必与他们预计的行期相吻合。

今年，时间是迟误了，可是对他们来说，却是正当其时。

我对你笑着，我对你说：现在是六月，到这里来就应该在这个月份。

滨海的老板娘走进酒吧，又和船长谈了起来。她也说六月到欧洲来是个好月份。说今年夏天一定是美好的。她问他们是不是还要走。她，她向来是什么都可以问船长的。甚至不该问的问题她也可以问，比如原则上让船长烦恼的问题。不过，这一类问题她从来是避过不提的。Are you going away again, Captain? ①船长说，那要看她，他的女人。他对滨海女主人解释说：It depends on her. Sometimes she wants to go, sometimes she doesn't... It's a long way, you see, a very long way indeed...②他说现在他们总算把这极长的旅程走到最后一程了，应该休息几天，这大概总是可以实现的，只能是尽

---

① 英文，船长，您还要走吗？
② 英文，那要看她。她有时想走，有时又不想走……那是一段很长的路程，您看，真是一段非常长的路程……

可能短的一段时间，不过，也不能肯定。

接着，船长就什么也不说了。

她于是又低下头去看着地上，因为死不可免，对此她觉得很是羞愧。

船长合上两眼。他在想他以前知道的那几个法文字，可是一时又想不起。船长说：She's just like a child...①说到这里就打住了。他找原在听他说话的老板娘。不想老板娘已经走开。他接着就讲给我们和其他的人听。有的时候，是的，她想回英国。有的时候，她又不愿听到别人讲到它，不愿听到别人讲到英国。那就是怀特岛②，怀特岛并不远，伸手可以触及。乘船过一夜，第二天天一亮，就到了。就在那儿。Yes...yes...③船长讲到这些事，音调低沉，断断续续。家里的那座房子，就在那里，yes...他并不是对我们两个人讲，而是对小鬣蜥④一个人讲。还有看守人看房子。是这样。他能好好地看管吗，不免会有这样的想法，不过，毕竟有人在就是了。最早那个看守人活到岁数极大人还在，几乎可以说有一百岁。他死在那里了。后来来了一个年轻人，三四年过后就走了。现在是第三个看守人，一个上了年纪的人，这很正常。否则，现在，

---

① 英文，她像是一个孩子……
② Wight，英吉利海峡中一个英国岛屿，与法国北部塞纳湾隔海相望。
③ 英文，是的……是的……
④ 指船长的妻子。

人都死了，邻居呀，其他的亲戚呀。现在也只有他们了，还有那个看守人。留下的无非是一些家具，搬场汽车也搬不走，偷也偷不走的。房屋还在，还有沿海一带树林，那是很有名的。小鬣蜥抬起她的眼皮。她在听他一一数说这些事实。老父亲反对他们的婚姻。他们只有等待，等他死后才举行婚礼。母亲先去世，父亲后来才死。他们大概等了很长的时间。Yes…十年。他，船长，曾经被聘任负责监管航船。受聘任那时他才二十二岁。她呢，她当时已经是二十六岁，很美……my God… so amusing… so witty… my God… my God… How far away it all seems…①当老父亲死的时候，他们已经，他三十二岁，她是三十六岁。她是唯一的财产继承人。后来，很快就举行了婚礼，随后就动身离去。她愿意这么办。Yes… yes…是这样。他不说话了。他看着她。她的头微微侧向他这一边。他说话的声调略略提高了一点。

他知道她在听他讲这个故事。对她来说，每天晚上，似乎应该由她从她的地位来谈才是。

我说这个船长一定完全不了解怀特岛上这个姑娘。他所爱的那个女人。在她那方面，这一切，她想必是知道的。

他应该了解，她在精神危机控制下时时发作，对于船呀，旅行呀，都非常反感，只是有关这一切她都不跟他说就是了。但是他说

---

① 英文，我的上帝……多有趣……多机智……我的上帝……我的上帝……像是多久多久以前的事了……

这是由于心绪不好，每次旅行回来都要发生的。久而久之她相信长期外出旅行把自己的家宅也忘了，记不清了，那个客厅，她的房间，和到海边去的那条路，还有花园，还有沿海的那片树林，她生日那天种下的那些尤加利树①，都怎么样了，现在都记不清了。甚至船坞上面那一排住房她现在很想知道究竟如何。所以她急于想回去看看，看看真实情况究竟怎样。船长不愿意听到谈起这一类事。他让她去说，不去听她。超出一般情况的事他都不想知道。这种情绪恶劣所包括的细节他一概拒不介入。

真情是，每一次他们返回到这一地区，船长都担心最坏的情况出现，这可能是最后一次，也许极限将临。

现在人们是知道了。他们说到的是他们爱情最初几年相关的那些事。按照习惯，他们在怀特岛家屋前面只停留一个小时。她去看看那座花园，站在门外往几个房间里面看一看，往往是不进去的。然后，她愿意在傍晚时离开：她说，在夜晚到来之前，赶快逃命。按照惯例，他们赶到新港②固定的一家旅馆住下。新港，她每次来都对它感到同样欣喜。但是第二天早晨，在新港旅馆房间里，又不免对他说她不想再出海，结束吧，不要再出去吧，永远不要去吧。

这天晚上，船长心里很是害怕。这一次，她没有说为什么执意要在怀特岛上那座房子住下过夜。他，对这样一个愿望，他不肯让步，他觉得太过分了，毫无道理。她一向是知礼的、可爱的，这一

---

① eucalyptus, 即桉树。
② Newport, 怀特岛首府。

次竟是这样坚持，几乎可以说行事不妥了。She carries things to extremes...①船长说。She goes too far...②她的想法总是在变。She's always changing her mind...③

他讲到有关于她的事，她无动于衷，她不要听。

"这无疑是在过去等待她父母死去十年时间有什么情况发生使他们决定在海上旅行中消磨相爱的时间以求对这样的爱情既无所作为同时又拖住不放。"

她，她第一个相爱的男人，就是船长。这事在他受聘负责监管这艘船之后很快就发生了。

他们两个人也曾试图两相分手，可是办不到。他们分明看到他们的爱意结束那是不可能的，是她通知她父母表示他们要结婚。父母拒绝。不行。只要我们还有一口气，那就不行。她整个青年时代都是和他们一起度过的。她绝没有料到他们会拒绝他们自己的孩子的幸福。而且相反，竟造成了她的不幸，日复一日，一砖一石地将她的痛苦不幸铸成。

她的双亲，他们寸步不让。他们从来没有悔意。甚至在临死的时候也不退让。他们，小辈方面，也不回头，绝不翻悔。

船长没有被辞退，那是因为她要跟他去，天南海北也跟去，她

---

① 英文，她在走极端……
② 英文，她太过分了……
③ 英文，她总是在改变她的主意……

又是他们的女儿。他们也深知他们的女儿，他们知道如果夺去她的情人她一定要自杀的。老父亲，特别是他，做父亲的，他理解他们的女儿与他理解人世上的人是同样深切的。这种理解一直可以上推到他对他的妻子的理解，即他的女儿的母亲，她也是那样的人，她和她也是千丝万缕彼此不分的。这是因为女人与她们所爱的人是绝不可体分身离的，不论是白日还是黑夜，不论是在精神上还是在事实上。可是她们这种属于这些男人不可分的相依相附使这些男人也不能离开她们。老父亲知道他们的女儿与船长便是陷入这一境地之中。在决定把他们保持在身边不放松十年过程中，其中也有防止他们自行陷入迷途失散的忧虑在内——对此老父亲是十分有把握的。这两位老人不仅羁留船长在职务上不放，而且还提供充分费用让他们在这种状态下能够活下去，有作为船长职位的住所，在靠近他们不远的别墅花园之中。目的是他们可以在眼皮底下看见他们的女儿面对着大海不时在海岸码头或海滩上走过。

十年时间就这样过去了。

所以，整整十年，他们就是在船坞顶上那两间房子里生活过来的。

也正是这样，他们开始喝上了酒，和邻近别墅人家的人，夏季来露营的人一起赌纸牌。渐渐她也不去教堂了，她放弃英国新教信仰，她本是在新教教养下长大的。

不过，另一方面，她保留下来的感情依然保持在原位未动。

她对她的父亲和她的母亲本来抱有一种深重之爱。她和船长迅即对他们绝无任何怨怼之意,不论是他或者是她,从不提及此事。做父母的造下的罪孽是这般可怕,最后竟告无罪,仿佛他们自己也成了这件事的牺牲者。他们对于女儿的利益的理解超出于他们自身,所以对此应该忘去不提。这件事全岛无人不知,知道的人也如法行事,他们也都把它忘去若无其事。他们说做父母的已经以他们的痛苦把欠下的债偿清了。她呢,他们的女儿,她只有对命运心怀怨懑,对她所深信的生命应保持神圣的平衡不曾做好安排这件事愤懑不平。在船长那方面,什么事应怨怪什么人,他是从来不作如是之想的。

有一天,那是在她和船长在船坞顶上房屋生活已有四年之时,她写了一些诗。这也并不是第一次。在此之前,她一直是写诗的,只是她遇到船长之后有几年不写了。后来,于是又开始动笔了。

这件事延续有一年时间。

她写了一些诗。十五首。十五首诗。

其中有一首曾经在新港一份专业期刊上发表过。

她么,她告诉船长说她在她写的诗里对他船长倾注了全部热情,同时还注入对于每一个活在世上的人的失望。

船长,他么,他却认为容纳在这些诗中的并不是如她所说倾注于其中的那种东西。实际上她注入诗中的船长也并不理解。这就是这位船长面对他女人写的诗所处的地位。

船长感到十分痛苦。真正是一种惩罚。这一切，就仿佛是她背叛了他，她过着一种与他认为的她的生活相平行的另一种生活，而且就在这里，就在他们所生活的那个建在船坞顶上房子里。这无异是一种秘密的，隐匿的，不可理解的，甚至也许是可耻的生活，对船长来说，甚至比在肉体上对他不忠更加令人感到痛苦的一种生活——因为这一肉体在写这些诗之前是属于人世之物，如若她将之给予另一个男人，人世无疑对之也就毁弃勾销了。

有一次，他对她谈到这件事，说过那种痛苦，那些诗给他带来的痛苦，因为这些诗他全不理解。也许她对他所作的诚挚的表白误解了。她对他说，这些诗果真读来让他感到痛苦，那肯定是开始读进去了，理解那些诗了。

后来，又有一次，船长濒临绝望之际竟去找过老父亲。他自始就没有放弃不去看望他们，她的父母。他隔一些时间总是要去那座豪华别墅去拜望他们的。老父亲与船长之间始终保持有极大的尊重。老父亲从不开头探询他女儿的情况，他知道船长来就是为了向他叙述这一切的，每一次他都要讲到许多。在拜访中，他们还谈到大花园，房屋的修缮，他们的健康状况，地方上生活情事等等。

这一次，船长以写诗开头向老父亲讲他忐忑不安的心情以及他的痛苦。可是老父亲对此却显得高兴心喜。在他的脸上出现那种带有神秘意味的微笑久驻不去，船长在场他脸上自始至终都挂着那种笑意。老父亲对船长的痛苦以及他的不安完全避开不谈。他要他把这些诗抄出一份拿来给他看。船长也承诺下来了。

关于这次访问，他没有对她说。他到房间里把放在五斗橱上黑皮文件夹中这一时期放进去的诗稿全部取出，一篇篇仔细抄录一份，然后给老父亲送去。

老父亲就在船长面前读了这些诗作。接着又重读一遍。他不禁潸然泪下。他一句话也没有说，只是为自己流泪表示歉意。只是说：这是因为感到幸福。因为幸福而泪下。他说从女儿还是一个小女孩那个时候起他就期望着类似这样的事。

船长回转来。他发现自己现在已经是孤单一个人独处了。

此事之后不久，诗在新港那份专刊上发表了。

她，她曾经设法了解诗是怎么发表出去的，这本来是完全可能的事。后来，很奇怪，她也不再去追问了。这样，面对环境之崄巇莫测，她只有屈服一途。诗的内在性，诗对于心灵的穿透性能，实质上和环境一样，也是神秘莫测的。她相信，当诗在一个既定的地方写出，很快就会四下散布开去，按它们的明显性，它们独一的存在，被迅速投射到任何地方，距离，天空，海洋，大陆，不同的政治制度，某些禁阻，都可超越。她是这样一个人，倾心相信不论在什么地方人们都在写同样一首诗，但形式各不相同。她相信她要写出穿越一切不同的语言、不同的文化的诗，她在追索那样一首诗。

在这个时期——她已经写了十九首诗，深秋过后——她停笔没有再写。

随后，他们度过可怕至极的一个时期。

她曾经在新港一家产科诊疗所生下一个小女孩，生下来就死了。她情愿自己也死去。她要离开这个地方。偷了父亲一条船，走了。她曾经在黑夜里呼号喊叫，喊出一些什么话不可理解，她也曾呼救求援，喊出一些人的名字和不相知人的名字。同样还有她的父亲和她的母亲，她向他们尖声喊出她的爱和她的恨。后来她停下来不再叫喊。她只是哭个不停，一连哭了几夜几天。接着，告一段落，停下来，像写诗一样。她曾经要船长好好看一看他们这个死去的小女孩以便向她父母说说她是怎样的，如若承认她什么的话。船长照办了。他去见她的父亲母亲，把小女孩一对灰得发白的大大的眼睛，爱尔兰人那样的头发，那么黑，都向他们描述一番。

夏季到来，她的理智有所恢复，有一天清晨醒来，几乎完全恢复过来了，船长又认出了她本来的面目。随后就发生了这样的事：

她虽然在继后整整一个夏季以及整个秋季没有写诗，可是在一月间有一天，她又开始动笔写了。有几次，在非常阴冷非常阴暗的冬季某几天午后，写的是一首关于光的诗。她没有告诉船长。

有一天，她出门去了。船长在家里等她。他无意之间看到这首诗。他并没有有意去找。诗放在他们卧室五斗橱上那个黑色文件夹里没有夹好。一张白纸露出在黑色文件夹之外。船长把这张纸往自己这边抽出，这张纸于是全部展露出来。那首诗就写在上面，就在他的眼前，展现在那里，就像是一件罪行似的。这件事是在一个很长时期之后出现的，这样长一段时间她什么也没有写，这样一个漫长时期是继他们那个小女孩在新港那个可怕的夜里死去之后开始的。

船长,就他这方面而言,他想,年轻时期那许多矫情怪癖是早就应该结束的。

船长这时心情就像是被某种真实直戳了一刀。对他个人来说,是被欺骗,是和一个不相知的人生活在一起。关于那个死去的小女孩,以至对于他自己,却一字不见。他们的生活,他们的爱情,他们的幸福,踪影全无。

这一天,正是冬季中最严寒的日子。那是正月末梢。是啊,六个月,不过半年,没有写这种东西,卑鄙卑鄙。

诗并没有写完。所以没有夹在黑色文件夹里理好。诗才写到一半,还没有结束。但开端部分已经写好,已经定稿。这一部分的笔迹比其他部分看来写得坚定明确。诗的中间部分占半页,有几种不同的写法。这一部分可是都划去了。诗的开端正好是写冬日午后那种可怕的光芒。这种光照正是那一日的那种光芒。一种碘黄色的光芒,带有血淋淋的色调。这种光照正照射在怀特岛的那些大花园上,冬天的地平线上和固定在水上的锚地上渐渐消退。好像是一时之前才写好的。

这首诗看似专为伤害船长而写。尤其是:这首诗中船长被抹煞无迹可寻。船长痛苦万分。他苦苦寻思那一天他可能做了什么以致在他女人心目中被贬黜到这等地步——倘若果真做了什么,那么他的存在在诗中必然会被指出,甚或以暗示的方式或渺茫虚设的方式点出来。后来，他发现了真情之所在，在他看来，那就太可恶了，原来在这个女人的世界中从来就没有他的地位，也根本不会让他存在。

船长透过划去修改的文字和清楚写着的字迹又仔细读了这首诗。笔迹清晰的部分在他看来显得比她笔下犹豫不决有所更动的部分更让他感到奇怪。她划去的地方是说有几天冬日午后阳光透射大教堂正殿的光束就像大管风琴沉浊巨响向下沉降那样令人沉郁窒息。

她在纸上笔迹写得清晰明白的部分是说：这阳光之剑砍在我们身上一道道流血创伤是上天加之于我们的惩罚。这创伤不留痕迹也不见有疤痕，既不伤及我们的血肉之身，也不触及我们的思想。太阳之剑原来没有宰割我们，也不拯救我们。那是另一番景象。那是在别处。在别的地方，距我们可能想到的地方还要远而又远。这伤口没有提示任何征兆，也绝不证实任何可能是某种具有教示的缘由，即上帝统治范围内某种亵渎冒犯的事实。都不是。这里说的是关于达于极限的那种差异：就是寄之于含义意指中心内在的那种差异。

在诗的结束处，即写出的那一部分，意思变得晦涩难解，游移不定。诗中说，或者几乎是说：内在的差异已经被至上的绝望击中，内在的差异可以说就是绝望的印记。接下去，全诗在凌空飞举之中，在达到顶峰前最后几道深谷之中，在夏夜的寒冷之中，在死亡的显现之中，纠结迷失。

船长把这首诗抛在火炉里烧了。他把诗烧掉，痛苦也就解除了。他心里这么说。随后他等待着什么，他也不知究竟是等待着什么，就在放着这个取暖火炉的房间，她必须通过这个房间才能走到那间卧室。实际上，有很长一段时间，是不再感到痛苦不安了，于是，他等待着她从外面走进门来。

继销毁这首诗之后，在这样一个短暂的缓解的时间之中，他的女人另一异样的形象立即出现在船长眼前。这时，诗既已毁弃，船长这才明白他刚刚做了一件什么事，他不禁感到害怕。

正是这样，由于她对他，对船长无所知，他发现他的女人原来是纯真无辜的。在极短的时间内，对他来说，她又重新成为那个一无所知的女人，她之于他船长所具有的那种影响力量，她也并无所知。这种纯真无知竟至写出这样一些诗，而对于诗中隐晦不明的性质所具有的重大涵义，她原本也并不知道。本应保护这个像孩子一样的女人以对抗她自身，抵御这种晦暗不明的性质，这种晦暗不明的内涵在他看来却又是显然可见的，因此她竟把这种隐晦性质与她自身的本真融合为一不分彼此了。

她刚刚从环绕别墅的小路上散步回来。她说一走出去就觉得冷森森，令人害怕。后来，他们一起喝了一杯茶。接着，她就回卧室去了。房门她没有关上。大概就这样过了一时之后，她发现那首诗不见了。她找了又找，后来问船长有没有在五斗橱上看到放着那张写过字的纸。

船长说没有看到什么纸这类东西。

整整一个晚上,直到夜里长长一段时间,她到处寻找,整个地方都找遍了。她抽出五斗橱上面的抽屉,都倒出来。他独自留在餐厅里,让她在那里找。他不时问她有没有找到。她说没有。最后她把五斗橱下面两个抽屉踏得粉碎,确证那首诗没有滑落到五斗橱里面去。一无所有。于是她走到船长所在的那个房间,坐在他面前,注目看着他。她说:

"到处都找遍了。我找不到。完了。这首诗属于另一种不同的体式,"她又补充说,"本来我很想把这首诗拿给你看,因为我写的一切都要让你看,虽然并不是因为我相信你会喜欢它。相反,我认为它会使你怕我,原因是我头脑仍然有病,因为我的小女儿死了。所以,这么一来,也许,更好吧。"

船长一直看着他的女人,他对她说,这首诗他肯定不见得会比其他的诗更好理解。

她说她是多么想把它写完,但是,现在,再也不要想了。两个人于是都不说话了,后来,他们就去睡觉了,夜中寒气浓重,他紧紧拥在她身上让她觉得暖一些,他对她说他爱她甚于一切人,她对他说她相信他。

你听完这一段已成为过去的故事。你于是说,你说他们之间真是发生过什么事。说你理解那首诗和那样一个冬日的光色。同时,突然之间，这首诗又以迅雷不及掩耳的方式猛然堕入对于真实不可理解的性质之中。

我们没有说话，有很长一段时间我们没有说话。

后来，我们谈到从那年冬季中一天到现在，在这天晚上，就在法国这个港口，已经逝去的这一段时间。

大概是在这首诗遗失以后她才想到要出海远行，决心在海上消磨一生，不再写诗，不再去爱，只求将诗与爱都交付大海任其泯灭消失。

此后，他们之间大概不再有什么其他相关联的事了，也没有其他什么时机，也没有别的方式来把那样的格局化解开来，什么都没有了，除去按照这种方式听任时间消逝而去。他们的爱情原有其他可资利用的一切也全部割弃了。幸福也抛弃不要了。写作，废弃了。

像在此之前最初我们看到他们那样再去看他们，对我们来说已是很困难的事。过于接近他们，我们感到压抑，窒息。看他们两个人在一起，要和他们有所接触，必须离得远一点才行。我们从酒吧柜台这一边走开离得远一些。你跟着也走到我的身边来了。

高丽人没有再出现。广场上一直不见人迹。夜开始降临。沿海峭壁也变为另一番景象。峭壁都好像裸露在外，一片白色但又不是纯白。

我们在远处多看看他们，让心里记住不忘。听他们说话，是困难的，几乎不可能。开头的几句话和几个词语可以听明白。就是这样。船长喝了四瓶比尔森黑啤，她三杯波旁威士忌。他们说些什么他们自己也不清楚。无疑在同一时间内什么都谈。开始是对谈，随后又忘记他们是在相互交谈。一下他们又停下不谈了。他们是为他们自己在讲什么事，他们在相互抱怨。他，他有时流泪。他们说了些什么，也无需追问。人们知道，都是与船有关的事，有关沉落在蛮荒河谷中的黑夜。还有关于两岸荒凉的河流。关于这个地区，法国这个鬼地方，不去组织接纳遇难的船只，不去好好接待经过长途旅行上岸的旅人。于此可知他们十分依恋他们那条航船，那就好比是一种信念，似乎是说：要是没有它在海上收留他们两个人，他们就会永远彼此亡失不能相见。

我们看他们看了很长时间。他们，他们对什么也不加注意，对任何人也不留心关注。看他们可以看个通宵一夜，他们也不会觉察，不会有什么感觉。如果人世只有他们两个人，他们也就不知孤独为何物了。

现在他们身形毕现地出现在滨海咖啡馆的大厅。既由不得他们，也由不得我们，就像这样，看看他们就是了。人们不禁问这怎么可能,像这样的纯真无知又怎么可能。纯真无知承载着他们,就像衣服穿在身上护卫着他们一样。

他们没有说话。他们忘却一切,他们是睡着了,他们又醒转来。随后,又开始。他们又开始谈话。

是她,她先开口的:他呢,他立即答话,她,她接下去,她用了一大段时间说个不停,说出另一句话,另一个词语,他,他显出气馁的样子。就是这样。

说到船,还说到船长所怕的那件事,他不知道她对那件事是下了决心呢还是没有,反正两个人都忧心忡忡,他们的心事使他们同其他人远远隔离开来,使他们同别人疏离分开的倒不是因为他们讲的外国话。

她是非常孤独的,她,她头脑里只有关于那条船的意念。她比他还要孤独。她慢慢地非常慢地一口口啜着双份波旁威士忌。是他阻止她不让她再喝下去。他么,却一大口一大口喝他那个啤酒,比尔森黑啤,就像喝水似的。她手伸出去拿那杯波旁威士忌,他注意着。喝了一口,他就把他的手轻放在她的手上,她就停下来。她把杯子放下来。

老板娘说过,到了半夜,他们船上的水手来接他们回船。所以她说用不着担心。

今夜她不愿留在那边,不能,她不愿意。现在主管那条船的已不再是她，是他在管，而且等一下要来的水手他们都由他指挥，听命于他，只有他能给他们下达命令。在此之前她亲自掌管这条船，她经常在风平浪静沿海一带操舵航行，这让她感到高兴。现在他们信不过她了，不论是他还是水手。这事从来无人谈起过，她知道现在她是没有那个力量了。钱，是另一回事。他说过，对于钱开始他不加注意，是她的钱，属于她的，当时对此她也十分经心注意，这样维持了很长一段时间，已有多年。现在她应该核查一下，不过总是一拖再拖，时间相隔很久，因为这种事叫她去做她就只有昏昏睡去。

她，她喜欢做的是在甲板上半睡不醒保持这样的状态。

人们不禁为一件事感到惋惜，那就是船长，他对她采取一种略显过分尊敬恭顺的行事态度，原因在于他们出身不同。这本是极为常见的事，不过这使她不悦。船长对他妻子的血统出身非常自豪，他说她族系血统是那么纯，那么久远，甚至有一些祖先据说葬在英国许多大教堂的墓地里。

在酒吧里。船长。他眼睛垂下，这样有很长一段时间，接着，突然，他抬起头来，注目看她，看了很久，就像什么人对着令人震惊一时又无法意会的景象，如海上的虚无缥缈，或天空的玄远空灵。

在这里，有必要提出的应该是关于时间的问题，关于生存时间的问题。这件事从来没有提起过，即使是在某一天，仅仅在某一个钟点，仅仅在一个什么地方，仅仅用一句什么话。

你说：

"人们要问：他们出现在现时的非现实性是不是出于与漂流在外相随而来的那种空无状态，出自这种完美中的缺陷，即旅行在外这种唯一的错失。"

船长。由于因她而起的那种激情，他的动作过于缓慢，慢慢吞吞的，仍像是在相识的第一个夏季那种激情还处于隐秘状态那样。船长，他是慢慢吞吞的，老熟了许多，他的血液过于浓稠厚重，他的血因为饮酒过度在他身内流灌也缓慢无力。

老板娘又走来和船长谈话。她问他那条狗的情况怎样，声音低低的，一直是讲英语：Captain, tell me... What happened your little black dog? ①船长说死了。Dead. An accident. Yes... a month ago... yes... It's very sad for her.②他指指她，她眼睛紧紧闭着。她的眼睛又看着地上。她已经听到咖啡馆老板娘的谈话。因为小狗死了，她自觉惭愧。

我看着她，她，坐在吧台前面的那个女人。我想我可以把她的波旁威士忌拿来喝下去。她，她也许根本就看不见，她也许会看

---

① 英文，船长，告诉我……您那条小黑狗怎么样了？
② 英文，死了。意外事故。是的……一个月以前……是……她很难过。

见,喝吧,随你,若无其事,依旧还是那样,看着我喝,坐在酒吧高脚圆凳上,半睡不醒的,唇上流溢着细微的笑意。船长,他可能考虑得多一些,这既是为她,也是为了他自己。那样的话,开始也许他笑一笑,继后也许对我说:代她喝下去,多谢,因为这对她有害,太可怕了,您简直想象不到……It's difficult to explain...①也许,他会流下泪来。

这些事是我事后这样想的:在当时,间不容发,一转眼就过去了。我不清楚我为什么这样想,对我,也许是危险的。也许,对那附有盐霜的肌肤,对那种海洋的气息,酒杯上干裂的嘴唇有所心驰也未可知。

我并没有伸手去拿那个酒杯。我的嘴也没有去喝波旁酒,嘴里也没有船上的油漆气味,胸膈之间也没有烈酒猛烈发作的感觉。那种烈日骄阳的熔流已经流贯全身。

他,船长,他时时都在看她;她么,却不,对谁她都不看一眼。他,事实上,他的眼睛一刻也不离开她,决不离开她。他依然以其全部性欲力量在爱着她。她呢,不;她已经进入另一种境界,有几分介入死亡,有几分滞留在笑意之中,再就只有上帝才知道是什么了。因此她没有足够的力量去为自己选择一个男人。每天夜里任他所为。随他在她腹中胡乱翻搅折腾,并且和岛上那些妖冶的姑

---

① 英文,很难说明白……

娘寻欢取乐。他在新加坡港口买了各种杂志画报。

他往别处看的时候,也是看地上,随后很快转回去,去看她,证实她是不是一直安稳地坐在她的高脚圆凳上,她坐在那里依旧温柔地默默地笑着,不知究竟是为什么,也不知是看到怎样一种意象,或许在用亲切的话语叫着那已死去的小狗,叫小狗的那些话不禁使他泪下。My little one… little Brownie…①

有一次,当船长转向她一看,他知道现在决不容再有耽搁,她就要滑倒到地上去了。Darling…Darling…②

这样的事,就像是在海洋上暗夜突然发现不可见的陆地迫在眼前一样,船长,他是知道的。Darling… My poor little girl…③

落日在河彼岸下降。红光返照散布在滨海咖啡馆大厅中。这红红的光芒照在墙上,照在镜面上。照在这些人身上,照着他们凝止不动的身影,照着那些什么也不看,不看你,也不看夕阳的人。

船长,突然之间,有一种绝望穿透全身。他又直起身来,挺直起立,他用力吸一口气,随后又委顿倒下。为时短暂,时间仅仅是

---

① 英文,我的小狗……小布朗尼……
② 英文,亲爱的……亲爱的……
③ 英文,亲爱的……可怜的孩子……

迅速的一闪，他疲惫不堪，萎靡至极。他以一种憎恶的心情，看着那些French①。可以说，他是再也忍受不住了。他在悻悻抱怨。那些French，他又能把他们怎么样。船长，他是不想操心去注意什么了，那些French围着酒吧谈话，他不要听。他觉得自己被牢牢捆住抛在这些French的中间，身体死死被绑住被围困在French中间，就是这样。她头转向他，对着船长，眼睛张得大大的，她看他：What's the matter？②

这一句话人们勉强可以听见。可是她又把眼光转过去，看着地下。是有什么声音沉沉叫着，似有若无，仿佛是在叫布朗尼。她又回到多情的境域之中，她这时一定是沉浸在有关那失去的小狗，有关童年时期的往事之中，沉浸在老家、那种深情之中，以及一切激情欲念之中……特别是那无罪的情欲……My God③……所有已经失去的夏日，像流失的血……还有那死去的孩子……还有那些诗……足以把人压死的痛苦……濡染有鲜血的红光，就在那个地方，竟让她孤苦一人沉陷其中，沉陷在纯真与苦业之中。My God，包围在她周身，就是这样一种纯真，这样一份苦难……想到这一切……想到这许多危难险境……船长回想自己的一生，心也在震颤。

夕阳沿着四壁继续向上移动。夕阳已经照不到墙上的大镜

---

① 英文，法国人。
② 英文，这是怎么了？
③ 英文，我的上帝。

子了。

海鸥在河谷上乘着风势疾翔。海鸥，你也真是疯了。飞鸥的羽翼下，是峭壁那样的白色。

我对你说：

"他不愿意让她死，他，他不许她死，或许是因为这样的理由：他不愿他自己活着而她竟自死去，这不行，一定不行。"

船长，他的生命的意义，他要依据这女人的生命才有可能找到，这是正常的，她在这条船上在他身边生活的时间已经这么久，有多少年他算也算不清了。

船长有时一定会问自己，由她而来的问题如许之多，她的难处的性格，还有出身门第的差异，他想知道自己何以竟能活下来。船长将它全部归罪于不理解他的妻子，她的写作，她的疯病，还有她的那些怪话，至于那些可怕的诗，她，她是永远不会再去想它了，这一点他是可以肯定的，这要感恩上帝。船长耿耿于心的是不同的家世出身，依他看，在他们之间，这是确定无疑的巨大的差别。他想她的婚姻对于她是不光彩的，他一定为她深感痛苦，而且肯定还要痛苦下去。谁知道？也许这次不得已在塞纳河一个小小港口停靠是他有生以来第一次给自己提出这个问题。说不定因为法国人围着酒吧柜台那样盯着他看，使他产生这样的想法。这种事他不能和她谈，她一定拒绝。这种事，起初，她还觉得好玩有趣，后来，就不行了。

船长有时对着我们也自有心意地轻轻一笑，他是用眼神对我们有所示意，而且几乎是难以察觉的。很轻微，轻忽得近于无有，他的眼睛他的手稍稍有所表示，意思是说：你们看看她……Look at her... She's my wife... yes... My wife...①我的妻子，你说的法文？……是吗？……She's a character... Yes...②他笑着……But she doesn't know what she wants...③

不，不。

他不说话了。

也没有必要说。

坐在吧台边上那些人轻声说些什么他并不想去听。那是无济于事的。只有忍受。

有时大概她在和他讲什么往事，告诉他说她还要周游世界一次。马六甲海峡，再去看看，还有伊斯梅利亚④，运河沿岸。在他那方面也许正好相反，但愿这样的事不要再出现，彻底结束，这么一条船，对于像他这样年纪的人，那是很危险的，何况永远是那种不变的说话情态，还有他同她之间那种令人窘困不堪的温情。她听他讲这些有关旅程的事，就像真有那么一回事似的，她让他说下去。但要知道：她真正在想的究竟是什么。

---

① 英文，看看她……她是我的妻子……是的……我的妻子……
② 英文，她是个怪人……是的……
③ 英文，她不知道她要什么……
④ Ismailia，埃及东北部港口城市，伊斯梅利亚省省会，在苏伊士运河河畔。

时间就这样围绕着他们缓缓逝去。时间就像这样消磨过去了,他们想必常常根本不知道他们处在什么时间。你说:

"还有烈酒把各种事情搅得乱成一团,最后是昏醉和理性迷失。"

但也不一定,也许是我们受骗了。也许,每天晚上,不论在哪里,她心里想的都是要再见到新港,见到那个海岛。也许多年来一直都是这样,也许每一天每一个夜晚她都带着行将死去的那种温情、那种非同寻常英国人所有的慧心灵智祈求一死。

有些顾客离开走了。有些顾客刚刚走进来。

暝色苍茫。日暮时分的光色四下弥漫。在街道上,在港口各式各样房屋建筑上。滨海咖啡馆大厅也布满这样的光色。这是一种金黄色的光,金黄兼有玫瑰红,是河对岸石油专用港闪闪发光反射过来的。

酒吧里那些人,那些酒鬼,很长时间,对那傍晚的光色,海岸,他们看也不看,这种事谁去管它。又过了很长时间,他们才仿佛醒过来。

有一个时刻,船长:他指了指那些人。还指了一下外面的那条河。广场。天空。他的手好像画了一圈,声音很轻,他在咒骂,咒骂那些人,咒骂天神,咒骂江河,咒骂上天。

船长，他在咒骂。他什么也不想看，夏季，这片国土，这个时代，这些人，他都不要看。愿世界独独留下她一个人，my darling①。

现在，对他们来说，这夏日傍晚，那是太难堪了，河岸，船，离得太远了，再也不可能了。这一切现在都必须舍弃，真的，都丢开，还有海水浴，到森林里去走走，酒吧间里逗留逗留。都不要。现在她是太疲倦太虚弱了，已经无力往返来去，头脑不清。另一方面，她的鞋不见了，她穿的一双鞋已经穿了十年，已经不行了。她喜欢穿的鞋，就是她一直穿着的那种鞋，他们也未加注意，那种鞋在商店里渐渐越来越难看到。现在，根本买不到了。十年之内在商店买都是买这种类型的普通鞋子穿，在这之前她穿南安普敦②定做的，是她一向穿起来最适意最好的鞋子。这类鞋很符合她喜爱的那种普通式样。可是南安普敦店家已告倒闭。情况就是这样。现在，除南安普敦以外没有人定做那样的鞋，不错，那种鞋到哪里去找呢？一年时间，这是做一双鞋要等的时间，又到哪里去等呢？至于衣服，情况当然不同，但结果也是一样，没有合意的，可是她，她又决不进商店，不肯去。后来呢？什么后来？什么都不行。所以，现在，就是这样一副模样。另一方面，新鞋可能磨破脚，脚已经变得脆弱易伤，随着年龄日增，一双脚也不行了。现在，她穿小孩穿的那种小凉鞋。船长平静下来了。他脸上现出了笑意。

---

① 英文，我亲爱的人。
② Southampton，英格兰南部濒临英吉利海峡的港口城市。

他么,他的情况不一样,船长说。他还有力量,鞋,他绰绰有余。他所不可缺少的,是不能没有她,他的妻子,不,少了她,他,活着也没有意思了。她,他要她和他在一起,不论是在什么地方,即使是在白金汉宫①。

她,小鼹蜥,她笑着,眼睛看着地下,她笑了,笑了又笑。不知她说了怎样一件事,只有他听得清,也让他笑了,他们在开玩笑。别的人也跟着笑了。你俯身向我,你躲到我的头发里面笑。

后来,她又唉声叹气,唧唧咕咕,是因为布朗尼,因为这条小狗从船上逃走。在水里淹死了。

船长停下不再笑了。

他看到一堆破布,和一染再染的头发,还有折断碎裂的指甲,打断的牙齿和脱落的头发混成一团,都是她半夜在船上为要弄清他会把威士忌放到什么地方弄出来的。船长,他转过头去,不再看她了。

他们坐在那种高脚圆凳上不会好受,不舒服,可是他们居然每天在高脚圆凳上一坐就是三个小时,在船上的酒吧里,或者是在那些海岛,在那边,在热带地区潮湿溽暑的气候下,天空总是灰蒙蒙一片。

你,你是一个眼中带笑的男人,你说:她很想死。That's the

---

① Buckingham Palace,英国王宫,在伦敦。

point.①是她要这样,一种怪癖一种任性。

我说这样想死,又没有病,死了反而是幸福,这无疑是一种怪癖。

她在嘀嘀咕咕说什么,她还是在讲那条狗,她说得很清楚,她越来越想那条死去的小狗……I'm thinking of him... poor little boy...②她这是对船长说的。船长叫她不要闹了。她就不做声了。

你说这是因为她那么爱船长,所以她有时很想离开他。

船长在看我们。他知道我们这时正在谈他的女人。他微微笑了一笑,他很胆怯不安。有一个法国女人和他打招呼。她轻声问,他的女人叫什么名字,她的名字。船长,声音低低地讲出那个名字——仿佛很惶恐的样子。她听见了,抬起头来,她注意在看。她轻声问:What's the matter?③他向那个法国女人示意。Nothing... This lady wants to know your name...④

她注意看了看那个问她名字的女人。她急促地一笑,笑得很刺耳,很有嘲弄意味。还要命名吗。接下去,她依旧管自己低下头看着地下。

---

① 英文,这就是要害之所在。
② 英文,我想他……可怜的孩子……
③ 英文,什么事?
④ 英文,没什么……这位太太想知道你的名字……

你又说起坐在酒吧里的那个女人。

你说船长的这个女人在她身上有一种洞察一切的力量。

有几部汽车从广场开出,又有一些车子开进来。有人走进咖啡馆,他们朝大厅走去,只听他们说要那种夜晚饮用的饮料。

我对你说:

"对上帝的信仰是不会再恢复了。"

老父亲死去,对有关冬日之光那首诗的事并无所知。

另外那十九首诗,父亲给她出版了。先是在伦敦一家专业杂志上刊出,后来以她未嫁时的名字出了单行本。她一点都不知道。船长认为她可能永远不会知道。太晚了。

别墅新来的看守人曾对船长说,有寄给她,the lady① 名下的来信,他已按发信地址退回给伦敦的出版者,因为老父亲在死前要求他这样处理。他还说在书出版开头那一年,有几个年轻人来过,要见她,见 the lady。以后每年来的人略有增加。而且每年都有一些不曾来过的新人来这里。

这个看守人是老父亲死前不久雇用的。老父亲曾经把他女儿的事作为主要事件都讲给他听了。

---

① 英文,太太。

太太回来，她从来什么也不问，她根本就不问什么。有一天，别墅的看守人问船长关于太太的书这件事为什么搞得神神秘秘的。船长说，这是因为诗是她在年轻时写的，以后她就停笔不写了，甚至对它她也没有兴趣了。

看守人曾经收到书再版时不该寄来的一本样书。他读了那十九首诗。他对船长说他觉得对他来说诗写得难懂。他不理解。不过，他发现这些诗非常美，印象强烈。年轻看守人说的话船长没有回答。看守人本能地把这本书藏好放在船坞顶上房屋他住的房间里。

这些诗在欧洲已经有两三个国家出版了译本。但是他们去过的地方，在马来亚海域的各个岛屿，那时那些诗还没有传到那些地方。

有一年夏天，当他们每年一度回家来看看的时候，那个大胆的别墅年轻看守人趁船长一时不在的机会——他大概在大花园里看人种植新树——把诗集拿给太太看。起初，她茫然不解，随后，她问这本诗集出版有多少时间。"四年。"

她还年轻，她仍然是年轻的。她依然很美。她目光莹灰色，眼眸很大，深邃。太阳把皮肤晒得棕红，穿着蓝白相间的夏衫。她看着那本书却茫然不解。没有伸出手去拿它。没有去拿。仿佛不该那么做，是什么理由她也无从知道。

"怎么来的？"

"是您的父亲经办的。都是由他操持进行的。"

她不明白：

"怎么，我父亲？他原本什么都不知道么？"

看守人，他知道：是船长把诗拿给老父亲，老父亲又拿出去发表。太太笑了。她说船长对她真是再好不过：He is so good to me.① 她看着看守人，他正当其年，他敬慕她。她微笑着，她放低声音问：

"里面有几首诗？"

"十九首。"

她思索着。她犹豫着。后来她问：

"里面是不是有一首关于冬日午后的？"

看守人在查看。

"没有。我相信没有……是这个标题？"

"是呀。应该是，是这个题目。是，肯定是……"

看守人重复了一遍：冬日的午后。

她看着他，注意看着他。他说：

"没有。里面没有。"

她也像他一样把这句话重复了一遍，里面没有。

她看着大花园。然后看看守人，他的眼睛也在睽睽看着她。她说：

"我不能肯定……"

---

① 英文，他对我真好。

"怎么？"

"我觉得是把它放在五斗橱上……我记得很清楚。我可以肯定……您看好像是……肯定是把它夹在一个黑色文件夹里。后来我就出去散散步，等我回来，就不见了。我一直都没有找到。"

他说：

"您认为您写了？"

"我自己心里想肯定有那样的想象，您看呢？"

"我不知道。您还记不记得您讲的是什么？"

"讲的是阳光，冬天，阳光能遇到能照到可透过的地方就照射进去，拱顶上细小的隙缝，大殿上小小窗口，人们有意让光照进来，要光照射到大教堂里面一直照到像黑夜一样的地上。在冬天，阳光是碘黄色的，流血似的……我说这光像是上天的利剑直把人刺伤，我说那一道道的光刺穿了心……刺伤却不留伤痕，不留一点痕迹，什么都不留……除了……我忘了，记不清了，这是最关键的。除非是……"

说到这里，口气转变，接着她一口气说出：

"除非是心里意有所向那种内在差异。"

她说：

"后来，我就什么都不知道了。诗余下的那部分我当时还没有下笔去写。"

两人眼睛都低垂下来。他说：

"您对您想写的心里都已经知道……您应该相信您当真是

写了。"

她没有答话。那句英国话原话他又重复讲了一遍:

"But internal difference, Where the Meanings are.①"

她没有动。她说:

"我无法让我不去想我是写过的。我觉得一想起当时的情景,一闭上眼睛,我就觉得我的手还在使力,为了快快写下来,不要忘了,竟弄得纸滑开去,我一只手想把纸抓住,用力过猛,纸都撕破了……您想想看?"

他垂下眼来,他说:

"您没有写下来。我认为您没有写下来……在做梦的时候,是有您说的那些困难……什么都不见了,找不到了……什么时候都有可能……要什么偏偏就没有……"

她流泪了,并不自知。

"这是不可预料的,您竟没有把它写出来。"

他也流泪了,由于不得不说谎。

她一下瘫倒在坐着的扶手椅上。她在颤抖,在这二楼的小客厅里所见到的一切都让她惊恐惶惧。她说:

"请原谅我……有人和我谈我写的东西,这还是第一次。"

他走近她,呵出热气去暖她的手。

接着,她闭下眼睑紧紧压在她的眼睛上有很长一段时间,怕

---

① 英文,内在的差异,正是意有所向之所在。

呀，冷呀，都没有了。接着又张开眼睛看他，她说：

"这里面，一定是因为我当时头脑发病……那些，那件事，我肯定是有的，可是又说没有……我也没有在意……都弄不清楚……许多事我认为说过或者亲身经历过，又说没有……请想想，明白以后会把心搅乱，竟乱到这种地步……"

她拿起那本书，她看着它。

他问：

"冬日的午后，是那首诗的标题？"

"是啊。Winter Afternoons.①本来应该是这本书的书名。"

他们互相看着对方。她说：

"您是对的，它没有和别的诗放在一起。它和它们根本不同。"

她起身站起来，她在客厅里走了一圈。她什么都不去触动，她又把那本书放下。她说：

"只有在今天我才明确我没有写那首诗。今天，我认识了您。我应该忘记您，忘记您也忘记那首诗，"她微微笑着。"我过去以为我在我二十四岁那天死了，但是不，没有，我错了。突然间，我非常想吻您的嘴，您就像是我的第一个爱人。"

他双手捂住他的脸现出防御的样子。

她问他：

"您几岁？"

---

① 英文，《冬日的午后》。

"您几岁，"他的眼睛继续紧紧盯着她看，她在这样的注视之下只感到心安意悦。"我请求您收下您写的这本书。"

"不。唯一真正的诗注定是遗失的那一首。对于我，这本书是不存在的。"

她看看她的四周，从开着的窗上看出去，看外面那座大花园，草坪。她说：

"我本来真想给您讲一件事，只求把它说出来……可是对于我是不准许这么做的……"

"您从来不曾讲过的一件事？"

"从来没有。不过，也不必了。这件事您知道的和我知道的一样。"

"我也认为不说也行。"

她对着他笑了。随后她也就忘了。

"您是我父亲的朋友，不是？"

"是，"他迟疑一下，"他把事情都给我讲了。他全知道。"

她对那个年轻的看守人笑着。

"不。他并不全知道。"

"是不是我全知道？"

她在思索着。

"我不知道。我不相信可能全知道。就是我，我就不全知道。船长知道的我就不知道。您知道，我讲的某些事，从没有人谈到的事……我是在说谎……几乎是迫不得已……"

她靠近他,她把口唇伸到他闭着的眼睛上。她说:

"我真想和您一起留在这里一直到夜里。"

她又站起来,俯下身去,将她的嘴唇伸到他的嘴唇上,在那里停留很长时间。他们就这样凝止不动一直到取得永远相知那样的时间。然后她从他的口唇上收回自己的双唇。他留在那里,就按她把他弄成的那样一动不动,双手捂在脸上,闭着眼睛。她说:

"我本来打算再到船坞顶上那个房间去找一找,不过,那恐怕不妥当。"

他提醒她说那个房间现在是他住在那里。他说他来之前一年地上墙上全部重新改装过。大不一样了。

"您的意思是说,就是不知这件事,您,若是您找到它,不论是在我父亲死前或者死后,它还可能收进诗集?即使没有写成,也收到这个诗集里去?"

"我觉得,是,即使是没有写完,"他又换了一个口气说,"不过,我不能肯定……我根本不能肯定……不过我觉得我大概会把它寄给伦敦出版商。"

船长在别墅楼下底层叫他的女人。他想到北岛去走一圈,问她是不是同他一起去。她说不去,留下,留在别墅和花园里。

她从别墅内部一个门走出去。那个年轻看守人正在窗后。她出来了。她出现了。她穿过草坪。走到大花园中心,她转身朝楼上方向走去。那个年轻看守人正在窗前,正好面向着她。她对他笑笑。

她又转身向外走。她一定是往尤加利树林那边去了。到什么地方去找她他并不想知道。他也不想去会她。他只愿一个人留下来,记住她,想一想她,爱她。

他们在第二天清晨离开海岛走了。那个年轻看守人也未能再见她一面,他叫过她的名字,就在那年夏天那一夜,她的名字曾涌现于他的唇边,他叫过她,埃米莉·L。

烈日炎炎的白昼过后,夜晚缓缓来临。河上升起凉森森的清新气息,这种气息带有一点鱼腥气和金属气味,这是近江河出口处水流都有的那种气息。

还有客人到来,客人一到就直接走进旅馆的餐厅。你说:

"她身上所有的那种力量,她一定感到那像是智慧已告丧失、于她无用的一种力量。"

"你是想说,她在生活之外还有一种可怕的缺失,她不知道是在什么时间,是怎么一回事,也不知是同谁,同什么事相关连……?"

"这种缺失是什么,就在那里嘛,就在她身体内部,她的全部生活就在她一言不发留在她所要留的那个地方,对船长来说,那就是她的情爱最为贫乏的那一类区域。"

我说:

在那间冬日小客厅里,她的嘴吻在年轻看守人嘴上很长时间,正相当于一段爱的时间,此后,他们有三年没有回怀特岛。别墅的年轻看守人等她回来整整等了三个夏天,他为自己曾经对有关于她的事加以张扬,目的是让那些可能知道他真正身份的人打消那份好奇心。

这个年轻看守人对埃米莉·L的痴情已经搞得满城风雨,怀特岛上无人不知,最初是住在别墅附近的人,继而传到新港贵族社会与埃米莉·L家族代理人新港公证人有关的范围。家中原来的那个看守人死去接着聘用这位年轻看守人正是这位公证人一手经办的。他们一个季度见面不过两三次,都是为有关他的工作、他的薪金事而来。当然,他们也谈到埃米莉·L。

年轻看守人可能谈到他在别墅的冬日小客厅里与她相遇的事,谈到此事的只有一个人,那就是新港的公证人。自从他们在一起谈到这个女人的事以后,这位公证人每次收到船长和轮到他也叫她埃米莉·L的女人寄来的明信片的时候,他都亲自带来拿给年轻看守人看。

还有埃米莉·L诗作的声誉愈来愈大这件事他们只能在一起谈论。他们两人不论谁对这种荣誉都不甚了了,弄不明白。他们两人对此既感到可喜,又觉得不堪负担。可喜的主要是这些诗每年读者面都有扩大,扩大到一些新的地区这一事实,他们感到有压力的是她本人对这件事全无所知。什么时候让埃米莉·L知道有关她自己的事、她的诗名才好，对于这一点他们二人煞费斟酌。他们二人确信船长所以选中到马来亚海域去游览，无疑是因为埃米莉·L诗作所取得的荣誉一时还没有传到那个地方。

关于诗，他们谈得很少，谈得多的是关于这种不易理解的神秘性，关于读者无限地扩大，公证人说，扩大开来的读者不是那些行家，不是这一类读者，而是另一些人。他们还谈到另一件神秘不可解的事，那就是埃米莉·L遗失诗中仅有的那一首，即关于怀特岛花园冬日阳光那一首之后，竟放弃不写了。

他们也谈到遗失那首诗的事。依年轻看守人的看法，埃米莉·L必是知道冬日阳光是怎样消失不见的。年轻看守人也确信埃米莉·L，她本人的确是在那个房间里写出过，诗是写出的。就像在那里或者在别处，在白天或者是夜晚，不论在什么季节，反正她本人亲身必在，其他的诗就是这样写出来的。埃米莉·L在他们青年时期写给他们两个人看的那些诗，年轻看守人对这些诗不可能有别样的看法。他说，像她，她的手紧捏着那枝黑色钢笔，是亲眼所见，他说即使在睡梦之中一定也曾出现过。她会那样看，是亲笔所书，作者就是她。公证人的看法不同，或者不如说，对于这件事他决不会像年轻看守人那样用那样的说法去说明。年轻看守人以这种方式谈这件事，他不禁为之一笑。他说，这许多诗不论是怎么写成的，必然有一位作者。他说，总不会仅仅是一首诗的作者。是作者就永远是一位完整充分的作者。可是年轻看守人坚持他的看法，绝无讨论的余地。有一天，公证人对他说，看事应该单纯一些，年轻看守人听了态度显得很是粗暴。他叫喊着说：埃米莉·L已经疯了，在这样的场合，单纯就是犯罪。他还叫着说出了这样的话：谋杀埃米莉·L的罪人，就是船长。公证人对年轻看守人发怒亦无何不满。

他们在办公室暗暗的光线中很长一段时间都没有说话。后来公证人问他是怎么知道的。年轻看守人表示歉意，说详情他根本不知道。那是他自己得出的结论：船长以最妥善的方式把关于冬日阳光那首诗投入火炉付之一炬，斩尽杀绝。他说诗之遗失只有两种解释，一种解释是船长之所为，另一种是埃米莉·L发疯，自以为写过那样一首诗。如果这首诗实物依然还在，如果白纸黑字她是写过，那么，船长的罪行就属于优先论罪之列。

公证人问年轻看守人他是否认为她，她也想到这一点。他说她是想到的，他说这是无可避免的，而且她一定很快就发现了，在此之前她不可能断定船长会采取这一举动，因为他本人就表明他的世俗理解力局限性决超不出他最后死去的结局。

最让埃米莉·L这两位朋友感到困惑的，是在事情发生后，弃笔绝书。对这一点公证人持有几种怀疑。他认为她还在继续写，然后她把那些有罪之物即她写的诗收藏起来。年轻看守人却认为那是永远结束了，她决不再动笔了。有时，年轻看守人在公证人面前不禁涔涔泪下，毫无羞愧之意。他几乎认定只有他一人，只有他，不懂诗，未能对埃米莉·L谈谈她写的诗的内容。对他来说，这是一个无法承受的折磨人的痛苦的想法。代表她一生所写的——这他是已经知道了——关于那本诗集的想法,也是一样。

三年以后,在第三个夏季末梢,年轻看守人认定她早已把他忘了。同样,他推想她在巽他群岛一定是住下来生活在那里,对此他也确信不疑。

在这位年轻看守人离去前不久,在岛上有一种传闻,说她已在巽他群岛那一带地方死去了。

这对于这位年轻看守人来说倒仿佛是希望的一种形态。

这个消息的真实性后来被否定了。

这位年轻看守人在第三个夏季结束之时,离开怀特岛走了,就像他早已决定的那样。他依然怀着一种没有希望的爱爱着埃米莉·L。

船长和他的妻子在年轻看守人走后几年年年都回怀特岛,直到这一年夏天,就是我们,他们和我们一起都到基依伯夫来的这个夏天。

夜晚永远是在河对岸勒阿弗尔的大马路两列路灯后面层层递进缓缓到来。随着夜色漫到河上,水流变为一片暗黑。

顾客去来这时有一段间歇。当地的顾客已经坐在这里。还要等一批游客到来,按法国时间他们总是到得迟的。餐厅已经坐满了。有一些顾客并无任何缘由竟自走出另寻当地其他饭店去了。现在是老板娘的女儿出面到这里来担当这里繁忙的差事。老板娘在厨房里，她说话的声音历历可闻。她在通知顾客点的菜好了上菜。

我们一直没有离开这些人。我们没有和他们谈过话，除去想要知道她的名字之外，我们也没有试图去和他们谈话。把他们同其他人分隔开来的那种沉默是无法逾越的。

他们一直都在那里没有动，各自孤立地坐在酒吧里，无疑是老板娘将他们与新来的顾客分别安排开来的，直到船上水手到来之前，让他们静静的，不受干扰。他又要了一瓶比尔森黑啤，一饮而尽。最后一瓶，他说：The last one.①她呢，她没有再要波旁威士忌。

现在又挨到我和你谈她了。我对你说，在她身上明显有着渴望生活的意向，而且还有一种更强大的精神自由的潜力，使她比船长更富有活力，更敏于理解，渴求欢愉，易于忘却，她与船长两个人中间这些轻微的差异最后竟形成现在他们表现出来的巨大的不同。

这是一个有笑眼和金发的男人。他眼睛看着酒吧里的那个女人。在他眼睛里，含有笑意无限。我看着他。我对他说她将来会回想到他，一个两眼含笑的金发男人，会把他当成新港的一个情人。也许她也会把这一点告诉船长，怀乡之情也许可以免除，怀乡病由此霍然而愈，而且以最后一次外出漂流如歌般的口音说："……像一个可能有的情人，当我在新港还年轻的时候……"

---

① 英文，最后一瓶。

你说：

"关于你，她什么也没有说。"

"当她看人的时候，眼光是那么尖锐……也许……人们是不可能知道的……她在一百年前就把一切都看透了。"

"也许。"

你又谈起眼睛不停地往地上看的那个女人。你也控制不住自己不去看。你说：好像是你把她给了我。你又说：

"环绕地球旅行这种带盲目性的逻辑，是她发现的。"

你眼睛看着她。她大概是睡着了。又醒了。又睡去了。你说：

"她比他脆弱，这是不可避免的。不如他理智，也许比他更有趣更喜人，生活得更好玩，奇怪的是她面对生活不像他那样怵怵惕惕。她比他更要悲观一些。可是面对死亡，她并不怕。"

我说你看看他们：他们在这里仍然像是在船上一样。在这里，对他们这两个人来说，是在等时间，时间一到，就渡海而去。他们在这样的时刻一向是醺醺昏醉的。

你说留给他们唯一一个有待解决的问题是死的问题。总有一天夜里，像这天夜晚一样，那个问题了一百了。你说总有一天他们下定决心要去寻找一个地方，把那件事情完成了结。你说他们将忠实地履行那个决定。关于那个地点你心中已经有了？你说：马六甲海峡。这简直是突如其来。是在一天夜里。那么她是在旅途之中？你笑了："有这样的传闻，是这样。"

我们看着室外,昼日将尽。一长列油轮顺流而下,借着退潮,驶向海外。你说:

"你们很像,她和你,"你一直看着河水,你没有笑。"彼此互不相像的女人之间的相像,这永远是令人感到震惊的。"

我说我对她感到有一种欲望。你说你也是,你仿佛有一种渴望想紧紧抱在自己怀里,把她那瘦弱得像小鸟似的身体紧紧压在你身上。

我们没有离开这里。船长喝完了他的比尔森黑啤。这时,他一个人在说话。她呢,她一直在追怀布朗尼,她轻声叫着它。Here, boy.①她泪流涟涟。转瞬之间,她又忘了,又想到别的什么事,她又笑了。接着她又开始说话。有几次,她尖声大叫,大厅里谈话声都停了下来。可是她,不自知,无所感觉。她又回转来,沉没在那深不见底的地下。

你问我埃米莉·L后来是不是见过怀特岛那个年轻看守人。

我不相信她见过他。他的下落她曾经问过新港公证人。公证人也不知道。仅仅告诉她说他离开本岛走了。

我只知道她曾经一再要求公证人设法探听如何与他取得联系。事实上她曾经给他写过一封信,这话说起来已经快有四年过去了。她始终不曾找到什么办法与他取得联系,那封信一直留在她手边,信封是封死的。关于这封信她也曾向公证人提起过。她给年轻看守

---

① 英文,过来,孩子。

人写信是要告诉他她原本是爱他的,她想让他知道这一点。她不知道他对她是怎样的感情,要她怎样她才可以获知?她知道的只是她,当他们在那冬日客厅里一起度过那一小时,她开始爱上他了。这件事公证人是否知道?

公证人实际上是知道的。甚至她的名字他也是从他那里知道的,是那个年轻看守人告诉他的:埃米莉·L。她轻声重复叫着这个名字,接着,仿佛她自己也赞同这样一个名字:埃米莉·L,yes。

起初他拒不接受这样一封信。他说这事对他来说很不好办,他是船长的朋友,同样也是年轻看守人的朋友。是的,他在认识他之前简直不相信会有像他这样诚挚纯洁的人。他回答埃米莉·L说他完全了解年轻看守人和她那一段爱情历史。他了解在别墅小客厅里延续仅仅一个小时的那段爱情。另一方面,那一段故事他也知道,即用他一生中三年时间等待埃米莉·L。

公证人对埃米莉·L说,他很愿意设法探寻他的行踪,但有一个条件,信上不可引起他已不再有的希望有死灰复燃的可能。

埃米莉·L做了考虑。然后她对公证人说等她离开他的办公室以后请他看一看这封信,请他读过后并按他所理解的那样去进行,判定这封信年轻看守人读到是好还是不好。可情况相反,此信读后不满意,那么,就请他多多费心协助将信退还给她,她将感谢不尽。她也曾有所犹豫,所以后来她对他说她对自己已经完全丧失信心。她说有时在写作这方面她犯过不少错误,她说写作曾经把她推向她本不应涉足的险境。她说她信任他，很想知道这封信中是否还会发生那种情事。

公证人极为感动，他的眼睛里已经充满了泪水。有关于此，他们什么也没有说，不论是他，还是埃米莉·L。

公证人答应设法找到那位年轻看守人把埃米莉·L的信件送交给他。如果找不到年轻看守人，那封信他该如何处置？埃米莉·L说把信烧掉，她说叫那封信永不见天日是最妥善的处置方法。

公证人按其许诺，读了埃米莉·L亲笔写给那位年轻看守人的信。他判定这封信没有什么不妥。她信中所述如下：

"我曾对您说过的事原话都已忘却。我本是深知的，可是我忘记了，所以我这里是在忘去那些原话的情境下和您谈的。与种种外表相反，我并不是一个以全身心委之于唯一相爱的男人的女人，尽管他之于她，是世上最为亲爱的人。我是一个不忠实的人。我深愿能寻回为讲给您听一直保留还不曾说出的话。这里仅仅是我想起的几句。我愿意将我深信的一切告诉您，这就是必须永远保持身临现场，即：我想到的原话，一个地点，某种属于一己的地方，就是这样，以求只有独身一人存在，也是为了爱。至于爱，那是不可知的，不知那是谁，也不知何以故，时间多久都无从得知。为了爱，所有的词语对我就这样一涌而出……以便在自身保留有某种等待的地位，等待一次爱情，等待一次也许尚无其人的爱情，谁也无从知道，但是这一点，而且也仅仅是这一点，才是属于爱情的。我想告诉您：您就是这样的等待。您已经仅仅因为是您，您已经成为我生命的外在面貌了，即我所看不见的那个面貌，您就这样将驻留在您已转化成为我的我所未知的这一状态之中，一直到我烟消灰灭死去。请不要回答我。切莫存见我之心，我恳求您。埃米莉·L。"

公证人找到在南美的一个地址。于是他把信寄出。信被退回来了。他把那封信寄往英国驻美洲各国所有的大使馆。那封信一律原封退回。他并没有将那封信烧毁。

那天日落延续时间久久，人们都在看着那一片暮色。
你说：
"那封信里写的不可能被读信者理解。那封信大概只有一次被一位作家读到，认为是读懂了，他还把它写进一本书里。随后，那封信也就被他忘掉了。"
"是，我相信有些事是这样，就像有些信里说的那样，成为一位作者写的书里的一部分，这些事就写在他已知、他想写的事情邻近交错之处，这些事和书中写的其他的事是难以区分的，可是这些事对全书毕竟是意趣相异，是外加的。"
我对你把这个意思也说了：
"我爱你就是以一种让人感到畏惧的爱爱你。"
你的眼睛里出现猜疑。你的眼光避开看着悬崖那边。你说：
"这样说就和说我不爱你同样是错误的。"
我看着你。我试图去看你。我并没有能真正看你。

"在思想上我有时也真以为我也许不再爱你。遇到这样的时刻,从不见有对我进行反驳。我真诚地相信我可能不再爱你。后来果然是这样。你同样也在自己骗自己,不过是从一个相反的方向就是了。这在你头脑里大概有时也出现过,认为你也许是在爱我。或者不如说在你对我的感情上有这种爱的迹象,这种爱不可能有,所以也不可能显现于外。我相信我这样说也是白说。我相信将来在你那里这样的事会发生,如果你真是这样,你自己也不会知道。"

"无论如何,我总会知道的。"

"对故事发生的认识,你和亨利·詹姆斯[①]小说中人物一样,在故事将结束的时候,你才了若指掌。感情,你是从你生活的外部了解它的存在。在达到你的意识之前,那还要经历一段漫长路程。围绕着你,一切都将发生变化,可是你,你还在追问为什么。你什么都认不出了。你根本什么都不知道。直到有一天轮到你把它这种情势移写到一本书里,或者移置到个人之间的一种关系之中。"

"依你说,我不可能理解埃米莉·L那封信?"

"面对不是我为你所经受的爱而是另一种爱情,要理解它你不会经受得了。"

"你呢,你并没有这种冲突,既置身在一种充实的爱情之中,又向另一种爱情求援。"

"不完全如此……既不求援,也不寄予希望。只求把它写

[①] Henry James(1843—1916),美国小说家。

出来。"

"我可以理解。"

"任何作家都能理解。"

我眼睛看着你。当我看你的时候,你总是有点惊慌,你问这是怎么一回事。我对你说,没什么,我对你说我看看你,是为了高兴高兴:

"我不知道爱情是不是一种感情。有时我认为爱就是看。就是看你。"

在音响、光照之中出现一次中断,在汽车到达或开出之间也有一次停顿。渡轮往来的节奏也有变化。夜晚,渡河次数减少。几乎所有的人都到饭店来了。酒吧老板娘走来计算顾客以及我们喝了多少,算账收费。她对我们说,时间还早,尽管多坐坐,她说她是在厨房里帮忙。

她走后,很长一段时间,没有人说话,一片沉寂。这时坐在酒吧里那个女人又开始谈起她的布朗尼了。她说那条狗,死了,真叫人惋惜。船长叫喊着,求她忘掉布朗尼。Please, forget about Brownie.①她说是滨海老板娘挑头讲起这件事。所以她又讲到它。布朗尼是最好的一条狗,是他们养的最可爱的一条狗,她,她想的就

---

① 英文,求求你,忘掉布朗尼。

是这个。The nicest one we ever have.①她说船长他自己也说过： 是英国最可爱的一条狗。船长大发雷霆： My God…可是她，她还是布朗尼布朗尼说个不停。他们急忙赶到码头也没有把它救起来，真叫痛心。应该承认，布朗尼叫它看守船是不行的。He was no good at guarding the boat, poor Brownie.②船长忽然大笑。他说布朗尼太小了，看管什么都不行。他们两个人又笑了很久。接着她对船长说应该让她随时讲讲布朗尼，她说这样心里就会觉得轻快一些。

她闭上眼睛，不让自己哭出来。

我看她身体僵坐在那里一动不动。她的腿仍然保持有优美形态……她的一双脚不行，脚像是被紧束过萎缩了。她穿的一双小孩穿的粉红棉纱编的平底小凉鞋随它们脱落在地上。她身上穿的衣服是一件年轻女人穿的那种假缎或日本丝织的旧衫。这件衣衫显得不很洁净。她的头发有一种灰尘的色调，头发在什么地方港埠用散沫花叶色素染过，头发根茎上呈灰色。

在她左手几个手指上戴着镶钻石金指环，都是德文郡父母给她的。她就用这左手去拿波旁威士忌酒杯。她喝了一大口酒。

她眼睛闭着，身子靠近他。一句话也不说。他的身体保持向右倾斜，直到碰到她的身体，她的身体靠在他的身上。她就那样靠着。他喝他的比尔森黑啤，我们这一边他看也不看一眼。她喝了一

---

① 英文，我们养的最好的一条狗。
② 英文，他来守卫这条船不行，可怜的布朗尼。

口波旁威士忌。又放下酒杯。他，又拿起黑啤，一饮而尽。她，这一次，她没有把一杯酒一口喝下去，波旁威士忌她没有喝。他们两个人，一杯一杯地还在喝，酗酒就有这么一个过程。他，有点俗气，也许还带有几分厌烦情绪，稍稍有一点，因为她总是坚持要讲那条船的事，在众目睽睽下在他们这种年纪把身子紧靠在他身上他总觉有点失态。

你说过：她已经走到她生命的尽头了。

我们第二天又去那里，他们已经踪影不见。我们也没有向酒吧里的人探询。

有一次在汽车里你说：

"高丽人，是书的题目吧。"

我对你说我爱你。对这类胡言乱语你一向不予置答。

后来，我又讲到他们。再后来，就离开基依伯夫了，不过我说不出那是在什么时间。我知道，是在回程中。我曾说起我又见到了他们。我说这些人，再见到他们完全是可能的，也许他们还会到基依伯夫来，是最后一次，也许又与他们相遇，也许是在滨海咖啡馆，也许是在广场上。总不会不去基依伯夫，哪怕仅仅是为了去看看他们是不是不再来了，不在那里了。我还对你说过：如果知道他们经过基依伯夫，同样他们路过威尼斯，有时或许路过怀特岛，我觉得我不会不到那里去看看他们。除非她那天夜里死掉。

我对你说过：不论怎么说，那些高丽人，他们到基依伯夫来究竟要干什么，我总是要问的。我给你解释过：在旅游指南上基依伯夫刚刚才标出不久，这时到这里来是很不方便的，必须熟知要走的路线，又没有大旅馆，没有游泳池，没有游乐场，高丽人来干什么。但是你不听。我么，那我就不说吧。高丽人，算了，不说了。对于你，对于我，他们反正是不存在了。

我们还谈到一般的人。说所有在酒吧里，在船上，在火车上看到的人，都是不会忘记的，哪怕事后把他们忘记。报纸照片上的人，影片里的人，就不是这样，只有在公共汽车上或酒吧里遇到的人，在晚上，工人或者不是工人，都一样，一天过去，疲惫不堪，都要深深沉潜在内在生活晦暗凄迷的激奋狂热之中。

那个时期你已经不再爱我了。其实你从来也没有爱过我。你想弃我而去，对你来说这是一个钱的问题，要得到一笔钱——你从来不说：谋生。我呢，这个计划已在进行之中，那天我已经给你说过，计划写这个故事，现在所以还没有放手去写，是因为爱，对你我仍然怀有爱意，不过故事已经转向着手的那一天了。对这项计划和这份感情，你是知道的，可是你从来没有谈起过。

像每一次从基依伯夫回来一样，总要谈到高原上的阳光。我们都不知道它为什么竟是那样美，那么独特。每逢这样的时刻，那璀璨辉煌的光芒一时便隐没不见，但又和阴影不完全区分开来，变得奇幻迷离。

我们已经走出高原很远。我们没有走去蓬托德梅尔的那条高速公路，而是斜插过去，向富尔贝克和贝维尔①一路驶去，我们喜欢沿港湾穿行过去。向贝维尔行进途中，我们下行往鲁昂旧港那里开过去。港湾出现，突如其来。一丛密林过去之后，就到了我们称之为德国工厂的那一片广阔、布满碎玻璃的空旷地带。这天晚上，倒没有大风吹过这里发出啸声。我们停车。

一过工厂，塞纳河就出现在眼前。有三条通路，两条是引水道，中间是河道。

这个地方是我们常常停下来逗留一时的。土地上遍布玻璃碎片。我们一直走到那个用七扭八歪废铁制成的浮桥那里，德国人的船过去就到这里来装运用于障碍物和防御工事的材料，花岗石、红砖之类。②在夏日雾霭之中，远处圣阿德雷斯灯塔依稀可见。你掉转方向朝着勒阿弗尔那边发出光芒那个方向走。你一句话也不说。你也许在哭，我不知道。不过，你可能是在流泪。你对我说你心里还是想知道怀特岛上的那些人。我说我几乎一无所知。你说是真的，你也几乎一无所知。最后一艘油轮在我们前面航过。油轮甲板上灯火通明像是在黑夜里似的。你说那个爱情故事的展开地点现在

---

① Foulbec, Berville，自巴黎向北塞纳河沿岸的中小城市。
② 暗示第二次世界大战时景象。

已经转到海上旅行去了。

有一天，那个年轻看守人来到新港公证人家里。他们二人又见面了，十分高兴。公证人于是把埃米莉·L写给他的那封信交给年轻看守人，这时已经是在八年之后，这封信在退回新港之前往返美洲已经多次。他并没有按照她的要求，如找不到年轻看守人就把信烧掉。公证人要年轻看守人跟他一起到与他的办公室相接的一间客厅，就在这间客厅刚刚有人宣读亡人的遗嘱。年轻看守人拿着这封信就在这里闭门而坐，有很长一段时间。

他们二人又沿着埃米莉·L的别墅花园走了一圈，闲步一回。他们没有谈及这封信。那是在秋季，天气妍好，他们在埃米莉·L年轻时走过的路上走了许久。公证人告诉年轻看守人说船长和他的妻子已不再每年都回到怀特岛来。年轻看守人十分喜爱这样一个想法，她逃离怀特岛几乎与他远走他乡恰好是在同一个时间。他们又回到屋里去，以便再看看那间冬日小客厅。许多东西被来访者或窃或取，都拿走了，这倒让年轻看守人和新港公证人感到高兴，埃米莉·L个人一生从此严封密敛隐匿起来看不见了。

年轻看守人曾经谈起他的生活。八年之前，正是她给他写信的那一年，他动身去马来亚海域各地追寻埃米莉·L踪迹，想把她抢走，与他同去，决不放弃她，甚至把她杀死也说不定。他曾经包租一条游船，连同两个爪哇水手，婆罗洲①，爪哇，马六甲，各个港

---

① Borneo，今印度尼西亚加里曼丹岛，系世界第三大岛。

口都走遍了。他说他在寻找一个英国女人,她和她丈夫整年生活在一条悬挂英国国旗的游艇上,在热带地区这一带海域游弋。三个月之中,他在南太平洋各个海区沿各处岛屿走了一圈,从马来半岛的顶端直到苏门答腊,又北下印度支那沿岸一带。他们在那一地带到处都找过,特别是爪哇海,印度尼西亚像基克拉泽斯群岛①那样的弧形地带,接着又去坤甸②,以及纳土纳群岛③范围,还到过与中国海交界的地方。在这个地区,人们不分昼夜过着极不规则的生活。那里大多数人夜里都不睡,生活在众多群岛的船上,游艇,中国式帆船,跑航线的班船也是这样,这里是靠近赤道的,在班船上航行赤道途中一定要举行庆会。那个年轻看守人曾多次在赤道像是停止不动的夜里上船参加这种庆会。海上雾气把各种声音,各种不同的音乐相互分隔开来,将海洋形成为某种融通神会的场所,只要在这种汇合中居留过势必难以割舍。那年轻看守人曾经登上一艘上行开往高丽的澳大利亚货船,果然在上甲板平台上约二十余对跳舞的人中看到了埃米莉·L。她正在同一位高级船员跳舞。她仍然穿着她那件蓝白相间的旧裙衫。年轻看守人没有设法去找船长。他只是凝神注目专注地看她。他认得出那一双腿长长的,被太阳晒得发黑,那种微笑,笑意初生即止,消融在幽深的温情之中,显示出她

---

① Cyclades,希腊的群岛,在爱琴海西南近雅典一带海域。此处喻卡里马塔海峡岛屿纷呈之势。
② Pontianak,音译庞提纳克,印度尼西亚加里曼丹岛西部港口城市。
③ Natuna,属印度尼西亚,与加里曼丹岛一脉相连。

在当场那种意态，眼睛半闭半瞑，躲避在她的孤苦伶仃之中。年轻看守人站在那里注目看着她舞步踏过的足迹，始终站立在那里没有动，直到曙光初现。这时，乐队演奏停止了，年轻看守人随即无声遁去。他回到他那条租来的船上，藏在那里，躲在草棚顶下，有许多天。他心想，等到一个港口上岸再去找她。当年轻看守人决定再出来，那条班船已不知去向，附近其他小船也不见踪影。港口空空如也。年轻看守人这时就睡倒在船甲板上起不来了，他请求有谁把他送到新加坡去。就在那条船甲板上，昏死多日。他随身所带的文件，钱，都被偷走了。新加坡警方在那条无人认领的船上找到了他，将他遣送回国，一个拉丁美洲城市，这是他在昏迷之中讲出的。他在那个城市居然活下来没有死，就在他昏迷中说出名字的那个城市，他留下来，结婚，做起了买卖，还有了几个孩子。在他复苏以后，埃米莉·L对他来说约有一年多时间已成为死灭不存的了。那件往事，他全忘记变成无有了。她的眼睛，她的声音，她紧压在他嘴上的闭着的眼睛，还有她紧压在他口唇上的嘴唇，还有她的手，尤其是她那闭着的眼睛，都已不复存在，失之于空无之中。埃米莉·L的眼睛总是张开着，像是在看而实在什么也没有看见，在几个月几个月时间都是这样。到后来，终于在一天夜里，他从昏迷中醒来，那一段往事依然还在，又复现在他眼前。历史又在她与他之间流贯相通，丝毫没有变化，脆弱得和埃米莉·L的那封信一样，但又和她相同，比死还要强大。

是不是已经进入黑夜，真奇怪，我们一点也不知道。在塞纳河上方，天空重新被照得十分明亮，仿佛暮色光芒增强了。

有人说，这一年夏季将是阳光灿烂的。

海里的波涛和河中的流水，都十分平静。河水经常在向海中倾泻时流速缓慢，被我叫做由巨浪形成的一条粗大光滑的缆索从河流这一侧岸边到另一侧岸边拦住不让它注入大海。这天夜晚，竟不是这样。大河从看不到的远方一泻而下向大海流去。也许有人说水流在昏睡中被裹挟而去。那是不容置疑的，不会错的。白昼还没有完全退去。天空上这种明朗是得自阳光照耀，而不是暗夜的那种明洁。正在到来的黑夜也将是初夏之夜。在黎明初起时也将带有凉意。现在正当六月。

我已记不清我们是否吃过晚饭。

自从我们离开那条航道来到我们过夜的这条航道一侧之后，我们做了什么，我也记不清了。

我只记得有某种宁静笼罩在海上，也笼罩着我们。

那天夜里，你没有出去到各处大旅馆、山岭上去乱跑。你留在那里没有动。我是去睡了。

你的身体和我的身体处在同一所在地，各自封闭于其中。你总是在我之前先自睡去，你睡得很好，一向是让我放心的，因为在夜里你就被带入遗忘，忘却你和我过的这种生活，而这种生活正是你存心要放弃的。

后来，我醒了。我叫你，你没有应声。这时我就起来了。我走到你房门前，我叫你，你也许还在睡，我不知道，我没有去想。最后你才说：有什么事？我说：我想告诉你，写得好或者不好，写得美或者很美，那还不够，我说一本书写成让一个人贪读不放，而不是人人爱读，那也不行。我说，让人相信那是信手写出来的，没有思想，那和满脑子是思想，让思想监视发狂发疯的活动，那么过分用力去写，同样，也不行。仅仅是思想，道德，只有思想，道德，那太单薄，太少，那是人类最常见的情况，和狗没有什么分别，人是以全身心阅读的，他要认识自初始以来的历史，每一次阅读决不是对他现在所不知的无所知，仅仅是思想道德那太贫乏了，不会被人全身心地接受。

我还对你说，写出来不要去改动，不一定要写得快，全速进行，不，不，而是要按照自己，按照所经历的时间，自己的，就在那个此时此刻，把写作置之度外，几乎可以说折磨它，对，虐待它，其中无用的瘩块不要删掉，一点也不删，全部让它和其余部分留在一起，不要去理顺弄得平服，不管进度是快是慢，一切都保持在本有的显现形态上。

婚礼弥撒*

关于《埃米莉·L》

这本书，与哪一本小说相近？您告诉我说："与《洛尔·瓦·斯泰因》①相近。"这是毫无疑义的。埃米莉·L与洛尔·瓦·斯泰因不应相去甚远。对于这一点，我一直没有想过。您对我说："也有区别，在《洛尔·瓦·斯泰因》中没有一个人物曾去审视注意另一个故事，而在这里，在开始的那一部分，即有一个女人，她想写一本书，但她不知道在什么时候以及怎样才能把书写出来，由此她看到、发现埃米莉·L的故事正在展开。"不过这个想写一本书的女人所处的境遇并未因另一个坐在酒吧里总是低着头看着地上的女人的事件而有所变化。她想写的那本书与这个低头看着地上的女人没有任何关系。这并不是一种取代、替换。这仅仅是她被另一个故事所吸引，被抓住，于是她就以这个故事作为出发点起步。也许她并不知道她在创造那样一个故事。类似这样的事情总是有的，也是可能发生的。一个故事突然发生，展现于外，却没有作家去写，仅仅是看到而已。而且轮廓分明。要是去写它，只要略加调整，将其余的加工一下以求得到理解就行了。这种情况是难得一遇的。不过这样的事可能出现。如有这样的情况出现，那再好不过。有时，这样的书，我不想写，我有这样的意念。我情愿让它由我亲身经受，我，我就处在那种状态之中。可以说，几乎就是参与到写作全程的内部去。可是这样的事在我却从来不曾发生过。伊雷娜·兰东②每天都来索取已写好的若干页原稿，让人在打字机上打出来，再把打好的送回给我，让我再看。于是我又开始，把已经开始的继续往下写。这是一种不受约束的休息。那就好比是一片平原地带。景色已经成为类似书中结尾所写的那种景象，至于光色，还闪耀不定，朦胧不清，介于昼日与黑夜之间，也没有风在吹动。那样的景象由于某种衍射恍惚的情绪，不免使人潸然泪下。那是怎样一种感情，我并不想去追问。也无意要求知道得更多一些。

突然出现的不合理性

在书的结尾部分，我曾考虑是不是在书的第二个故事里着手写开去。我也许就从埃米莉·L在船上的甲板上与高级船员跳舞描写她穿的衣裙起笔。那是一件白色裙衫，上有蓝绿花饰，就像印花墙

---

* 玛格丽特·杜拉斯的小说《埃米莉·L》1987年9月出版。法国《新观察家》杂志1987年10月16日—22日第1197期刊出由迪迪埃·埃里邦（Didier Eribon）对作者进行专访整理写成的这篇文字，标题应是采访者所定。本文开头采访者出面，接下去很快便全由被采访者陈述。

① 指玛格丽特·杜拉斯1964年发表的小说《洛尔·瓦·斯泰因的迷狂》（即《劳儿之劫》），这是作者较早一个时期的重要作品。

② Irène Lindon，出版这部小说的法国子夜出版社的编辑、负责人之一。

纸那样。她在冬日小客厅里穿的就是那样一件裙衫，这时距离那件事已经有四年了。我本想用长长一段文字细写这种织物，它已经穿旧，它的质地，即人们叫做平纹绸的那种东西，还有那件裙衫的式样。突然间，我仿佛很可能对她四年来一直在穿的这件裙衫写上很多。我也不知究竟是为什么。因为，这件衣衫不用说是紧紧裹藏着她的，还因为这件衣衫最贴近她的肉体，她的肌肤把它都磨损穿旧了，它吸附着肉体的芳香，那种英国香皂的气息。请看这种不合理性是怎样突然出现的？

埃米莉·L和怀特岛上那个年轻看守人之间不是曾经有过什么事情发生吗？在这样的情况下，他们也可能在马来亚像基克拉泽斯群岛那样的地区驻留一年或者两年。只要一写那件裙衫，他们势必就要离去动身他往。他们势必还会停下来。事情永远是平行发展的。要么她永远不知道看守人追随而至找到她？但这又有什么不同呢？自从那天午后小客厅的一幕以后，对于怀特岛上年轻看守人这位情人来说，埃米莉·L的出场与不出场都是一样的。她漂流在外，在船上的甲板上出现，如同他之所见，是他看到她。这样她仍然被局限于在现场未必出现的状况下，自从那天午后，四年已经过去，不知不觉之间，她已经轻轻由现场现身之处被抽走荡空了。

我原想把我的书继续写下去。但是我不能。时间已经到了，书必须打开，必须破开它的整体，将最后一章置入，这最后一章是在书已组合完成之后才写出的。必须把书加以切割破开，引进在甲板上同船上高级船员跳舞那一段。所以我不敢向前走得更远。不应逾分奢求。

地狱般强烈的端庄合礼的一吻

在怀特岛上那一片白色之中,在那间冬日小客厅里,是有什么事情发生过,那就像是一次为婚礼而举行的弥撒,年轻看守人与被他呼作埃米莉·L的那个女人之间的结合。那一吻,审慎而克制的一吻,其端庄合礼,那种强烈性质如同地狱一般,在眼睛上和在闭着的口唇上的一吻,时间很长的一吻,这一吻是她发明的,她,作为一个女人,又是由她主动给予的,是奉献给支配他们整整一生直至死灭的那种爱情的。任何肉欲的满足,任何一类欢心快乐都不足以取代这种缺失虚空。我每一想到她,正是这一切,总使我心中充满无限的激动。而且现在对于他,也是一样,就像对她一样。他们由某种属于宗教层次的同源关系,一种永无休止地推衍生成,结合在一起了。

小孩子的孤独寂寞

埃米莉·L写诗,对此她是闭口不谈的。她的欲望,就是写。她的欲望,她是当作一种指令来接受的。这种指令,由来已久。是很古老,很古老的。我很想把这种指令与史前时期猎人在春季黑夜感受到的那种至上的命令两相对比,我认为那是一脉相承的。我看文学也是这样,它就是人们可以用来同史前时期那种狩猎相类比的东西。当一个字还没有写出的时候,我就看到那种指令像是已经发出下达了。就凭这种力量,使人一跃而起,迫使他们日以继夜在洛林①山区台地上跋涉前进,去等候雄鹿从德意志土地上大森林中走出来,尽管那时德国人和德国土地还不曾得到命名。写作,也与此相似。这是一种对鲜美肉食、杀伤、跋涉、力的消耗使用的渴求。这也是一种盲目性。

埃米莉·L曾经在学校读书,受过古典教育。在南安普敦一所很好的学校学习过,是见多识广的。她也阅读。又有一位父亲在身边。我想这位父亲肯定对他的孩子谈到有关写作之类的事。大概是从读诗开始的,这本来也是极为常见的事。一定是他,让她读美国诗,发现有这样一个女人,给英语现代诗开辟新路的埃米莉·狄更生②。对她来说,由父亲建议阅读开始,由此起步。没有这位父亲,埃米莉也是会写的,这不成问题,不过,在她一生中可能要推迟一些,或许出之以另一种方式。使人写或者不写,究竟出于什么原因,我们还不知道。我们所知道的只是事情往往就是这样开始的。最初,在童年时期,总有那样一位父亲,或者因为某一本书,或是学校的一位女教师,或印度支那种植水稻的平原地带一个偏僻居民点的某一个女人③,情况虽有不同,但有一个共同点,即小孩子的孤独寂寞。

---

① Lorraine,法国东北部与德国相邻的一个地区。
② Emily Dickinson(1830—1886),美国女诗人,留有诗稿一千七百余首,内容均写爱情、死亡与自然美景。
③ 作者的童年在印度支那度过。

一般表现老板地位的那种东西

有一次，我曾经讲过这个问题，我说书的主题，永远是自我。那是肯定的。甚至现在这本书也是这样。甚至在一本小说正在写作过程中，担负责任的人还处于缺席不见的情况下，书的主题也仍然是我。当时我在求索要写一本书，我就找到了它。所以我到那个地方去了，到了基依伯夫，目的是为了忘记我正处于寻求写一本书的过程中。除此之外，在我之外，也就没有书。

我常常这样说，现在可以不受约束地谈谈这件事，即关于男人写的小说。存在着一种男性文学，废话连篇、喋喋不住，被学问教养缠得动弹不得，思想充斥累赘沉重，观念形态、哲学、变相的论述评论塞得满满的，这种文学已不属于创作范围，而是另一种东西，属于一种傲气，是一种一般表现老板地位的那种东西，完全没有特异性。在绝大多数情况下，他们根本不可能达到诗的境界。诗在他们那里已被剥夺无遗。男人的小说，根本不是诗。而小说，小说是诗，要么就什么也不是，是抄袭。

不过，您知道，男性文学，也有例外的情况。这在文学中只占有很小的一部分。文学，是一片广阔无垠的大陆。这就是人民的文学，歌曲，还有司汤达，还有普鲁斯特……普鲁斯特不属于男性文学。这才是文学。

玛格丽特·杜拉斯

夏 雨

桂裕芳 译

献给埃尔韦·索尔

父亲常在郊区火车上拾到些书，也在垃圾箱旁边拾到书，它们仿佛是在有人去世或搬家以后白白赠送的。有一次他找到了一本《乔治·蓬皮杜传》。这本书他读了两遍。在普通的垃圾箱旁还有成捆的过时的技术书籍，但他不去拾。母亲也读了《乔治·蓬皮杜传》。他们都对这本传记感兴趣。在这以后，他们寻找"名人传记"——丛书的名字——但再也不曾找到像乔治·蓬皮杜的传记那么有趣的，也许是因为这些传主的姓名对他们来说很陌生。他们在书店前的旧书摊上偷这种书。"传记"是很便宜的，书店的人也就随他们去了。

父亲和母亲喜欢读乔治·蓬皮杜的生平故事，甚于所有的小说。他们对这个人感兴趣不仅仅是因为他名气大，而是因为这本书的作者是按照普通人所共有的生活逻辑来讲述乔治·蓬皮杜的生平的，虽然他出类拔萃。父亲仿佛成了乔治·蓬皮杜，母亲仿佛成了蓬皮杜的妻子。那种生活对他们并不陌生，甚至与他们本人的生活也有某些联系。

孩子们除外，母亲说。

对，孩子们除外，父亲说。

他们乐于阅读传记是因为从中看到人的一生在做什么，而不在于知晓某些使命运变得幸运或不幸的特殊意外事件。何况就连这些命运有时的确也何其相似。在读这本书以前，父亲和母亲并不知道他们的生活与其他人的生活竟如此相似。

所有人的生活都一样，母亲说，孩子们除外。对于孩子，我们什么也不知道。

对，父亲说，对于孩子，我们什么也不知道。

父母一旦开始读一本书就一定读完，哪怕它很快就显得枯燥乏味，哪怕它用去他们好几个月的时间。爱德华·埃里欧的《诺曼底森林》就是一例，书中没有讲到任何人，自始至终只有诺曼底森林。

父母是外国人，来到维特里近二十年，也许二十多年了。他们在维特里这儿相识、结婚。他们一次次地换居住证，如今仍然是暂住者。从那时起，是的，很久以来就是这样。他们这种人找不到工作。从来谁也不愿雇用他们，因为他们本人也不太清楚自己的来历，又没有专长。他们呢，也就不再强求了。他们的几个孩子也出生在维特里，包括夭折的老大。多亏有了这些孩子他们才有了栖身之处。自第二个孩子出生起，他们分到一套拆毁了一半的房子，等着迁入低租金住房。但是那座低租金住房一直没有建成，于是他们仍然待在原处，两间房，一为卧室一为厨房，直到后来——他们每年添一个孩子——市镇让人用轻型材料盖了一间宿舍，通过走道与厨房相连。七个孩子中最大的两个，冉娜和欧内斯托睡在走道里。剩下的五个孩子睡在那间宿舍里。天主教救济会送给他们一座完好的柴油炉。

孩子们就学的问题从来就不成其为问题，无论是对市政厅的职员、对孩子还是对家长而言。有一次这些家长竟然要求派一位老师去他们家里给孩子上课，回答是：多么狂妄，还会提什么要求。就是这样，事情就是这样。在市政厅有关他们的全部档案里都提到这些人缺乏诚意并且不可理喻地顽固到底。

这些人读的书或是从火车上，或是从书店的旧书摊上，或是从垃圾箱旁边拾到的。他们的确申请过进入维特里市立图书馆，回答是：太过分了。他们不再强求。幸好在郊区火车上可以拾到书，幸好有垃圾箱。父母亲生了许多孩子所以领到免费的乘车证，可以经常往返于巴黎和维特里之间。特别是在他们花了一年时间读完乔治·蓬皮杜的传记以后。

在这个家庭里有一次还发生过另一个有关书籍的故事。那是初春时发生在孩子们中间的。

当时欧内斯托的年龄大概在十二到二十岁之间。欧内斯托不识字也不知道自己的年龄，他只知道自己的名字。

事情发生在隔壁房屋的地下室里，它可以称作棚屋，它的门总是为孩子们开着，每天太阳落山以后或在寒冷或下雨的下午，他们可以在等待晚饭前进去避一避。在这间棚屋里，在中央暖气管的通道下，小弟弟们在瓦砾中找到了那本书。他们将书带给欧内斯托，欧内斯托久久地看着它。书很厚，黑皮封面，厚厚的书前后都被烧透了，不知是被什么工具烧的，但肯定是威力强大的工具，例如喷火枪或者烧红的铁棍。烧坏的地方是一个整整齐齐的圆洞。洞周围的书页完好无损，完全看得清。孩子们曾经见过书店橱窗里的书，也见过父母那里的书，但从未见过被如此横加践踏的书。年岁小的弟妹们都哭了起来。

在这本烧坏的书被发现后的几天里，欧内斯托进入了沉默状态。整个下午他把自己关在棚屋里，与烧坏的书单独相处。

然后，欧内斯托突然记起了那株树。

那是位于柏辽兹街和卡梅利纳街交叉处的一座花园。卡梅利纳街上几乎总是空无一人，街的坡度很陡，一直延伸到下面的高速公路和维特里的英国港。花园四周有用小铁桩撑住的栅栏，一切做得很完美，就像那条街上其他的花园一样，它们和这个花园一样大小，形状也一样。

然而，这座花园单调之极，没有任何花坛，没有任何花朵，任何植物,任何树丛。只有一株树。孤单单的。这株树就是花园。

孩子们从未见过这种树。在维特里,也许甚至在全法国,它是唯一的一株。它可能显得平凡无奇,不引人注意。然而一旦人们看见了它,便终生难忘。它不高不矮。树干像白纸上的线条那样挺直。圆盖形的枝叶浓密而美丽,仿佛是刚出水的美发。然而在这些枝叶下,花园是片沙漠。由于缺乏阳光,那里长不出任何东西。

这株树的年龄不知有多大了,它对季节交替、温差变化无动于衷,处于绝对孤独之中。在这个国家的书籍里也许再也找不到它的名字。可能在哪里再也找不到它的名字。

在发现那本书几天以后,欧内斯托去看那株树,他在树近旁的山坡上,面对树周围的栅栏坐着。后来他每天都去。有时去那里待很久,但总是独自一人。看树这件事他从未向任何人说过,只有冉娜除外。奇怪的是,只有在这里,弟妹们才不来找他。

先是被烧的书,然后是这株树,也许是这些开始使欧内斯托发了疯。弟妹们是这样想的。但怎样发的疯,他们想永远也不会知道。

一天晚上,弟妹们问冉娜怎么看这件事,有什么想法。她呢,她认为那株树和那本书的孤独状况肯定使欧内斯托大为吃惊。她呢,她认为欧内斯托肯定将书所受的折磨与孤树所受的折磨归结于同一种命运。欧内斯托曾对她说,当他发现了那本烧坏的书时他想起了那株被圈住的树。他将两件事想在一起,想如何使它们的命运在他欧内斯托的头脑里和身体里相互触及、结合、混杂,直到他接近生命中一切事物的未知数。

冉娜又说： 欧内斯托也想到我。

然而弟妹们根本听不懂冉娜的话，他们睡着了。冉娜没有发觉，继续讲那株树和欧内斯托。

自从欧内斯托对冉娜谈过这事以后，冉娜便觉得烧坏的书和那株树成了欧内斯托的财产，欧内斯托的发现，他用双手、眼睛和思想触摸过它们，并将它们赠送给了冉娜。

人们认为欧内斯托在当时还不识字，但是他说在烧坏的书里读到一些东西。他说，就是这样在无意中读到的，甚至根本不知道自己在读书，然后呢，然后呢，他不再有任何怀疑，他是否弄错了，是否真的读过书，甚至读书是怎么回事，像是这样还是那样。最初他说自己是这样尝试的： 完全武断地赋予某个字形一个最初的含义，然后根据这个字所假定的含义给接下来的第二个字另一个含义，如此这般，直到整句话表达了某种合乎情理的东西。因此他明白阅读像是一个自发的故事在他身上的不断发展。就这样他认为自己看懂了，书中有一位国王，他也是外国人，统治了离法国很远的一个国家。这已是久远以前的事了。他认为读到的不是许多国王的故事，而是在某个时期某个国家某位国王的故事。由于那本书被烧过，这个故事只剩下了少许，仅仅是有关这位国王的生活与活动的某些片断。他讲给弟妹们听。但他们表示怀疑，对欧内斯托说：

"你这个傻子,你不识字,怎么能读这本书呢?你从来也不会读书的。"

欧内斯托说的确如此,他也不明白自己不识字怎么就读懂了呢。他自己也有几分窘惑,并且对弟妹们说了。

于是他们大家决定核实一下欧内斯托的话。欧内斯托去找了一位邻居的儿子,他上过学,此刻还在上学,他的年龄很确定,十四岁。欧内斯托请他看看自认为读懂的那些书页:那儿,在书的上半部,到底讲的是什么?

他还去看了维特里的一位小学教师。此人有文凭,年龄也准确无误,三十八岁。这两人说的话几乎完全一样:这是一位国王的故事。小学教师又加了一句:他是犹太人。两人回答中的唯一区别就在于此。随后欧内斯托很想让父亲核对一下,但父亲溜掉了,逃避了这个问题,只说应该相信小学老师的话。在这以后,小学教师来家访,劝父母送欧内斯托和妹妹上学,并说他们没有权力将如此聪明、如此渴求知识的孩子关在小屋里。

那弟妹们呢?谁去管他们?欧内斯托问。

他们自己管自己,母亲说。

母亲同意小学教师的话,她说他来得正巧,小弟妹们应该习惯见不到欧内斯托,早晚有一天他们必须不依赖欧内斯托,何况早晚有一天他们都会相互分离的,永远分离。最先,他们之间迟早会有个别人离去,然后,剩下的人也会消失。就是这样,这就是生活。关于欧内斯托,他们忘记送他上学了,对欧内斯托产生这种疏忽也很自然，不过欧内斯托迟早也该摆脱弟妹们的纠缠。这，这就是生活，实实在在的生活，仅此而已。离开父亲或者上学，这是同样的事。

于是欧内斯托进了塞纳河上维特里的布莱斯·帕斯卡尔市立学校。

他上学后，弟妹们每晚等他回来。他们藏在市镇的一块地里，它曾是苜蓿地，又长满了草，人们将孩子们的旧玩具、旧踏板车、旧童车、旧三轮脚踏车、旧自行车、还是旧自行车都扔在那里。当欧内斯托从学校或其他地方回来时，弟妹们就跟着他。不论他去哪里，不论他从哪里来，甚至在后来，更久的后来，当欧内斯托结束了沉默阶段以后，他们也一直跟在他后面。欧内斯托去棚屋，他们也去，在那里一同等待晚饭的信号——父亲的哨声。然后他们和欧内斯托一同去小屋。他不在时，弟妹们从来就不去小屋。

欧内斯托在学校围墙内被关了十天。这十天顺顺当当。
在这十天里，欧内斯托聚精会神地听老师讲课。
他没有提问。
接着，在上学后的第十天上午，欧内斯托回到了小屋。

那是在上午很早的时候，在小屋的主要房间——厨房里。那里有一张大长桌、几个长凳和两把椅子。母亲总是待在那里。她正坐着，她瞧着欧内斯托走进来。她瞧着他，然后又接着削土豆。

平静。

母亲：你还是有点生气，欧内斯蒂诺。

欧内斯托：是的。

母亲：为什么……你不知道。和平常一样。

沉默。

欧内斯托：是的，我不知道。

母亲默默地等了很久，等欧内斯托开口。欧内斯托，她太了解他了。他在生闷气。他望着室外，忘记了母亲。然后他又想起了她。他们相互看着。他一言不发。她呢，随他去。这时他开口了。

欧内斯托：你在削土豆。

母亲：是的。

沉默。接着欧内斯托喊叫起来。

欧内斯托：世界就在那里，在四面八方，有许多许多的东西，各种各样的事件，而你在这里削土豆，从早到晚，天天如此……你就不能换一种蔬菜？

母亲。她瞧着他。

母亲：这点事就值得你哭出来吗，你今早是疯了吧？

欧内斯托：没有。

恢复平静。

长久的沉默。母亲在削土豆。欧内斯托瞧着她。

母亲： 你放学是不是有点太早了，欧内斯蒂诺？

母亲等着。欧内斯托不说话。沉默。

母亲： 也许你想对我说点什么吧，欧内斯托，对吧？

欧内斯托好一会儿才回答。

欧内斯托： 不是的。（片刻）是的。

母亲： 可能有话要说……

欧内斯托： 可能，是的。

母亲： 我也在想……你瞧……

欧内斯托： 是的。

沉默。

母亲： 也可能情况正相反？

欧内斯托： 也可能，是的。

沉默。

母亲： 随你便吧，欧内斯托。

欧内斯托： 好的。

沉默。

母亲： 也许是你想对我说的话你说不出来……

欧内斯托： 是这样，我不能对你说……

缓慢。平静。

母亲： 那是为什么？

欧内斯托： 你会难过的，所以我不能说。

母亲： 为什么会难过呢?

欧内斯托在迟疑。

欧内斯托： 不为什么。再说你也听不懂我对你说的话。既然你听不懂，我也就不用说了。

母亲： 如果我听不懂，那也不会难过呀。

欧内斯托默默地在母亲面前。

母亲： 你今天在胡说些什么，弗拉基米尔?

欧内斯托： 不是我的话会使你难过。你因为听不懂才会感到难过。

沉默。母亲瞧着儿子。

母亲： 还是对我说吧，弗拉基米尔……告诉我你会怎样说出来，如果这事值得说的话……

欧内斯托： 好吧……我像现在这样待在这里看你削土豆，然后突然一下我告诉你这件事，就这样。(片刻)说出来了。

母亲在等待。沉默。

接着，欧内斯托叫了起来。

欧内斯托： 妈，我要告诉你，妈妈……妈妈，我不回学校去了，因为学校老师讲的东西我都不会。话就这样说出来，完事了，就这样。

母亲停住了削皮。沉默。

母亲慢慢地重复说： 因—为—学—校—老—师—讲—的—东—西—我—都—不—会……

欧内斯托：对。

母亲沉思。然后她看着欧内斯托。然后她微笑。欧内斯托也微笑。

母亲：这可是个好理由。

欧内斯托：对。

欧内斯托站了起来，去抽屉里拿来一把刀，又回到桌旁。

母亲久久地注视儿子欧内斯托。

沉默。

然后，突然之间，两人都笑了起来……啊啦啦。他们在笑。他们削土豆，他们在笑。

沉默。

欧内斯托：你明白我对你讲的话吧，妈妈。

沉默。母亲在思索。

母亲：怎么说呢，我不能说怎样理解了你的话……理解得对不对……但我似乎理解了一些东西，是的。

欧内斯托：不谈这事了，妈妈……

母亲：好的。

沉默。

母亲又削了起来，时不时地瞧瞧儿子欧内斯托。

母亲：你是老几，弗拉基米尔？

欧内斯托：老大死了以后我就是你的大儿子了。（温柔地）你每天都用这个问题来烦我，妈妈。你应该好好记住。我是老大……

（手势）1+6=7……你叫我的这个名字，弗拉基米尔，是从哪里钻出来的……？从老俄罗斯？

沉默。母亲不回答。

欧内斯托：这么说你有点明白我刚才的话了，妈妈？

母亲：明白了点什么……但总不该走得太远……

欧内斯托：说得对，不该走得太远……

沉默。母亲和欧内斯托突然兴奋起来，母子之间的爱在欢乐中爆发了。

母亲：真是怪了，世界是多么落后，有时人们感到多么……啊啦啦……

欧内斯托：是的，可有时它并不落后……不落后，啊啦啦！

母亲快乐地说：是这样……有时它很聪明……啊啦啦……

欧内斯托：啊，是的！十分聪明……甚至连它自己都不知道……

沉默。他们削土豆。他们平静了下来。

母亲：听我说，欧内斯蒂诺，你最好去找弟妹们……你父亲这就要回来……也许最好由我把你的决定告诉他。

欧内斯托：父亲对我不会怎样的，父亲很和气，不寻常的和气……

母亲疑惑地说：他很和气……他很和气……说得倒简单……你瞧吧，他会对你说：我理解我的儿子，他的神气会这样……平平静静，毫不挑剔，可是突然之间，他会对你吵嚷起来，吵得你发疯。

沉默。

母亲轻柔地说：找弟妹们去吧，欧内斯托，去吧……相信我……

欧内斯托眼中突然闪过几分猜疑。

欧内斯托：对了，我的弟妹们在哪里……

母亲：他们能去哪里呢，去了普里祖①吧……

欧内斯托笑着说：坐在书架旁的地上看画册。

母亲：对。（她没有笑）不知在看什么。他们不识字，那么……？我问你他们能看什么。自从你读了那本关于国王的书，他们就去普里祖试着看书……但那是假装的……是的……这是实情。

欧内斯托突然叫了起来。

欧内斯托叫了起来：我的弟妹们在假装！……绝不可能……你听见了吗，妈妈……他们从来不假装，从来不……

母亲喊着说：这可真精彩。那他们在看什么，嗯？他们不认字！那么……这帮孩子在看什么？

欧内斯托和母亲都在喊叫。

欧内斯托喊叫：想看什么就看什么，当然！

母亲喊叫：可他们究竟在哪里看字？他们看的字在哪里？

欧内斯托：当然在书本里！

---

① Prisu，法国一连锁超市名的简称。

母亲： 就像是看星星！

笑声又起，仿佛是讽刺。

欧内斯托平静了下来： 我不喜欢有人说我弟妹们的坏话，对不起，妈妈……

欧内斯托起身走了出去。

母亲待着一动不动。她不再削土豆，若有所思。也显得愉快，困惑。

母亲只为孩子们做土豆吃。他们最爱吃洋葱煎土豆。她时不时地做辣味炖肉，几乎吃一个星期。另一些时候她做桂皮汁米饭，超不过两天。有时她还做香芹烧鳗鱼。她说她知道埃斯考河上有无人喂养的大鳗鱼，在那个沼泽地区，渔民们吃的是香芹烧鳗鱼和桂皮汁米饭。至于辣味炖肉，她记不清是从哪里学来的。孩子们津津有味地听母亲讲她的来处。他们的母亲经过了哪些地方、哪些陌生的环境才在孩子们的等待中来到维特里这里。孩子们永远也忘不了母亲的讲述。

这是在厨房里。在欧内斯托宣布决定以后三天过去了。母亲没有对任何人谈起这事。她待在那里，孤单单地坐在桌旁，面前是土豆。她手里拿着刀，但不削土豆。她瞧着院子，远处河流方向的那座新城。母亲长得很美。金黄色头发稍稍泛红。眼睛呈绿色。大大的。冉娜的眼睛像母亲，头发也一样。但这女孩没有母亲高。母亲寡言少语。她瞧着。她走路时，身体上有点什么东西表现出她的重负，多次生育的重复。乳房大概比正常状态更沉重，比她年轻时更往下垂。这看得出来，但母亲依然美丽，她并没有采取任何办法来弥补埃米利奥每年给她制造的生育之苦。母亲今天穿着一件深红色的裙衣，这是市政厅送的。市政厅的社会福利科有时送母亲几件裙衣，有时衣服还很漂亮，常常是九成新。社会福利科还送孩子许多东西，毛衣、圆领汗衫。在这方面母亲不用发愁，但埃米利奥除外。市政厅不愿意给父亲衣服，说他不配。母亲有时让头发散开，今天她就是这样，黄中泛红的头发披在肩上，由深红色的裙衣衬托着。母亲忘记了年轻时的语言。她像维特里的居民一样，没有外乡口音，只是在动词变位上出错。她还保有无法改变的旧日的音韵，字词似乎十分柔和地从嘴中吐出，仿佛是使声音内部滑润的吟唱，有时话语在她不知不觉间从她身上流出，像是对已被抛弃的语言的怀念。

埃米利奥进来了。她没有听见他进来。最近几天她心神不定。
父亲：你是在削土豆还是在干什么？
母亲：我在削土豆。
父亲：我看不是，你不在削。
沉默。

父亲：什么事情使你这样？

母亲：是关于欧内斯托。他不想上学了。他说：一次就够了。

沉默。

父亲咕噜地说：怪了……又出了麻烦。（沉默）听我说，我了解我儿子，很了解，甚至……

母亲：不是的。

父亲：是的。我不明白的是他为什么说出来。我看他根本不用说。他不去上学就完了，不必说。为什么说出来呢？

母亲：为什么不说呢，这也不丢人。

沉默。

父亲：他是怎么对你说的？讲讲看。

沉默。

母亲：他说：我再也不去学校了，因为……

父亲：因为什么？

母亲：不为什么。

父亲：不为什么？

母亲叫了起来。

母亲：对，就是这样。

父亲耐着性子。

父亲：你当心，娜塔莎……你再不说我这就要发火了……

母亲：我在想哩。

母亲慢慢地回忆。

母亲：他说：……因为学校……老师讲的东西我都会……就这样……大致如此。

父亲在思考。

父亲：这不可能……你一定没听懂……你在胡说……不可能。

母亲：为什么不可能?

父亲：因为欧内斯托什么都不会。

母亲：那又怎样呢?

父亲：既然欧内斯托什么都不会，他不可能埋怨去上学。

母亲记了起来。

母亲：他说的话应该正相反……对，对……相反。

父亲：怎么相反?

母亲：等等……

沉默。母亲仍在思索，想起来了。

母亲：他说：我再也不上学了，因为学校老师讲的东西我都不会。就是这样……

父亲：呵，好……我更喜欢这样……这才是我的儿子。

父亲什么也没有明白。母亲怀疑他什么也不明白。

母亲：你肯定，埃米利奥……?

父亲：不……可是……

母亲：你对欧内斯托从来就不很……亲热，埃米利奥。

父亲：哪里……哪里……他不知道，正相反……

沉默。

父亲：你呢，你怎么想的？

母亲：我嘛……我觉得就这事本身来说，没有什么不清楚的。但与此同时，事情很奇怪，埃米利奥……自从欧内斯托说了那句话，我好像时时刻刻都听见它……仿佛……它仿佛的确有某种含义，而且毕竟……它有一种含义……

父亲：那么说不够老实……

母亲：不一定……不一定，埃米利奥。

父亲：自从欧内斯托说了这话以后，你就这样想，是吧，娜塔莎。

母亲：从那时起，是的。

沉默。

父亲：那么你的小欧内斯托打的就是这个算盘，拼命地与众不同，最后当然表现了出来。

父亲的用词使母亲感到惊愕。

母亲：与众不同……我看不出来……

父亲：你怎么看不出来……？

母亲：我看不出任何一点……也许这是母爱……

父亲：对。

沉默。

父亲：那么你没有注意到欧内斯托与别人不同？

母亲：别说得过分……我不同意……不如反过来说……可以说：他与别人一样，但是在某一点上……

父亲：难道你什么都不明白？

母亲：也许他吃东西比别人稍慢，是吧，对不对？还有身材……？对吧？除了身材，还有什么？你注意过你儿子吗？注意过他的个子吗？又高又大！十二岁！谁也不会相信，还有一副主教的神气。

父亲：你再想想，娜塔莎……你没有注意到别的？什么也没注意到？

母亲：呵，是的……是的……欧内斯托不说话。什么也不说。就是这样……

父亲：就是这样……可当他说话时，叫你吃惊。不是"把盐递给我"这种话，而是在他以前谁也没说过的话，他真想得出来，不是人人都能做到的……

欧内斯托的弟妹们都长得像他。像母亲和像欧内斯托。他们小时长得像父亲。后来，在两三年里，他们谁都不像。接着突然又像母亲和欧内斯托。但有个女孩当时谁都不像，就是冉娜。那时她在十一岁和十七岁之间。母亲说有个女孩长得漂亮，却对自己的美貌无动于衷，那就是她，冉娜。

母亲认为冉娜对天主的信仰与她对哥哥欧内斯托的感情属于同一类型。他们这样相处使母亲高兴。在她生活的这方面，不可能有什么邪恶。因此母亲看不清自己，看不到自己是按两个孩子的形象塑造的。

冉娜小时酷爱看火，对火十分着迷，因此母亲带她去了市镇医院。人们检查了她的血液，从她的血液里看出她有纵火的倾向。然而，除了对火的喜好，除了这小小的怪癖以外，她是一个十分漂亮的女孩，健壮有力。母亲对那些小弟妹们说：瞧瞧她。她向他们解释说，唯一要注意的是别让她单独与火在一起，因为她有这种怪癖而她自己感觉不到，就像意识不到她的美貌和她的笑。这时她可能忘记了自己，因为老盯着火而晕头晕脑。人们说她最后会烧掉自己的房子。母亲讲述说，就是这样，说完了。弟妹们一想到所钟爱的姐姐对火这样可怕的东西竟如此着迷，不免既惊叹又惶恐。看到弟妹们对自己这样感兴趣，冉娜本人高兴得脸红。

小姑娘对欧内斯托的爱和对火的爱，在母亲看来，是出于同一种恐惧。因此，她认为冉娜生活在一个危险地区的中心，它对所有人都是陌生的，包括对母亲。母亲预感到自己永远也到达不了那里。她自问道：难道对她这个母亲也陌生？她确信？是的，母亲确信自己永远到达不了那里，到达不了那个寂静的地区，冉娜和欧内斯托身上的那种智慧。

冉娜要求欧内斯托讲讲他是怎样离开学校的,经过如何。她自己上了三天学,但不十分清楚能在学校干什么,除了有一天会离开学校。

她对欧内斯托说他应该给全家,给小弟妹们和身材高大的母亲讲讲他是怎样离开学校的。

欧内斯托拒绝了好几次。于是冉娜哀求他。有一次她流着泪亲吻他,说他不再爱他们了。冉娜的脸头一次贴着欧内斯托的脸,他闻到她身上那种花和盐掺和的海洋气味。

欧内斯托用双臂抱住冉娜的身体。他们就这样待着,默默无语,低垂着眼睛,像刚刚共享黑夜的情侣一样自我隐藏起来。

过了长长的一刻。在这期间他们产生了一种轻轻的感受,从此难以忘怀。

他们没有对视就分开了。

冉娜不再要求欧内斯托对家里人讲述如何离开学校的。

而正是在这天晚上,在晚饭后,欧内斯托讲述了如何离开学校。

欧内斯托站在靠台阶的一侧,在樱桃树淡淡的阴影下。弟妹们围桌坐着。母亲在习惯的座位上。埃米利奥在她对面。欧内斯托身后是冉娜,她面朝墙躺在哥哥身后的地上。

欧内斯托讲述经过,他是怎样离开学校的,事情是怎样发生的,他似乎并非有意这样做。

欧内斯托说得很慢，语言听来十分清晰，仿佛在对某个不在场的人或者听不太清楚的人说话。也许他今天是对她，对这个靠墙躺着仿佛已入睡的妹妹说话。

欧内斯托说：那一天我在教室里等了整整一上午。
我不知道为什么。

后来是课间自由活动。
它仿佛很遥远。

于是我又独自一人。

我听见喊叫声，课间活动时的噪音。
我想我害怕了。
我不知道害怕什么。

然后这就过去了。

我仍在等待。
我必须等待，也不知是为什么。

另一次是食堂。

我听见餐盘的声音和说话声。

我感到愉快,忘了我应该逃走。

在食堂以后,事情发生了。突然间我什么也听不见。

这时事情发生了。

我站了起来。

我害怕做不到。无法站起来然后走出我所在的地方。

我做到了。

我走出了教室。

在院子里我看见其他人从食堂回来。

我走得很慢。

然后我来到学校外面。

在一条公路上。

恐惧消失了。

我不再害怕。

我在水塔旁边的树下坐了下来。
我等待着。很久还是片刻,我不知道。

我想我睡着了。

沉默。欧内斯托闭上眼睛,在回想。

仿佛是千年以前的事。

沉默。
欧内斯托仿佛遗忘了。
接着他又记了起来。

欧内斯托:我明白了一些事但还说不出来……我年岁太小,无法表达清楚。例如宇宙的创造。我呆在那里,突然间,我眼前出现了宇宙的创造……
沉默。
父亲:欧内斯托,你扯得太远了……

沉默。

母亲： 你要讲讲这个吗，欧内斯托？

欧内斯托： 没有许多可讲的。

沉默。

欧内斯托： 听着……这事应该是一次完成的。一夜之间。到了早上就一切就绪了。所有的森林、山脉、小兔，一切。仅仅一夜。这是自动创造的。只用了一个夜晚。经过计算。一切准确无误。只除了一个东西。唯一的东西。

母亲： 如果在起点就缺这个东西的话，到了终点时怎能知道还缺它呢……？

欧内斯托不说话，然后又说起来。

欧内斯托： 这东西不是可见的，而是可知的。

沉默。

欧内斯托： 我们以为应该说得出它是什么……但同时我们知道说不出来……这涉及个人……我们以为自己能够……应该做到……但是不行……

母亲突然欢快起来，笑开了。

母亲： 我可知道最初缺的是什么，是风。

父亲： 不，风也已经有了。风立刻就有了，你别又说你这一套了，吉内塔。

欧内斯托： 怎么说呢，几乎无法正确地说出它来，因为一切都在那里，而这没有必要。没有必要。没有必要。没有必要。

沉默。

父亲：小东西那时也有了……

欧内斯托：是的，极小极小的东西，各种各样看不见的小东西，小小的微粒，它们都在那里。连一粒小石子都不缺，连一个孩子都不缺，而这毫无必要。一片树叶也不缺。而这毫无必要。

沉默。

父亲：你说：毫无必要。

欧内斯托：毫无必要。

母亲：你讲几个钟头，我们会一直听见你说这句话。

沉默。

欧内斯托：大陆、政府、大洋、河流、大象、船只，都毫无必要。

妹妹：音乐呢。

欧内斯托稍稍迟疑才回答。

欧内斯托：毫无必要。

父亲：怎么解释你这个"毫无必要"，这话有点含糊。

欧内斯托：它无法解释。言语也毫无必要。

母亲：学校也毫无必要？

欧内斯托：毫无必要。你们比大家都清楚。

沉默。

欧内斯托：对谁来说生活是值得努力的？学校是为谁设立的？为了做什么？其余的都没有必要。

沉默。母亲生气了。

母亲： 谁会这么说，说这些都毫无必要？

欧内斯托： 没有人这样说。

母亲： 呵，这不行！不行，不行……

父亲： 你不会又来那一套吧，娜塔莎？

母亲： 学校和宇宙是互相联系的，对吧？

欧内斯托： 联系十分紧密。

母亲： 真奇怪，我有几分明白……

欧内斯托： 你从未停止去理解，你是宇宙中最有天才的人……

父亲： 这不是理由，欧内斯托……不是理由……

母亲： 对，这不是理由……你父亲说得对。

父亲： 还是应该去看看小学老师。

欧内斯托对这个要求不予回答，说道： 亲爱的父母……

母亲： 在这个家里，"亲爱的父母"这种表达方式听起来怪怪的……

父亲： 我也觉得这样。

微笑。幸福。

母亲和蔼地说： 这不是理由。我可不愿意蹲监狱。

父亲愤然喊了起来。

父亲对欧内斯托喊道： 得跟你说多少遍？不上学是要受惩罚的。先从父母开刀，父母去蹲监狱，然后是孩子，孩子也得去坐牢。最后他们都进了牢房。而且如果发生战争，他们就被处死。就是这样。

欧内斯托轻松平和地大笑起来。

母亲：你误解了法律，埃米利奥，你讲的事根本不可能……

欧内斯托：你们只要说我得了感冒，一次又一次得水痘、猩红热等等等等……

母亲：老师不会相信你生病的……呵啦啦……再说这种病早已绝迹了……

父亲：再说，这事已经传开了……你说的那句话……已经在这个区里传遍了。这里的人都把它当作笑料，你想我们能感到自在吗……

欧内斯托笑笑，然后是沉默。

欧内斯托十分温柔地说：我该去普里祖找弟妹们了。

母亲：此刻他们在看讲地球毁灭的书，嗯？啊啦啦……

一想到孩子们在看这种书，母亲便笑了起来。

欧内斯托在笑。冉娜也在笑。

欧内斯托继续说：爆炸啦，轰炸啦，等等等等。啊啦啦……就是这些……我也看这些东西。啊啦啦……小家伙们在那里，在书架下面，啊啦啦……售货员递给他们画册，他们显得乖乖的……

父母笑了起来。

欧内斯托：受了好的教育，就能自己看书。最近的例子是丁丁[①]

[①] Tintin，比利时画家埃尔热(Hergé, 1907—1983)创作的连环画人物。

去普里祖看书。书里讲的是……丁丁看书……在哪里？在普里祖。

众人笑了。

母亲：这么说……作家们不费力气就能找到题材了……啊啦啦……

父亲此刻又愤愤然地喊叫。

父亲：总之，不能再逃避，必须去找小学老师先生，向他作解释。别玩那些老花样，什么感冒啦，水痘啦，等等等等。应该说实话。应该对小学老师先生说我们的儿子欧内斯托不想再去上学了，就是这样。

母亲：往你屁股上踢几脚或来几个巴掌，这就是你的这位小学老师先生的回答！

父亲：不一定……他也可能说他理解欧内斯托的决定，他会考虑的，等等。总之应该去，既然他们找我们的麻烦，要我们送孩子上学，那我们也该找他们的麻烦不送孩子上学，这就是礼尚往来。

这座位于山坡上的白色城市一层层地往下伸展，一直来到河边的那条令人畏惧的高速公路。在高速公路与河流之间是那座维特里新城，它与旧维特里毫不相似。在旧维特里都是小房子，而在新城是一片高楼大厦。然而孩子们所知道的主要是在他们城市下方有高速公路也有火车。在火车过去是河流。火车沿着河流行驶，高速公路沿着铁路伸展。这样一来，如果发生水灾，高速公路就也成了一条河。

欧内斯托说，火车每小时走四百公里，使低处的高速公路产生回响，那声音很可怕，你的心脏都被震碎，脑子也震糊涂了。

的确是这样。高速公路好像是河床。这是塞纳河。高速公路比塞纳河低。正因为如此，孩子们梦想高速公路被淹，哪怕就淹一次，这个梦想并非毫无根据，不过这事从未发生过。

高速公路是用水泥修成的，现在水泥上有一层黑色的苔藓。水泥有多处裂开了，形成深深的洞，野草和植物在这些洞里令人厌恶地疯狂生长。经过二十年它们成了发黑渗水的水泥草和水泥植物。

这条高速公路已被废弃，这不假，但时不时地有汽车从这里驶过，这也是真的。有时还有崭新的车风驰而过。有时是些旧卡车不慌不忙地从这里过，丁零当啷，司机们习以为常，睡着了。

这家的孩子每天都出去，走走，看看。他们到处跑，街上、公路上、山坡小道上、商业中心里、花园里、空屋子里。总是在跑。当然小的孩子跑得没有大的孩子快，而大孩子总怕小的迷了路，所以一开始与小的孩子一同跑，然后又绕过他们跑回来，于是小的孩子以为自己超过了大孩子，异常欢喜。

弟妹们一直在打扰哥哥姐姐欧内斯托和冉娜的生活，但后者并未意识到。每当他们看不见哥哥姐姐时就惊惶失措。一看到哥哥姐姐走远或消失在街头，他们就恐怖地大叫，仿佛只有他们这些小孩子知道哥哥姐姐不在时会发生什么事，而大孩子们对此已一无所知。在弟妹们眼中，两个大孩子是抵御危险的屏障。但无论是大孩子还是小孩子都绝口不谈这个。因此大孩子不知道自己多么爱弟妹们。如果大孩子开始忍受不了弟妹们，那就是说他们不再与弟妹们密不可分，不再与弟妹们合为一体，形成一部共同吃喝、睡觉、喊叫、奔跑、哭泣和爱的大机器，那就是说他们不再有把握逃避死亡。

他们共有的秘密就是对他们而言事情不像对其他儿童那样自然。他们知道他们每个人和全体都是父母的不幸。大孩子从不和他们谈这个，绝口不提，父母也不提，但他们都知道，小孩子大孩子都知道。父母派大孩子去买东西时，大孩子绝不让小孩子单独留在父母身边，特别是最小的孩子。他们宁可用旧的小推车带上他们或者让他们在矮树丛里睡个午觉。他们最害怕的就是这个，就是将小孩子留给母亲，而她领他们去公共救济处签署那张出卖儿童的邪恶文书。在那以后，再想要回他们是没有办法了。即使对她而言，也是不可能的，谁也办不到。

当小孩子们长大，有力气逃跑，跑得比父亲还快时，大孩子们不再为他们担心，因为父母要想逮住他们必须一大早就起床，就好比是去激流中抓鱼。五岁就有力气了。

欧内斯托和冉娜知道母亲心中有这种愿望：抛弃。抛弃她生下的孩子。抛弃她爱过的男人们。抛弃她住过的地方。抛弃。离去。消失。而她自己不知道孩子们却知道，至少他们这样想。特别是欧内斯托和冉娜认为自己仿佛亲身感受到母亲的愿望，比她本人还清楚。

无论是在四邻之间还是在维特里，谁也不知道母亲来自何方，来自欧洲的哪一部分，也不知道她属于哪个种族。只有埃米利奥知道点什么，但他所知道的却是母亲对自己的身世所不了解的。大家都认为母亲在来维特里，在来法国这座山城之前一定经历过另一种生活。

母亲什么也不说，就这样，很简单，不开口，什么也不说，绝口不提。她出奇的干净，像少女一样每天洗身，但什么也不说。她极为聪明，但至今从未施展过，不论是做好事还是做坏事。也许母亲仍在睡眠中，在黑夜中，这也是可能的。

然而母亲有时也讲起些事。她讲的事总是出人意料。事情发生在遥远的地方。看上去是鸡毛蒜皮的事，但却永远留在脑中：字眼和故事，声音和字眼。就是这样有一天深夜，母亲从市中心的咖啡馆回来后对冉娜和欧内斯托讲述了关于一次谈话的故事。她说那是她一生中最清楚、最明亮的回忆，她现在还想起它，那是她在穿越中西伯利亚的夜车上偶然听到的一次谈话，是很久以前的事，当时她十七岁。

那是两位随处可见的普普通通的男人。显然在那次旅行前他们互不相识，在旅行后大概一辈子也不会再相逢。他们最初发现彼此的村庄相距遥远。然后年轻的那位谈起了公务员的工作和他当时生活中的事，也谈到北极的黑夜、寒冷与美丽。谈话突然慢了下来。这个年轻人不善于讲述他与妻子和两个孩子的生活多么幸福。于是年龄稍长的那位就开始谈自己。他和西伯利亚平原上几乎所有的居民一样都是公务员，他也讲到北极持续不断的黑夜和寒冷。他也有孩子。他讲起来也很腼腆，仿佛这种话题不够严肃。他谈到北极黑夜的寂静，那种寂静与寒冷相互渗透。在三个月的黑夜里零下六十度。年轻的那位谈到孩子们生活在这个狗拉雪橇的地方的奇异的幸福。

他们的讲述方式对母亲起了决定性作用。他们压低声音，唯恐打扰其他旅客，其实他们没注意到旅客们在津津有味地听。

多年里，母亲一直记着那些村庄的名字。现在她忘了，但仍记得在茫茫的雪野中贝加尔湖湖水的蓝色。

母亲说在那次旅行以后，她去探询过西伯利亚铁路网的情形。也许，谁知道呢，哪一次去看看，去看看，她说。那位年轻男子的妻子、他的房子、四周成顷的雪和石头、在牲口棚里关上几个月的牲口，还有在严冬中停滞不动的黑夜的气味。

在维特里，母亲不愿和任何人交谈，不论是和维特里的居民还是和家里人。她希望在周围人眼中仍旧是外乡人，即使对她一直爱着的埃米利奥也是如此，只有欧内斯托是例外。

欧内斯托是例外。

在母亲生活中只有那些运载着难以描述的幸福的夜车是难以忘

怀的,还有欧内斯托这个孩子。

在母亲的孩子中欧内斯托是唯一对天主感兴趣的。他从未说出天主这个词,但正是由于他绝口不提,母亲才猜到点什么,天主。对欧内斯托而言,天主就是无处不在的绝望,无论是当他看着弟弟和妹妹、母亲和父亲、春天还是冉娜还是什么都不看时。母亲可以说是在无意间发现欧内斯托的绝望情绪的,一天晚上,他注视她时,她从他那始终痛苦的,有时又茫然的眼神中发现了这一点。那天晚上,母亲明白了欧内斯托的沉默既表明了天主又不表明天主,既表明生的热忱也表明死的激情。

有时,母亲醒来时发现欧内斯托躺在床脚下,于是她知道夜里在维特里曾有雷雨和狂风,而且天空塌陷的声音十分恐怖。每次风暴过后,欧内斯托就记录下夜间被天主毁灭的东西。一个区、一条公路、一座房屋。维特里将一块石头一块石头地被摧毁。欧内斯托在颤抖。有一次他对母亲说,听见了天空塌陷在儿童不得入内的那条老高速公路上。他发誓就是在那里。

此外,无论是冬天还是夏天,母亲总把孩子们赶出厨房,除非在吃饭的时刻。好几次市镇上有人埋怨,那是刚刚来到维特里的人,他们气愤的是她居然这样对待自己的孩子。整天在外面,又不上学。但是母亲对这种怨声从来不屑一顾。她说:你们要我送他们去公共救济处,是吗?那些人表示道歉,惶恐地走开了。

在弟妹们眼中，大大小小的孩子们眼中，不论明显还是不明显，母亲每天在心中策划一个作品，它极为重要，所以母亲要求四周安静和平静。所有的人都知道母亲在追求一个东西。这就是作品，进展中的未来，它既是可见的又是无法预见的，而且性质不详，范围无限，因为母亲做的事对孩子们来说是没有名称的，纯属她的私事。无法起名，为时过早。什么也包括不了它完整的和矛盾的含义，哪怕说出任何字眼也不行。对欧内斯托而言，母亲的生活经历可能已经是个作品了。也许正是她心中保留的这个作品产生了这种混沌。

母亲不会写字，因而这个作品具有宽广无边的色调。一切，包括她想出卖的小孩子，她没有写的书，她没有犯的罪，都使她的作品变得浩大，好比是雨水汇入大洋。还有那另一次在另一列俄国火车上的那位情人，他消失在冬寒中而现在完全被遗忘。

是的，曾有过那另一次旅行，也穿越中西伯利亚的夜车上的那次旅行。那一次曾有过爱情。

母亲在那列火车上做了什么，她已经忘记了。但她说那次爱情并未被忘记，并未被完全忘记，直到她死去，并未被完全忘记，那种心中的痛感一旦忆起将伴她终生，并已进入她的肉体。

那位男子登上火车时母亲已在那里了。他们在旅程中相爱。她十七岁。她说自己当时和冉娜一样美丽。他们相互说他们相爱。他们一同哭泣。他用大衣包着她躺下。车厢里一直是空的，没有旅客进来。整整一夜他们的身体没有分离。

母亲是在从维特里的酒吧回来后谈到那次旅行的。她曾期盼重见火车上的那个男人，等了好几个月，还不止哩，等了好几年。她仍然想到那次等待，仿佛它已成为她与他的幸福中不可分割的部分。在她的生活中，那一夜始终闪烁着光辉，无与伦比。那种爱情十分强烈，母亲这晚在维特里仍然为之颤抖。

孩子们一辈子都会记住母亲讲述的这一刻。他们都在场，冉娜和欧内斯托和弟妹们。母亲讲述时，父亲在床上睡觉。他没脱衣服，穿着夏天的鞋，打着小鼾，仿佛睡在野地里。

快天亮时，火车在一个小站上停下了。那人惊叫一声醒了过来，拿起行李仓皇地下了车。他没有往回走。

火车又开动时他朝火车，朝那位靠在明亮的车门旁的女人转过头来。几秒钟。然后火车便将他的形象压缩在车站月台上了。

父亲和母亲领取了家庭补助金后便去市中心喝博若莱葡萄酒和苹果烧酒，一直喝到午夜，市中心的酒吧关门的时刻。接着他们又到英国港，进了维特里码头上的小酒馆。在这以后，有时他们找不到人送他们回家，便爬上维特里的山丘去找原七号国家公路上的长途卡车。并非每次都如此。然而他们回到小屋时已是清晨四点钟了。那时，是的，小孩子们都很绝望，不由自主地害怕这一次是真的了，他们永远也见不到父母了。

对孩子们来说，再见不到父母就是死亡。对死亡的恐惧因再见不到父母油然而生。他们知道不会死于饥饿，因为当父母在市中心闲逛时，或者当母亲突然决定不做饭就去睡觉时，他们能吃到欧内斯托做的贵格牌燕麦粥，而且冉娜还会唱《在清泉旁》。这时欧内斯托说，瞧你们这帮小混蛋，喊够了吧。

夜里，喝得烂醉的父母有时出一些难以理解的荒唐事。有一天人们在巴尼奥莱门找到了他们，为什么去了巴尼奥莱门呢？他们永远也不知道。一辆警车将他们送回到维特里。在这次外出以后，父母在卧室里待了三天，不给孩子们开门甚至不回答他们。冉娜骂他们，喊着要杀掉他们。你们开门，不然我就放火烧房子。冉娜的声音很尖厉，令人难以忍受。所有的孩子都哭了。欧内斯托领他们去棚屋。最后父亲开了门。他看上去那么绝望以致冉娜两手捂着脸跑向棚屋。欧内斯托来到她身旁。她对欧内斯托说也许他们做错了，如果父母真是这么想死应该随他们去吧。

有时父母没去市中心也突然在卧室里闭门不出。这事大概没有什么可以说明的理由，因为这是个人的、私人的事。欧内斯托说可能是因为现在是五月份的春天。他记得去年和前年也是这样。母亲说她忍受不了开花的樱桃树这极端的春天,她不愿意再看到。她难以接受的是春天可以几度重来。维特里的全体居民都为如此明媚、如此澄蓝的天空欢喜异常,而母亲呢,她咒骂开花的樱桃树。她骂这树是脏货,而且不许人为它修枝,甚至不让人砍去伸进厨房的枝条顶端的小枝桠。

欧内斯托有一次对冉娜说她和他也许弄错了,父母关在卧室里也许是为了爱。

听过欧内斯托的话后冉娜沉默不语。他久久地看着妹妹,她不得不闭上眼睛。而他呢,他的眼睛在颤抖,后来也闭上了。当他们能够重新对视时,他们却避免对视。在随后的几天里他们没有说话。他们没有说出这件使他们惊诧得无法开口的新鲜事的名字。

这天以后不久,欧内斯托给弟妹们朗读那本烧毁的书上的片断,讲的是耶路撒冷君王大卫之子的事。

"我建造宫室。"欧内斯托念道①。

"我栽植葡萄。"

---

① 他念的是《圣经·旧约》中《训道篇》的片断,译文根据中国天主教主教团批准的《圣经》中文本。

"我开辟园囿,在其中栽植各种果树。"欧内斯托念道。

"我挖掘水池。"

欧内斯托不念了。书从他手中滑落。他不理睬。他看上去疲惫不堪。接着他又往下念,这一次却不看书。

"我挖掘水池,以浇灌在生长中的树木。"欧内斯托接着说。

欧内斯托停了下来。默默不语。他瞧着靠墙躺着的冉娜。冉娜睁开眼睛,也瞧着他。

接着冉娜重新垂下眼睛。仿佛她再次离开欧内斯托。欧内斯托知道在冉娜的眼皮后面,她火辣辣地看到的是他。欧内斯托闭着眼睛念为的是同样地在心中拥有冉娜。

"我有许多牛羊,多过以前住在耶路撒冷的君王。"

欧内斯托再次睁开眼睛。

他躺下。他努力将目光从冉娜靠墙的身体上转开。

"我聚敛了大批金银及各王侯各省郡的财富。"欧内斯托继续说。

"我拥有许多吟咏的男女,无数的嫔妃。"

"我成了最伟大的以色列王,"欧内斯托喊道,"但我仍没有丧失智慧。"

欧内斯托仿佛睡着了。但他在喊叫。欧内斯托仿佛睡着了但又同时在喊叫。

"凡我眼所希求的,我决不加以拒绝。"欧内斯托喊道。
"凡我心所愿享受的快乐,我决不加以阻止。"

欧内斯托又站起来。他拾起书。最初并不念书。他在颤抖。然后他又开始念。

"然后,"欧内斯托说,"我回顾我所做的一切工作,以及工作时所受的劳苦。"
"看!一切都是空虚。虚而又虚,都是追风。"
孩子们全神贯注地听以色列王的事迹。他们问这些人,这些以色列的王现在在哪里。
欧内斯托说他们死了。
怎么?孩子们问道。
欧内斯托说:中了毒气和被火烧死了。

弟妹们对这方面大概听说过什么。几个孩子说：呵，是的……是这样……他们知道。

其他几个孩子哭了起来，像当初发现那本书时一样。

接着他们又谈到雨水和水塘。这是他们在创造物中最喜欢的东西。

一个弟弟说："我最喜爱的是他栽种森林。"但他不明白的是怎样使水塘里有水。

另一个孩子说是靠雨水。王将雨水蓄在池塘里然后用它浇灌森林和花园。

王的智慧使弟妹们赞叹不已。

空虚，弟妹们不太明白这是什么。一个妹妹认为这就是指穿上钻石太多的、太华丽的衣服的时候。另一个妹妹说：除了衣服外还满脸涂红粉。

虚而又虚，弟妹中谁也不知道这是什么。但他们稍稍知道追风，因为在维特里山脚下有那个荒凉的高速公路的巨大框架。

欧内斯托说风还是另外某个东西，名叫知识。知识[1]也是风，有猛冲高速公路的风也有穿越头脑的风。

一个大男孩问知识是什么样子，怎样画出来。

欧内斯托说：这是画不出来的。它像风一样不停歇。你抓不住风，它不停歇。字词风，灰尘风，我们无法表现它，写不出来也

---

[1] 法文 connaissance 可作"知识"又可作"认识的人"，此处产生了误会。

画不出来。

冉娜瞧着欧内斯托。她也在笑。冉娜一笑弟妹们便都笑了起来。

"很多吗?"一个很小的弟弟问道。

"不少,"欧内斯托说,"人们以为如此,但是错了。"

"多少?"小弟弟问道。

"等于零。"欧内斯托说。

最小的弟弟生气了。他说他认识一个人,是维特里的一个小女孩,是黑皮肤,来自非洲。她名叫登记名·阿德琳。

一个排行中间的男孩哭了,喊道:

"你完全疯了,欧内斯托,神经病。"

欧内斯托笑了。接着冉娜笑了。然后大家都笑了。欧内斯托请他们别忘记,在维特里,最后的以色列王就是他们的父母。

春天来临时,孩子们的肤色粉中透出金色,头发也一样变成稍稍透红、几乎是粉红的金黄色。在维特里有人说:"真可惜,这么漂亮的孩子……真不像……""不像什么?"有人问道。"不像是被抛弃的。"回答说。

父亲和母亲是在维特里相识的。埃米利奥·克雷斯皮从意大利来到维特里定居。他也在这里的一家建筑公司找到当泥瓦工的工作。他住在离维特里市中心很近的意大利人之家里。

埃米利奥·克雷斯皮独身生活了两年,后来他遇见了母亲。二十岁的母亲独自来到意大利人之家参加年度的庆祝会。

她名叫汉卡·利索夫斯卡雅,来自波兰。她并非出生在波兰。在她父母动身去波兰前她就出生了。她从不知道自己生在哪里,她母亲说是在一个村子里,在乌克兰与乌拉尔山之间民族杂居的某个地方。

她是在克拉科夫遇见那位法国人的,被他带到巴黎。一到巴黎她就离开了他,从来也没有说明原因。为了逃避他,她步行了两天,后来来到维特里,在这里停了下来。她到市政厅去休息并且要求工作。二十岁,金黄色、略微发红的金黄色头发,天蓝色眼睛,波兰人的皮肤,她立刻就被雇用了。

埃米利奥很英俊,棕色头发,瘦高个,长着一双明亮的眼睛,温和,爱笑,很可爱。庆祝会的当晚,她就去了他的房间,此后从未分离。

她一直在市政厅当清洁工,直到第一个孩子出生。在市政厅以后,她再没有出外工作。埃米利奥·克雷斯皮仍然当泥瓦工,直到有了第三个孩子。这以后他也不再工作了。

母亲的特点不在于她漂亮,而在于谁也说不清她。这是漂亮的一种方式，她知道自己漂亮，但举止像不漂亮的女人那样。忘掉如何漂亮，对自己马马虎虎，不由自主地。

长时间里，父亲在想象母亲的过去时甚感痛苦。他久久地琢磨这个闯入他生活的女人是谁，她像雷火，像女王，像与绝望系在一起的疯狂的幸福。是谁在他家里？是谁贴着他的心？贴着他的身体？一句话也没有，母亲绝口不提她年轻时的事，那些如此晦涩、难以说清的往事，她一直不知道有一天这些往事会导致如此巨大的痛苦。

然后有一天孩子们来了。每个孩子都是对父亲的问题的回答：这个女人是谁。这个女人是他们的母亲，也是他们父亲的妻子。他的情人。

孩子们的出生结束了父亲的痛苦。但是后来孩子们给父亲带来另一种痛苦。这种痛苦，这种新的痛苦，父亲接受了。

这是在学校里。在一间教室里。小学老师先生坐在讲桌前。独自一人。没有学生。欧内斯托的父母走了进来。他们相互问好。

众人：您好先生。您好夫人。您好。您好先生。

沉默。

父亲：我们来告诉您我们的儿子欧内斯托不肯再来上学。

小学教师厌烦地瞧着这对家长。父亲又接着说。

父亲：我们知道有义务送他上学。有义务，有义务，我们不愿去坐牢，所以来服务①……

母亲： 他想说的是通知，先生，来告诉您，让您知道。

小学教师： 请说明白些，先生……您再说说： 您要求见我是为了告诉我什么？

父亲： 正是为了我刚才说的事……

小学教师： 如果我听明白了，就是您儿子欧内斯托不肯上学这件事。

父母： 对了，就是这事。

小学教师浮夸地说： 可是，先生，这里的四百八十三个孩子都不愿意上学。您是从哪儿钻出来的呀？

父母不说话。他们知道小学教师会这样回答。他在打趣地笑。于是父母也笑。他们不说话。他们不感到惊奇。他们与小学教师一起笑。

小学教师： 您，您认识的孩子里，有哪一个愿意上学呢？

父母没有回答。

小学教师： 得强迫他们，先生，逼他们上学，揍他们，就是这样。（父母没有回答）你们听见我说的吗？

父母平静而温和。

母亲： 我们听见了，但是我们不强迫孩子，先生。

父亲： 那违背我们的原则，先生。请原谅。

---

① 父亲想说 avertir(通知)，却说成了 servir(服务)。

小学教师瞧着父母，目瞪口呆，接着微笑了起来，因为这对家长使他觉得很有趣。

小学教师：这理由倒很充分，呵，得承认……

父母与小学教师一同笑了。

母亲：校长先生，我必须说在目前情况下，谁也无法强迫这个孩子上学。要是别的孩子，我还不这样说，可是这个孩子，不，谁也没有办法。

小学教师仔细观察父母。他是一位逗乐的老师。突然间他大叫起来。

小学教师：那又为什么不能强迫这个孩子上学呢？为什么？浪费多少时间呀……我简直要疯了……我成了反动分子……（稍停）嗯，夫人，我好像在跟您说话吧？

母亲：请原谅，先生，我听着哩……

小学教师平静下来，很高兴。

小学教师：这么说再不能强迫小家伙们了？

沉默。父母彼此交换了眼色。

母亲：嗯……就是说……他是例外……他很高大，十分高大，十分十分强壮。

父亲：他看上去有二十岁，其实才十二岁。所以，您瞧瞧。

小学教师：确实……呵啦啦啦啦……这是什么意思……

父亲：这就是告诉您……我们没有办法将他从家里拖出来。体力上是不可能的，校长先生。

长长的沉默。三人都走了神,沮丧。沉默。

小学教师用疲乏的声调说: 那换个办法,行吗?

母亲: 行呀……那么先生您呢?

小学教师: 就是说……凑合点……你们想还有什么别的办法。

父母: 行……凑合点……就这样……能行。

小学教师: 就这样。

沉默。小学教师在回想。

小学教师: 在目前情况下,很简单,在他周围办一个小小的学校,他不得不留在那里。

三个人都笑了,接着又一同严肃起来。

母亲转向丈夫,然后转向小学教师。

母亲: 刚才跟您说他个子很大,校长先生,还不止是这点……还有别的……他提出的理由……有点特别。

小学教师装模作样地又严肃起来。

小学教师: 呵!咱们要认真,要有条理……我还有别的事哩,有五十六个孩子在那里等我……

父母: 啊!啦!啦!……人可不少……

小学教师: 首先,你们的儿子欧内斯托说过他为什么不肯上学吗?

父亲(片刻): 对……说了……正是这点卡住了。她刚才正要告诉您……他说,您冷静些,先生。他说:我不去学校,因为那里教的东西我不会。

小学教师在深思：他说：我不懂。什么也不懂。

接着三人都大笑起来。然后小学教师镇静下来。

小学教师：这事可真奇怪。

父母：要说奇怪，也真是，奇怪……

沉默。

小学教师：这孩子什么样？

父亲稍稍不耐烦。

父亲：个子大。这话得跟您重复多少遍……年龄小，个子大。

小学教师：对不起……

母亲：棕色头发。十二岁。应该说比较安静。

小学教师沉思。父母瞧着他沉思。沉默。

小学教师：我明白……就像是对付一头野兽……

母亲：呵！啦！啦！……校长先生，您完全错了……倒像是对付空气……欧内斯托是抓不住的……看不见的……可以说是空气……是指内心，您明白……外表上还像样子……高大，但是一切都在内心里……蜷缩着……您明白，校长先生……他是孩子……

父亲：校长先生，只要一看见您就知道您能明白……这孩子身上的这个闹剧真不必费心，您……

母亲接着说：……对他没有办法，永远没有办法，先生……没法让他相信不真实的东西，不可能，校长先生……我呢，我认为还不如立刻杀了他,要是……

小学教师:要是怎样,夫人?

母亲:没什么,先生,没什么……我不能再往下说了。他会让我流泪的,这个孩子……

小学教师:对不起,夫人。

母亲:是该我说对不起,先生……就丢开欧内斯托吧,先生。

小学教师瞧着父亲和母亲。

小学教师:丢在哪里,夫人?

母亲:他目前的地方,先生。

沉默。又恢复了平静。

小学教师:换句话说……欧内斯托让你们担心?

父母不再害怕了。

父亲:不能这么说,不能……

父亲瞧着母亲:你同意吧……不能说他让我们担心……

母亲:不能这样说。他没有……

小学教师被父母的话语所感染。

小学教师:饮食呢……?他吃得太多?

父亲:可以说正常,嗯,欧热尼娅?

母亲:就是说……这孩子吃得少……为他的父母和弟弟妹妹节省……但还过得去……

小学教师:你们能把这个欧内斯托带来吗?

沉默。父母相互看着，重新不安起来。

父亲：您想对他怎样呢？

小学教师对父亲采用"男人对男人"的口吻。

小学教师：和他谈谈。开导他。回到基本的逻辑。谈谈。就是谈谈。谈谈。解开那个结。不让它碍事。

父亲最初没有说话。他指指母亲。

父亲：您根本没有明白她刚才的话……

小学教师：没明白。

父母相互看着，再次感到不安。

父亲片刻后说：不能对他粗暴，先生……有时您会不由自主……因为……他……他很壮实……他也容不得别人碰他。

小学教师：同意。

沉默。小学教师没有笑，他在沉思。

小学教师看着父母说：欧内斯托个子不同一般，我怎么会没注意到他呢……我不明白。

母亲：您可能把他看成是另外一个人了，先生……

小学教师：这可能……他是不是眼睛不好？

母亲：不……不，先生。他的眼睛很明亮。

父亲和小学教师以同样方式看着母亲，突然被她迷住了。

小学教师：就像您的眼睛，夫人。

母亲：是的，先生。

沉默。母亲垂下眼睛。

小学教师： 依我看，我肯定把他当作维特里的一个流浪儿童了。

母亲： 呵，是这样……别再追究下去了，先生，就是这样……

沉默。大家都茫然，相互看着。小学教师忘记了刚才的话，然后努力去想。

小学教师： 你们是从哪里来的？

父亲指着母亲。

父亲： 她嘛，来自高加索，总之……从那一带来的，我来自意大利，波河河谷……是的……几代人都住在那里……我来是收摘葡萄……那您呢……先生？

小学教师一口气说： 滨海塞纳省，科地区，离布雷地区的洼地不远……

父母相互看了一眼。不知道。什么也不知道。他们明白。什么也不知道。

父母仍在等待。

时间过去了。谁也不动。

父亲： 您不再需要我们了吧，先生？

小学教师： ……是的，是的……就是说……不需要。

时间仍在流逝。

小学教师开始闭口不言。他也完全沉浸在一个看不见的故事里。

接着，小学教师用低沉而清晰的声音唱起了阿兰·苏雄的《你好妈妈我疼》。父母惊愕地一直听到底。然后，时间仍在流逝。仍然无人动弹。

接着，小学教师睡着了。

父母看着他睡。他们最后站了起来，轻轻地轻轻地，小学教师没有觉察。于是他们走出了小学。

逗孩子们笑的是父亲。

晚饭时，父亲重复的某些词使孩子们笑开了。你这个炉子烟管怎么样了？①我可不是在上一次后才生出来的。②上一次什么？他忘记了。孩子们一想到父亲可能会说一些使他们发笑的话就已经笑了起来。母亲转过身去时父亲的那副神气使孩子们捧腹大笑。他瞟她一眼仿佛她是奥秘又是灾祸。

因此父亲也把自己当作母亲的孩子。

一旦父亲逗孩子们笑，就笑个不停。不论父亲以什么方式逗乐，孩子们都开怀大笑。即使他什么也不做，他们仍然笑个不停。他吃炒土豆时显出一副古怪的神气，仿佛在说"又吃土豆"，于是孩子们又开怀大笑。就是这样笑开了，不论他做什么都让人笑得直

---

① 插科打诨的民间语言。Comment vas-tu（你好吗），从 tu 联想到 tuyau de poêle（炉子烟管）。

② la derniere（上一次）后面应有 pluie（雨），即我不是在上一场雨后才生出来的。

不起腰。

有时母亲专门为孩子们唱俄罗斯摇篮曲《涅瓦河》。她几乎完全忘记了《涅瓦河》的歌词。这时父亲使用瞎编的俄语接着唱，于是母亲笑着叫了起来，孩子们既不懂真俄语也不懂假俄语也笑着叫着。邻居们过来看看这一大家人是怎么回事，见到这样也笑了。

正是在这一刻，当母亲嬉戏着唱摇篮曲时，孩子和父亲达到了他们最大的幸福时刻。

在这些晚上，母亲喜欢有孩子，喜欢让他们充塞了她生命的空间和时间。

对父亲来说，正是在母亲和孩子们笑个不停时，他相信欧内斯托的话有理：他们是维特里最幸福的居民。父亲的幸福就是孩子们的幸福。他说："我心满意足。"孩子们又大笑起来，他呢，一边笑，一边高兴地流泪。

父亲偶尔想起自己是从波河河谷来的意大利人。有时他说："有时人们还不明白我是从波河河谷来的。"于是他突然讲起了意大利语，孩子们听不出来的那种意大利语，极快的，走了样的，很丑、很脏、很粗俗的，他脱口而出，仿佛到了他生命的终点，仿佛他将自己在这一大群孩子出生以前的另一种生活的残渣全部倾倒了出来。这一次孩子们惊恐了，他们发现父亲疯了，便扑向他，揍他，直到他认出了他们。"我是谁，你说说。""你是老三，"父亲终于说，"你是保罗。"

除此以外，父亲什么也不干。就这样。每天心安理得地吃洋葱土豆。他负责领取家庭补助金和失业补助金。对他这种毫无愧疚的极端懒惰，无论是母亲还是邻居，谁都无话可说。

父亲很爱自己的孩子，但尊重母亲订下的规矩。孩子们从来就不能随便进到屋子里。只有欧内斯托和妹妹冉娜是例外。到了吃晚饭的时刻也是由父亲通知孩子们。他一吹哨孩子们就跑进来。他们洗手，一贯如此，这是母亲的要求，就像清早洗淋浴一样。然后他们便狼吞虎咽起来。有时母亲不感到饿。至于父亲，他总是和孩子们一起吃，和他们一样吃得津津有味。

维特里的人谈论他们，特别是女人们，母亲们："这些人呀，总有一天会抛弃孩子的。"有人说："真可惜，这么漂亮的孩子……不上学……不受教育……什么都不管……"有人提出收养孩子，但这对父母不予理睬……"这种人，他们靠家庭补助金过活，您明白吗……"

孩子们间或也听到这些风言风语。这时欧内斯托说出和父亲一样的想法。让他们说去吧，欧内斯托喊道，我们才是维特里最幸福的孩子。孩子们听到欧内斯托喊出的话，相信自己享有一闪而过的幸福，一头野兽在他们的头脑和血液中跳跃。有时，幸福感觉如此强烈以致无法面对它而不感到恐惧。

欧内斯托和冉娜睡在走道里，一端通向小屋，一端通向市镇为孩子们盖的宿舍。因此，弟妹们既然和欧内斯托与冉娜关在一起，便感到睡觉时也和他们不分离。孩子们所恐惧的不是母亲真正抛弃最小的孩子，而是将最小的孩子与她、与父亲、与其他孩子分开。在某种意义上说，他们是被抛弃的，这一点他们知道，但他们也知道他们在共同的被抛弃中待在一起。他们甚至无法想象会彼此分离。

孩子是这样的人，他们知道别人抛弃他们。孩子不明白，但知道。不明白为什么抛弃，但知道被抛弃。可以说这是天性。人们在某个时刻抛弃孩子，张开手掌，丢掉，这是天性。他们呢，他们也丢失自己最漂亮的弹子，是吧。他们紧紧抓住母亲，不愿意松开她，这也是天性。弟妹们脑中还存有幼婴时期的影子。阴暗的影子，莫名其妙、冒冒失失的恐惧，例如害怕荒凉的高速公路，害怕风暴、黑夜和风。你们去看看有时风在说什么，喊叫什么。孩子的一切恐惧来自天主，来自那里，来自诸神。一切恐惧来自天主，而思想无法抚慰这些恐惧，因为思想是恐惧的一部分。孩子们接受被驱逐，被剥夺，他们没有什么可反对的，听之任之。他们喜爱母亲的残酷。他们爱母亲，喜欢被母亲抛弃。母亲是他们孩子们的许多恐惧的根源。弟妹们爱欧内斯托和冉娜，几乎和爱父母一样，而且他们十分熟悉欧内斯托和冉娜，对他们没有丝毫恐惧。但欧内斯托和冉娜在任何情况下也替代不了孩子们所拥有的那种父母,尤其是当父母对孩子们发脾气——几乎每天如此——而且威胁说要去一个孩子们无法去的地方,永不回来,在那里终于可以不抱希望、摆脱希望地生活。

在这件事中还有一点:父亲无法忍受母亲独自待一个下午,不论是在小屋里还是别处。他不敢让母亲独自待在任何地方。他一直害怕母亲会逃走,会永远消失在难以确定的地方,它既像维特里港的酒吧也像朦胧的法国东部,那个朝德国道路倾斜的边界地区和那个没有海岸、模糊不清的中欧地区,他认为这个女人肯定是从那里来的。

母亲对父亲也有同样的感情——没有她他会迷失的——下午他们一同待在小屋里,可以说不得不相互守护。但他们大概意识不到。

有时,特别是冬天,父亲突然间强烈地思念他的孩子,于是就跑到棚屋去看他们,唯恐去得太晚,怕他们已消失在几个郊区之间错综复杂的网路之中了,因维特里飘浮在几个郊区的中心,它轻而脆弱,突然显得不堪一击,幼稚而可爱。然而在冬天里,孩子们几乎总待在棚屋里,因为寒冷、因为风、因为恐惧。在那里,父亲看到的仍然是孩子们的被抛弃。棚屋的这个空间就是抛弃的空间,而父亲对这种抛弃负责。他有时哭了起来并且向他们解释。他说，即使他很爱他们——父亲知道这一点——他也不是尽情地爱。他说这是因为那个女人，他们的母亲，他在所谓的西伯利亚火车上遇见她，从此她便把他可能有的全部的爱夺了去。他这样讲时，孩子们从不相信他的话，但他情不自禁地要责怪这个女人，这个他一直爱得发狂的女人，甚至在西伯利亚火车上的那一夜以前就爱得发狂的女人。父亲当然明白这一点，对一群孩子的爱和对一个孩子的爱、对单独一个人的爱是不同的，然而他自己的孩子使他想念一种普遍的爱，而他现在知道自己永远做不到，因为他对这个女人怀有胜过一切的爱和始终不变的欲望。这个女人呢，她不喜欢被一个男人如此爱恋，哪怕这男人是她孩子的父亲，她知道——只有她知道——任何人都不值得被任何人如此爱恋。因此父亲生活在惊恐之中，唯恐失去这个女人。她时时对他说有一天，最明媚的一天，她将从他身边逃走。父亲知道这是真话，在这么多年以后他仍然知道这是真话。欧内斯托也知道。

因此父亲以这种用于另一种习惯对象的、固定不变的热情爱着母亲，而这种热情对她而言，使她逃避他，而对他而言呢，置他于死地。

这个女人之所以如此可爱，在于她对自己的诱惑力一无所知。既然这种诱惑力正好来自她对自己的无知，爱她就是走入绝境。父亲无法忍受的是怀着这种爱单独与她相处却不能告诉她。孩子们开始隐约看到这个女人，他们的母亲，给父亲带来的命运。

有一次，一个大孩子对父亲说：你说的不对，你不是在西伯利亚火车上遇见母亲的，是另一个男人遇见了她，你当时根本不认识她，瞧你总是瞎说。父亲没有回答，但自此以后他不再谈起母亲可恶的背叛。

很久以后，有一次父亲对欧内斯托说自己撒谎是为了让弟妹们高兴。欧内斯托相信父亲的话。

母亲对孩子们讲述了那另一次旅行以后，又和冉娜谈起这事。她说当她和父亲还在相爱的最初时期，她向他讲起火车上的那一夜。在好几个月里，这件事使他们的欲火更加强烈。母亲犹豫了，她说这更危险。

在这以后父亲将火车上的这件事说得污秽不堪，将它看成母亲性格的基本特征，使她相信自己是妓女，甚至想杀她，杀掉他们的爱然后自杀。他对什么也不再在乎了，甚至包括孩子。

然后有一天父亲不再提这事了。

在棚屋里除了父亲的孩子以外常常还有别的孩子，不仅仅有那些也让他们的母亲讨厌的孩子，还有一些有钱人家的孩子。但是当父亲来的时候,他的孩子和其他孩子,所有的人都很高兴。即使他当着他们的面流泪,孩子们仍然高兴,甚至在看到父亲"假装不幸"——他们的话——而感到难过时也高兴。父亲就是这样,他就是这样生活在孩子们的衷心陪伴中,生活在他们的无情与爱中。

父母害怕小学教师。埃米利奥呢,他相信由国家控制的所有机关,即使表面上最单纯,实际上也属于司法范畴。

既然埃米利奥深信不疑,母亲最后也相信了。

既然小学教师要求他们把欧内斯托领去,他们就该把他领去。因为小学教师一开口,所有的人都会认真对待。如果他谴责他们,他一开口就是有理的,谁也不作任何核实就会相信他的话。他是学校、物资和儿童的主人。方便之处在于他相信他乐于相信的事。如果他认为欧内斯托不必上学,他可以做出决定。别错过这次机会,娜塔莎。

欧内斯托的父母到校时,小学教师已经坐在他那个大教室里了。他安稳地坐在学生的座位上。面带笑容,这位小学教师。

父亲、母亲、欧内斯托走了进去。于是您好先生,您好,您好,您好,您好夫人,先生,小学教师答道。

小学教师瞧着这些人,他已经忘了他们。神情惊讶。他在琢磨他们来干什么。然后,当他看见欧内斯托时突然记起来了。小学教师和欧内斯托相互看着。

小学教师：你就是欧内斯托？

欧内斯托：是的，先生，是的。

沉默。

小学教师仔细端详欧内斯托。似曾相识。

欧内斯托：我原先坐在教室最顶头的最后那个座位，先生。

小学教师：对，对……我认不出你来但是……同时……

欧内斯托：我可认出了您，先生。

母亲向小学教师指指欧内斯托，一面表示道歉，但有几分虚伪，因为实际上她为孩子感到骄傲。

母亲：您瞧瞧他这个样子，教师先生。

小学教师：我明白。

小学教师在微笑。

小学教师：这么说，你不肯受教育了，先生？

欧内斯托久久地看着小学教师然后才回答。呵，欧内斯托很温和……

欧内斯托：不，不是这样的，先生。我不肯上学，先生。

小学教师：为什么？

欧内斯托：就算是犯不着吧。

小学教师：犯不着什么？

欧内斯托：犯不着上学。（片刻）毫无用处。（片刻）孩子上学就是被抛弃。母亲送孩子上学为的是让他们知道他们被抛弃了。这样一来她后半辈子就甩掉了孩子。

沉默。

小学教师：你，欧内斯托先生，你不用上学就知道……

欧内斯托：不，先生，正相反。我是在学校里明白这一切的。在家里时我相信过我那位傻母亲絮絮叨叨的话。后来到了学校我看到了真理。

小学教师：那就是……？

欧内斯托：天主是不存在的。

长久而深沉的沉默。

小学教师：世界是有缺陷的，欧内斯托先生。

欧内斯托平静地说：是的，您原先就知道，先生……是的……它是有缺陷的。

小学教师机灵地微笑。

小学教师：为了下一招……为了这个世界……

欧内斯托：为了这个世界，应该说犯不着。

欧内斯托向小学教师微笑。

小学教师：那么，如果我听明白了，上学也是犯不着的事了……？

欧内斯托：是照样犯不着的。先生，是这样……

小学教师：那为什么呢，先生？

欧内斯托：因为犯不着去受罪。

沉默。

小学教师：那人们怎样学习呢？

欧内斯托：想学习就能学习，先生。

小学教师：那要是不想学习呢？

欧内斯托：不想学习就犯不着去学习。

沉默。

小学教师：欧内斯托先生，你怎么知道天主不存在？

欧内斯托：我不知道。我不知道人们是怎样知道的。（片刻）也许像您一样，先生。

沉默。

小学教师：如果不学习，用你的办法怎能知道呢？

欧内斯托：大概没有别的办法，先生……我好像有一次曾经知道是怎么回事，但我后来忘了。

小学教师："曾经知道"，这是什么意思？

欧内斯托叫了起来。

欧内斯托：我怎么知道呢，先生？您自己也不知道……您好像在胡说……

小学教师：对不起，欧内斯托先生。

欧内斯托：不，是我请您原谅，先生……

父亲：这孩子是怎么回事？从哪里钻出这些怪玩意……

母亲：别发火，埃米利奥。

父亲：不……

沉默。

小学教师和欧内斯托听着父母的谈话微笑。接着小学教师突然大叫起来,仿佛记起了自己的角色。

小学教师叫着说: 受教育是义务,先生!义务。

欧内斯托温和地说: 并非到处都这样,先生。

小学教师: 在这里,在我们这里。这里就是这里。不是到处,是这里。

欧内斯托和气地说: 同样的话我得向您说两遍,先生……到处就是到处,这里也是到处,是吧……

小学教师: 对。

沉默。小学教师和欧内斯托之间又恢复了谅解与默契。平和。

小学教师: 此外还行吗?

欧内斯托: 还行。

小学教师: 你妹妹呢?你妹妹来上学了,要不就是我弄错了。

欧内斯托: 她上学了,先生,您没有弄错……有四天了。

小学教师: 一个漂亮的小姑娘……

父亲: 要说漂亮……

沉默。平和。欧内斯托从衣袋里掏出口香糖。

欧内斯托: 您要口香糖吗,先生?

小学教师: 很愿意……谢谢,欧内斯托先生。

欧内斯托将口香糖递给父母和小学教师。大家都在嚼口香糖。

母亲很忧愁地说: 就变成了这样……一个那么聪明的男孩……

母亲没有笑。

欧内斯托笑了：不，妈妈。我不是傻子。将来也不是。为什么会成傻子呢？

母亲：……我这话是对别的孩子说的。我很清楚你不会。

沉默。父母和欧内斯托都在笑。接着小学教师也突然和他们一同笑了。

父亲：你这不是人过的日子。其实你只要往好处想我们就行，娜塔莎。

母亲：我努力从各个方面想。

父亲：你根本没有努力，我得告诉你。

母亲：可我觉得我做过努力。

欧内斯托：是的，你努力过，妈妈，这我知道。你假装没试过，因为有小学教师在，其实你试过，妈妈……

沉默。他们相互看着，然后垂下眼睛。

小学教师：你们这些人真是……十分……十分……对不起……十分……和气……

母亲和父亲相互瞧着，神色疑惑。

父亲：这个嘛，先生，不……很抱歉。我不知道我们怎样，但是和气嘛，我看谈不上……

欧内斯托：没关系。

小学教师：真的，这没关系。

沉默。他们相互看着。

小学教师笑着说： 你们这些人也很古怪……

母亲： 就是说，先生，有这些孩子我们能怎样呢？七个孩子。我们有七个孩子！我每天都想死，每天，您明白……

小学教师若有所思地说： 是的……可是这个孩子，夫人……是少有的情况……

父亲调解说： 少有的情况，对。

沉默。大家都在嚼口香糖。

小学教师： 这么说我们面前的孩子只想学习他会的东西。

父亲： 正是。

母亲： 不，他从来没有这样说。他很想学习一切，一切，但是他不会的东西，不，他不想学。

他们等了一会儿才笑起来，包括欧内斯托。然后他们不笑了。后来又笑了起来。后来又不笑了。接着欧内斯托站了起来。于是小学教师说话了。

小学教师： 多么美的春天呀……你们不觉得……

母亲： 人们总是这样想，可春天总是一样的，先生。

欧内斯托： 我得走了，先生。弟妹们还在附近闲逛哩，我得把他们领回家。对不起，先生……您不再需要我了吧，先生……

小学教师： 嗯……不……我看不需要了，你去做该做的事吧，欧内斯托先生……请吧……

欧内斯托： 谢谢您。再见，先生。

小学教师： 再见，先生……也许我们会有幸再见面……？

欧内斯托微笑。

欧内斯托： 也许……会的。

欧内斯托走了出去。小学教师单独和父母在一起。他们相互微笑。

小学教师： 这种情况至少是意想不到的……不是每天能遇见的……与众不同……

母亲： 您也是，先生……我该说您也是意想不到的……我从来没有想到一位小学教师……会像您这样笑……请原谅，先生……

母亲对小学教师微笑。小学教师突然发现母亲的美貌，呆住了。

父亲： 可是除此以外，先生……该拿这些孩子怎么办……将来……

小学教师： 像现在这样，先生，随他们去做他们做的事。

父母还留在那里，沉默无语。小学教师很高兴，父母也感到与小学教师在一起很自在。

小学教师：我们相识这是件好事……我十分高兴。

沉默。父母没有听懂，没有回答小学教师。

母亲： 现在您见过欧内斯托了，先生，我想问您点事……

小学教师： 请吧，夫人……

母亲： 这种不争气的孩子有一天真能认字吗，先生……像别人一样待人接物和吃喝？

小学教师认真起来，十分严肃地回答。

小学教师： 毫无问题，夫人，毫无问题……真的，毫无问题……

母亲的感受很强烈。父亲却不太明白。

母亲低声说：您真好，先生，真的……

时间在流逝。母亲和小学教师处于同样的激动之中。小学教师明白母亲理解了他诚恳的话语。

时间仍在流逝。谁也没有动。接着父亲开口了。

父亲：您不再需要我们了吧，先生……

小学教师犹疑着，仍沉在令他发窘的激情之中。

小学教师：不，先生，不需要……就是说……不需要。

时间在流逝。

接着，小学教师又一次低声唱起了阿兰·苏雄的《你好妈妈我疼》。

父母听着，像头一次那样高兴。

然后小学教师唱完了，他忘记了在场的父母，再一次睡着了。

父亲和母亲微笑她瞧着睡觉的小学教师，仿佛瞧着睡梦中的孩子。

父母蹑手蹑脚地起身，免得惊动梦中的小学教师。

然后他们走出教室，穿过空空的院子。

但这次他们朝市中心走去，高兴异常。

这是在厨房。

下午。

父亲和冉娜坐在长凳上,面向街道。

人们能感觉到父亲的内心在崩溃。

父亲: 欧内斯托永远不去上学了……你知道……

冉娜不说话。

父亲: 去了一次就结束了。小学教师说就这样了……

冉娜不看着父亲。

父亲: 我是想对你说……

冉娜听不见,也不动。

父亲轻轻地哭了起来。

父亲: 我精疲力竭仿佛要死了……

冉娜仍然听不见,仍然不动。

父亲: 我想问你……你……你也不再上学了……

冉娜: 不上了。你是知道的,为什么要问我?

父亲: 想让你说。

父亲很平和。谨慎。

父亲: 我早想到有一天会这样的。

沉默。

冉娜: 什么事?

父亲: 崩溃。

冉娜喊道: 毕竟这也不坏呀。

沉默。

父亲装作没听见。

父亲：你想欧内斯托……是吧……

冉娜不回答。父亲继续久久地抱怨。

父亲：熟悉他后，他一走远我们就想他……这孩子多可爱……

冉娜瞧着父亲流泪。她不流泪。

父亲：你，你是老几？

冉娜：我是冉娜。

父亲：……第三个女儿……

冉娜：不，第二个女儿。我和欧内斯托一般大。

父亲：你是怎样离开学校的？

冉娜：我站起来，走出教室，然后慢慢穿过院子。女校长在那里监视，她看见了我，对我微笑，什么也没有说。我出了学校，于是跑了起来。

父亲：难以置信……

沉默。

冉娜瞧着屋外。欧内斯托在厨房前面走过。

冉娜：瞧我们了不起的哥哥正走过那里。

沉默。冉娜瞧着欧内斯托走过。父亲瞧着她，她。突然父亲感到害怕。

欧内斯托在那里，他在找我，冉娜说。他去宿舍。瞧……他又回来，返回来……

他会回头又穿过院子……然后他去棚屋。

他去了,瞧,冉娜说。

父亲不动弹。他瞧着女儿,只瞧着她。在他熟悉的这张脸上,在朝向哥哥的目光中,现在闪烁着一种陌生的、难以忍受的光泽。

在看过棚屋以后,冉娜说,他会去小路上看看,一直走到高速公路。他会一直走,直到找到我……必要的话他会整夜找我……

沉默。冉娜不说话了,仿佛刚醒过来。

冉娜:我们的母亲在哪里?

父亲:我不知道。现在不知道。

冉娜:拜访小学教师以后就不见了。

父亲迟疑地说: 自那以后,她再不想知道任何事。她说欧内斯托迟早会离开我们。她,她说她宁可死去。

父亲流泪。

父亲: 你呢,你是怎么想的?

冉娜: 像她一样。欧内斯托只能这样做。

沉默。父亲流泪。冉娜瞧着欧内斯托从棚屋出来后会走的那条路。

父亲: 他和你谈过这事吗?

冉娜: 没有。他不知道。

父亲: 你替他知道。

冉娜: 是的。欧内斯托会抛下我们。他会抛下一切。

父亲避免看孩子。

父亲：你呢，即使他抛下你，他也不会离开你，他不会离开你……

冉娜：我不知道。有些事没法说。

沉默。

父亲：你也茫然？

冉娜突然又哭又笑。她喊叫。

冉娜喊道：你什么都不明白还是怎么回事？对于我这是幸福……可怕的……疯狂的幸福。

父亲发出含混的叫声。

父亲：甚至你会为此而死……如果不跟他走？

冉娜：甚至这样……这是幸福。

父亲骇然地跑掉了，免得再听她讲。冉娜这时为欧内斯托的幸福抽泣，并低声呼唤他。

围绕着冉娜和欧内斯托的幸福，家里出现了某些混乱。父亲冷落了母亲和孩子们。他去市中心的咖啡馆里流泪。他也逃进棚屋流泪，还走进高速公路沿线的矮树丛中躺下哭泣。

冉娜去丛林找他。他哭着睡过去了。

冉娜默默地在他对面坐下，于是父亲醒了。他有点不好意思，然后向冉娜道歉。他对她说他很难受就像他年轻时有几次因母亲而难受一样。他还说别太在意他的痛苦，它会过去的，就像母亲曾经带给他的痛苦一样。

父亲肯定去了市中心，他有几分醉。他瞧着冉娜，惊恐的样子如同当她竭尽全力向他承认自己可怕的幸福的那一刻。他的神气仿佛是因看她而会死去。他在她身上所看到的是除他以外任何人所看不到的——她的童年的死亡，她不知道自己在服丧，可怕地自命不凡地服丧。

你像你母亲一样野，父亲说，和她一样。

冉娜微笑。

风停了。高速公路上的汽车少了。路灯灯光在黑色的水泥滩上空固定不动。冉娜瞧着灯光。

接着，父亲闭上眼，低声说出一个女人的名字：

"汉卡·利索夫斯卡雅。"

冉娜也抬起了头，突然被父亲身上所显露的那个陌生男人吓呆了。她将手从父亲手上挪开。他没有动，继续说：

"你像汉卡·利索夫斯卡雅一样漂亮，一样野。"

冉娜喊了起来：

"她是谁？"

"你的母亲，那时她二十岁。"

冉娜头一次说出母亲的名字，然后怀着对生活的热情和父亲一同流泪。

这是在厨房里。樱桃树在屋外。欧内斯托在窗口。盛夏的光线很稳定。母亲朝屋外看。欧内斯托来到母亲面前坐了下来。

母亲：小学教师来过了，他说想和你谈谈。

欧内斯托没有回答。

母亲：他说他考虑过……说你提出的想法站不住脚。

欧内斯托：我提出什么了？我什么也没有提出……

母亲：你今天在生气，欧内斯托。

欧内斯托：有一点点。

母亲：还是因为天主？

欧内斯托：是的。

沉默。

母亲：小学教师说如果所有的孩子都离开学校，他就只好卷铺盖走了。

欧内斯托：并不是所有的孩子都离开了学校。离开学校的是我。

母亲：你也生我的气，弗拉基米尔。

欧内斯托：是的，也生你的气。

沉默。欧内斯托显得深不可测的温和。

欧内斯托：我不是对你才这样说。你愿意怎样烦我都行，怎样痴呆都行。（片刻）我刚才是随便说的。

沉默。

母亲：你为什么这样爱我呢，欧内斯托，最终会使我反感。

沉默。他们相互看着。

欧内斯托：我不清楚。也许因为我太了解你……不能将你与任何人相比。你比所有的人都好。

母亲：比冉娜好？

欧内斯托：不差上下。你说这话以前我还不知道呢。

母亲：我不是完全清白的，欧内斯托，你别弄错了。

欧内斯托：这我也知道。你也不善良。

母亲：是的。我也得告诉你。我一直不在乎什么品德。你原先就知道……？我要的是物质财富。

欧内斯托和母亲笑得流泪。

欧内斯托：一辆好自行车？是吧？

母亲：对。好自行车，然后更好。好冰箱，好取暖器。然后是钱。但我一无所有。我这一辈子，只有你是我喜欢的，欧内斯托。

欧内斯托：以前我总想等我长大了我就给你所有这些物质财富。现在我不这样想了。人们是追不上父母的。

沉默。

母亲：我对生活没有多大兴趣……从来就没有真正感兴趣……这你也知道吗，欧内斯蒂诺？

欧内斯托：对于你这种情形，我一直知道点，是的……

沉默。

欧内斯托：很遗憾，妈妈。当我们能给父母点东西时，他们已经太老了，不愿意给自己添麻烦……所以人们的关系总是滞后的。我想告诉你，妈妈，我特意要快快长大，好减少你我之间的差距，可这没有用……

母亲瞧着欧内斯托这个疯孩子。

母亲：你的确又高又大，欧内斯蒂诺……

欧内斯托：如果我愿意，人们可以把我看作是读了四十年哲学的孩子。我要是愿意，可以以此谋生。不应该再害怕失败。

母亲：你这样想……

欧内斯托：对。

沉默。欧内斯托转过眼睛避开母亲的目光。

欧内斯托：对了，弟妹们去哪里了？

母亲：去了马戏场，可怜的孩子们。

欧内斯托：可不是。

母亲：是的。

沉默。

母亲：你忘记了？

欧内斯托：有点忘了。

母亲：你呢，你为什么不去马戏场？

欧内斯托：我对马戏从来不感兴趣，妈妈……你非得要我说一遍……

母亲：从前只要有狮子你就朝前摔倒……

欧内斯托：是这样……

母亲：你现在在做什么，欧内斯蒂诺?

欧内斯托：弄化学，妈妈。

母亲瞧着这个孩子，突然很反感。

母亲：化学……你现在懂化学?

欧内斯托：最初懂一点点……大概吧……然后全都懂了。一开始很慢，然后有一天全明白了，突然一下……像迅雷。

沉默。

母亲在回忆：你有多久没上学了，欧内斯托……?

欧内斯托：三个月。你知道我在做什么吗，妈妈，我到好几所学校门口听讲，然后就会了。就这样。

母亲：噢……噢，欧内斯托……呵啦啦……

欧内斯托：空气好，再说进展很快。几个年级一次就读完了。这办法行……你不必担心，妈妈。

母亲感到惊恐。

母亲低声说：你三个月就念完了市镇学校里所有的年级，欧内斯托!

欧内斯托：是的，妈妈。现在我要去巴黎找几所大学了……这是必然的。

母亲这次流泪了。

母亲：让我看看你，欧内斯托。

欧内斯托叫了起来：你别哭，妈妈，求你别哭了。

母亲：我不哭，过去了……

欧内斯托：别再想弗拉基米尔，忘掉弗拉基米尔吧，妈妈。

母亲：好的。不再去想。

沉默。

他们不再相互看着。他们看着地面。接着欧内斯托再次从凳子上站起来。

欧内斯托（片刻）：……好了，我看我该去找弟妹们了。将这些小家伙领回来可是不容易，他们从你手里溜掉……真像小鱼……

欧内斯托走了出去。

母亲独自待着。她迷惑、惊恐。她在流泪。然后她叫了起来。她唤回欧内斯托。

欧内斯托走回来，默默地瞧着她流泪。然后对她说话。

欧内斯托：我刚才想告诉你，妈妈……我也害怕……

母亲喊叫起来：不……不……别害怕，欧内斯托……你别怕……特别是你……

弟妹们很小时，欧内斯托常对他们说：要是你们穿过高速公路，哪怕只一次，母亲也会杀了我。

其实他们从来没有穿过高速公路。

这一年，在冉娜和欧内斯托的这一年，弟妹们几个月里每天看见这两位被他们热爱的兄妹离去而感到痛苦，当痛苦稍稍减缓时，他们继续去高速公路附近看看，但总是在公路这一侧，即他们居住的这一侧——塞纳河上维特里。

然而较大的几个孩子，也就是替代冉娜和欧内斯托看管弟妹的孩子，他们已经开始观望塞纳河对岸的那座城市了，他们从未去过那里，甚至不知道它的名字。

后来，在那个夏季的一天，弟妹们抛下了高速公路。有一天，维特里所有的孩子都离开了他们童年时的那个大空洞，那个黑色水泥滩，因为对这个禁止通行的高速公路的恐惧持续太久又未得到应验，因为维特里所有的孩子都在等待——他们认为是在绝望中等待——等待他们童年的这个黑色滩被摧毁。

现在，他们从柏辽兹街、天才街、比才街、奥芬巴赫街、莫扎特街、舒伯特街和梅萨热街爬到维特里的小丘顶上，他们去楼房的院子里、别墅之间的小径上或者老高速公路坡上的矮树丛里，去这些地方找回已经远去的恐怖游戏，他们冒险地玩捉迷藏，或是当夜幕降临到维特里时，或是当维特里燃起了灯却被暑热逼得人去楼空时；这个维特里一动不动，它直接从被烧毁的那本书中跳出来，从没有黑夜的耶路撒冷君王的花园里跳出来。

父亲和母亲正在厨房里。周围无人。光线更柔和，是五月里黄昏时的光线。

母亲：……真叫我激动，埃米利奥……（片刻）你知道他现在学什么了……化学……自己学……他读化学还懂化学……

父亲：他听听就明白了。我见到他待在墙外……在维克多·雨果中学……那堂课是讲醚……$(C_2H_5)_2O$……他在那里听。他没有看见我。他像个陌生人。

母亲：陌生人……

父亲：是的。

沉默。

母亲：昂里科，我不想告诉你，但是中学也结束了……再过两个礼拜就结束了……现在是上大学……他要去巴黎，读大学……

两人都不说话。他们害怕，但不再说出来。害怕让他们胆怯。

父亲：他到底要走到哪一步……这个孩子……这个小孩……别再哭了，吉内塔……这总比他死了强，只好这样说了。

他们沉默了许久。母亲又开始说话。

母亲缓慢地说：我原想对你说，埃米利奥……我不是无缘无故地哭，埃米利奥。我心里也很难过……很激动……智慧离我们这么远，可现在我们孕育出来了。

父亲：我也在想其他的孩子……所有那些小孩子……那一帮小孩子……

沉默。

母亲安慰地说：还不到为他们流泪的时候，埃米利奥……谁知道呢，他们还太小……不过也许他们不会去别处……是的，他们会留在这里,成为维特里人,然后呢……这不是难事……

　　沉默。

　　父亲：　你说欧内斯托要走了……

　　母亲：　这你知道。

　　父亲：　远离法国。

　　母亲：　哪里都去。这你也知道,埃米利奥。

　　父亲：　因为这个知识……

　　沉默。

　　母亲：　有了这知识就是注定了的。

　　父亲：　别说了,埃米利娅……

　　沉默。

　　母亲：　小姑娘也要走。

　　父亲：　她生来就是待不住的,她也是……小姑娘……真是难以忍受……小姑娘,不再在这里了……不可能,可怕,可怕……

　　母亲犹豫着,说了出来。

　　母亲：　还不止这些,埃米利奥,你也知道。

　　父亲说他知道。

　　又是眼泪。父亲又在流泪。母亲拉过父亲的手,试图分担他的痛苦。

　　母亲：　对我来说这是极大的幸福,埃米利奥。

　　沉默。父亲只知道流泪。

　　母亲将埃米利奥抱在怀中,将脸转开。

母亲：听着,埃米利奥……如果这小姑娘与欧内斯托分开,她会自杀的。

沉默。接着父亲用哽咽的声音提问。

父亲：你怎么会知道这样的事?

母亲：因为如果当初我与你分开我就会这样做。

他们相互拥抱。

父亲：这叫人多么难受,埃米利娅,多么难受……

母亲：这是没有办法的事,埃米利奥。有一天孩子们会走的,那就是悲哀。

沉默。

母亲：我向你承认一件事,昂里科……当他们很小时……有时我真想抛弃他们,这我从来没有告诉你。

父亲：我有时猜得到……

母亲：我想抛下你们。永远不回来。

父亲：你总是对生活要求太高了,吉内塔。

母亲：不是这样,埃米利奥。我不知道当时是怎么回事。

沉默。

母亲：就是现在我也不知道。

欧内斯托和冉娜将弟妹们留在苜蓿地里,自己站在小屋前的小路上。父亲和母亲在厨房的玻璃窗后看着他们,但听不见他们在说什么。

冉娜：小学教师通知了国民教育部。部长召见了市长。还有一位从巴黎来的人。他们谈了很久，同意送你去美国一所高等数学学校，让你以后当老师。

沉默。

欧内斯托：那时谁在厨房？

冉娜：母亲和我。父亲不在。

沉默。

欧内斯托：她什么也没有说？

冉娜：没有。父亲也会一样的。他们会说什么呢？

沉默。

冉娜认为不要和弟妹们谈这件事。

天还亮着。冉娜和欧内斯托不去找弟妹们。他们也不问问为什么。他们什么也不再问。以前，在知道以前，他们有时谈到天主。但是现在不谈了。最开始不谈天主的是冉娜，现在这种沉默变得严峻，成为危险。然而他们不由自主地需要整个白天和夜晚都在一起。欧内斯托独自站在冉娜面前，而冉娜现在变成一个不言不语、态度粗野、叫人害怕的女人。

在沉默中他们知道正共同朝向一个似乎遥远但已无法避免的大事。那是一种结束，一种死亡。也许他们将不会分享。

这天傍晚,他们离开了山丘,走下通往高速公路的那个大坡。太阳落山时他们回来了。当他们穿过大路朝棚屋走去时,父亲和母亲也正穿过大路。他们穿着出门的衣服。母亲戴着她那顶蓝色的小软帽,父亲呢,戴着在火车上拾到的那顶英式鸭舌帽。他们从欧内斯托和冉娜身边走过但没有注视他们,仿佛没有看见。他们挽着手臂,走得很快,他们知道棚屋那边会叫喊。他们从棚屋前走过。当弟妹们的叫声、吼声传到他们耳中时,他们已经走过去了。

欧内斯托和冉娜来到棚屋和弟妹们在一起。你们瞧我们在这里,欧内斯托喊道,你们这些小傻瓜。

从前,每当父母去市中心时,欧内斯托和冉娜就和弟妹们一同哭泣。

现在冉娜和欧内斯托不再和他们一同哭泣了,有一天这结束了。

弟妹们却越来越频繁地哭泣,但声音很低,他们不再抱怨任何事。他们现在很少走出棚屋,仿佛害怕外面有危险和痛苦在等着他们。但他们绝口不说威胁他们生存的是什么。他们也越来越经常地睡在棚屋里。于是冉娜不得不去找他们并将他们一个一个地领回宿舍。

有时这些弟妹们像小动物,他们睡觉时纠缠在一起,看上去是一堆金黄色头发,从下面露出一只只小脚。有时他们分散开仿佛是被人抛在角落里。有时他们似乎有一百岁,他们不再知道如何生活,如何玩耍,如何笑。每天当冉娜和欧内斯托稍稍离开棚屋时,他们一直瞧着这两个人。他们低声哭泣。他们不说自己在哭,不提这事。他们说:没事,会过去的。

小学教师来到棚屋看欧内斯托。

小学教师谈到灿烂的春天,接着换了话题。

小学教师:学校,欧内斯托先生,你是不会再上了……?

欧内斯托不知道怎样说。

欧内斯托:就是说……学校,已经有点过时了,先生……

沉默。

小学教师:这我知道,欧内斯托先生。一看见你我就知道了……对不起,欧内斯托先生。但是,读和写,欧内斯托先生……你现在要读非常先进、非常难的东西。这是你剩下的唯一问题……唯一该澄清的事。

小学教师惶恐不安,向欧内斯托微笑。

欧内斯托:对不起,先生,可是……不……因为阅读……不会读……可我已经会读……以前……所以您瞧……

小学教师:怎么……我不愿意使你厌烦……

欧内斯托:是这样,我打开那本书,读了起来……您还记得吗,先生,不记得?那本被烧坏的书……?您可以核实一下我是不是弄错了……?

小学教师：好的，好的……是一个君王的故事……？

欧内斯托：对……就是这样……所以我知道我早就会阅读了……

沉默。

小学教师：犹太人。犹太君王。

欧内斯托：犹太人……？

小学教师：是的。

沉默。

小学教师：……是的……"虚而又虚和追风……"

欧内斯托：对。

小学教师：为什么是风呢，欧内斯托先生？

欧内斯托：风就是精神，先生，这是同一个字。

小学教师：不错。到处都有，是吧？

欧内斯托：是的。

小学教师沉默了很久。他看着欧内斯托。他开始爱上欧内斯托和冉娜，强烈的、无法遏止的爱。

小学教师：那写字呢，欧内斯托先生？

欧内斯托：那也一样，先生。我拿起一小段粉笔就写了。先生，这您怎样解释？

沉默。

小学教师：无法解释。我对自己也解释不了。那你呢，你怎么解释，欧内斯托先生？

欧内斯托：我才不管它呢，先生。

小学教师：是的。

沉默。他们相互微笑。

他们像有时一样久久地不说话。接着小学教师开口了。

小学教师：你写的头几个字是什么？

沉默。欧内斯托在犹豫。

欧内斯托：那是写给我妹妹的。

沉默。

欧内斯托：我写的是我爱她。

欧内斯托说得很慢，仿佛他是独自一人，看不见小学教师。

小学教师迟疑地说：可是你妹妹……那时……好像既不会读也不会写。

欧内斯托：她认得我在纸上写的字。

小学教师：这怎么可能呢？

欧内斯托：也许她把字给村里其他人看过。不过我认为没有。我想她认字就像我写字一样，自己并不知道，您明白……

小学教师迟疑地又说：你说的对，欧内斯托先生。那时冉娜已经识字了。

沉默。小学教师稍稍提高声音又接着说。

小学教师：冉娜识字，欧内斯托先生，就像你，在没学认字以前……冉娜……就是你，欧内斯托先生……你。你们属于同一根源。

欧内斯托不回答。

小学教师说如果欧内斯托离开,他负责让冉娜继续学习。

欧内斯托没有回答。他变得心不在焉,仿佛疯狂又靠近了他。

小学教师:对不起,欧内斯托先生……你在信里对她说什么……说你爱她超过了她能想象的?……说你对她是另一种爱?

欧内斯托:是的。我对她是爱情。我告诉她我怀着爱情去爱她。

小学教师低声说:这我早知道。(他在迟疑,他微笑,十分激动)我只是想听你说出这个词。

欧内斯托不说话。他很慌张因为他从未与任何人谈到冉娜,甚至没有和母亲,甚至没有和冉娜本人谈过。

欧内斯托又谈到母亲。他说当母亲和父亲认识以后是父亲教母亲识字的,但是在他以前她在市政府工作时已经上过课。这事很容易。在父亲的教授下,她很快就开始看书了。

他们又沉默很久,然后小学教师谈到对母亲的拜访。

小学教师:我去拜访过你母亲,欧内斯托先生……你母亲很害怕,欧内斯托先生……你知道吗?

欧内斯托突然不安起来。

欧内斯托:她对您说了?

小学教师:不……是你父亲……他给我打电话……你认为她害怕什么呢,欧内斯托先生?

欧内斯托:我想是怕我害怕,先生。

沉默。欧内斯托想到母亲。他闭上眼睛好更清楚地看见她。

欧内斯托：我想是她怕我害怕。我也害怕。我想她和我都同样害怕。

沉默。

欧内斯托：我原来想在化学里能找到出口，到外面呼吸空气。您明白吗，先生。可是不成。母亲看出我在害怕。她无知，也和我同样害怕。

沉默。

小学教师迟疑着，然后下了决心。

小学教师：关于那本被烧的书……告诉我，欧内斯托先生……

欧内斯托思考如何说：那本书……正好……仿佛知识换了一张面孔，先生……一旦进入书的这种光明之中……我就赞叹不已……（欧内斯托微笑）对不起……这很难描述……在这里字词还是原来的形状，但含义变了……作用变了……您明白，字词不再有它们自己的含义，它们反射出另一些我们不知道的、从未见过或听过的字词……我们从未见过它们的形状但我们能感受到……能猜测到……自己身上的空虚……或宇宙中的空虚……我不知道……

他们沉默了。接着欧内斯托又谈起母亲，他笑了而且说话。

欧内斯托：您瞧，我母亲没有任何后天学到的知识，什么都没有，但她却感到这种恐惧，从这里您可以明白点什么吧……

这天傍晚，小学教师和欧内斯托一直待在棚屋里，直到黑夜降临，直到天凉下来孩子们回来。这时，欧内斯托很和气地对小学教师说他该回去了。

小学教师没有道歉就仍然呆着不走。也许他没有听清欧内斯托的话。他又开始讲了起来。他说自己很不幸，他不再相信自己的这个职业，在这种时刻他不再相信任何东西。只有欧内斯托、冉娜和那些弟妹们的陪伴支撑他活着。

现在是黑夜。父母还没有回来。弟妹们在哭泣，但是冉娜关了宿舍的灯，他们最终睡着了。

欧内斯托的床摆在宿舍门前。在那里，太阳一升起他就可以读小学教师给他弄来的书而不会惊醒弟妹们。

冉娜的床也在那里，离他很近，处于同样的夜光中。她还小时，去过维特里诊所，在那以后母亲就这样安排了她的床。因为她可能逃跑，放火。

这一夜，欧内斯托靠近冉娜身体周围，靠近她的嘴唇和眼睑上温和的表皮。他久久地注视她。当他回到自己床上时他听见夜里的声音，酗酒者和年轻人的歌声和笑声，呼唤声，七号国家公路上警车的嘈杂声。时不时地寂静吞没了黑夜的声音。维特里的寂静总是来自谷地与河流。火车撕碎了寂静，声音很久才消失，接着寂静又回来了,像是海声。欧内斯托将迷失在市中心的父母忘在了脑后。这一夜成了冉娜之夜。

父母在凌晨两点钟回来了。母亲唱着《涅瓦河》。《涅瓦河》是首名曲,很美,但没有了歌词。当父母从维特里市中心回来时,冉娜听见这歌声就醒了过来,她自出生时起就熟悉这首歌。

在这条通向维特里市中心的道路上,有一些别墅,其中的许多住户都熟悉没有歌词的《涅瓦河》,但不知道是在哪里听到的,是在电视上还是在维特里街上听移民孩子唱的。但是许多非移民孩子也唱《涅瓦河》,因此无法知道它是从哪里传来的。

欧内斯托也听见从黑夜中冒出的母亲美妙的歌声。这没有任何歌词的歌声描述了宽广而缓慢的爱情,情人们的爱情及他们的孩子美妙的身体,就是在黑暗的宿舍里静静地听着《涅瓦河》的冉娜。母亲的《涅瓦河》也讲述了生活是多么艰难与可怕,父母是多么可爱和纯洁,而他们自己并不知道。歌声也在说孩子们可是知道的。

母亲的歌声使黑夜充满了一种十分强烈的、野性的幸福,欧内斯托突然明白他永远再也找不到这种幸福了。

这天夜里,欧内斯托发觉离开维特里的日子快到了,而这是不可避免的。

正是在这天夜里,冉娜来到欧内斯托的床上,紧贴着哥哥的身体。她等着他醒过来。正是在这天夜里他们抱在一起。一动不动。没有亲吻。没有话语。

春天在蔓延,缓慢而沉闷,几乎是炎热。这是另一个黄昏。

小学教师站在棚屋前。他朝里看。欧内斯托和冉娜正与弟妹们在一起。欧内斯托高声朗读那本被烧的书上残存的完好片断,声音缓慢而清脆。

弟妹们屏息静听。

父母不在场。小学教师肯定知道父母像维特里这个区的所有人一样,热衷于去市中心。而他呢,他已经开始将父母与子女们连在一起了。

傍晚小学教师来看欧内斯托。他给弟妹们带来了口香糖。父母像大多数情况那样不在场,他们待在一起,待在别的地方,不和孩子们在一起。小学教师来这里看什么,他自己也不清楚。他来,但甚至不再去努力弄明白什么事。他来看这些人就仿佛到一个新地方,一个从维特里孤立出来的乡村,它的美是不可抗拒的,它的居民只是这些弟弟妹妹和看护他们的大孩子。

小学教师说在认识这家人以前他不知道人们可以如此喜爱孩子,简直爱得发狂。

冉娜下面的妹妹是苏珊娜。苏珊娜下面是乔焦。乔焦下面是保罗。然后是绣球花。再后是马可,五岁。

小学教师下午有空时就来到棚屋教这些弟妹们识字和写字。当欧内斯托去听巴黎大学的课时,冉娜也来听小学教师的课。

欧内斯托知道小学教师在授课。他说他早知道早晚会这样的。他早知道弟妹们早晚会识字、会写字的。这一点他老早就知道。

小学教师常常和乔瓦娜——他这样称呼冉娜——和欧内斯托谈论他们的小弟妹们。

不论小学教师讲了弟妹们什么事,乔瓦娜和欧内斯托都大笑。所有可能发生在他们弟妹们身上的事,不管是好是坏,都让他们笑。

小学教师称学得最快的是苏珊娜和保罗。他最喜爱的是最小的两个,绣球花和马可。上课时他们来到小学教师身旁睡觉,唯恐失去他,因为他们失去了乔瓦娜和欧内斯托和其他一切。

小学教师站在棚屋门外一动不动地听君王的故事。欧内斯托的声音缓慢而十分清晰。

"我,大卫之子,耶路撒冷的君王。"欧内斯托念道。

"我用智慧考察过天下所发生的一切。

"这是天主赐与人类的一项艰辛的工作。

"我完成了。"

欧内斯托有时用童声。

"我观察了在太阳下所发生的一切。

"我看到。

"我看到都是空虚,都是追风。

"我看到弯曲的不能使之正直。

"我看到亏缺的实在不可胜数。"

欧内斯托休息了一会儿。

"我心自谓:我获得又大又多的智慧,胜过所有的以色列君王。

"我心获识许多智慧和学问。

"我专心研究智慧和学问,愚昧和狂妄。

"我才发觉这也是虚之又虚,是追风。"

欧内斯托闭眼仿佛感到痛苦。

小学教师朝棚屋走去。看见冉娜在那里,面朝欧内斯托躺在地上。

小学教师看见他们相互看着,他们根本不知道小学教师在注视他们。

小学教师激动地流泪,跑开了。他无法忍受自己既知情又不知如何是好。

小学教师走了回来,再一次在屋外等待欧内斯托,他不走进棚屋。

唱歌的是冉娜的声音。我休息在清泉边……我浸泡在清澈的水里……我很久以来就爱你,我永远忘不了你……

冉娜的声音使小学教师心潮澎湃。

欧内斯托来到棚屋门口对小学教师微笑。他没有看见后者在流泪。

小学教师:对不起,欧内斯托先生……我再一次情不自禁地来了……在傍晚……在维特里我什么人也没有,这里是沙漠,我只有你们。

欧内斯托:可先生,干吗不来呢。

欧内斯托走近小学教师。小学教师十分温柔地看着他。

欧内斯托:我正想告诉您,我学知识到最后几天了,先生。

小学教师:你说什么,欧内斯托先生……你到了哪一步……?

欧内斯托:德国哲学。我原来就想告诉您……

小学教师低声地为自己重复欧内斯托的话。

小学教师:德国哲学……

欧内斯托:是的,我很快就会停止了。

小学教师双手捂着脸,喊叫起来。

小学教师：我是有罪的，欧内斯托先生……你疯了……

沉默。欧内斯托向小学教师微笑。

小学教师：在这以后……就什么也没有了……？

欧内斯托：我想是这样……对我而言……我这是在讲我……对我而言，在这以后，再什么也没有了……什么也没有……除了数学演绎……机械性的……

小学教师低声叫道：什么也没有……周期结束了……在世界的这一边……

欧内斯托微笑。

欧内斯托：或者说开始了……怎么说都行，这您很清楚，先生。

小学教师：不，我不知道，我什么也不知道……那你认为能剩下什么呢，欧内斯托先生……

欧内斯托：突然，难以解释的……例如音乐……

欧内斯托十分温和地瞧着小学教师，他在微笑。

小学教师也微笑了。

在厨房里。一位记者刚刚进来，与冉娜待在厨房里。他宣称自己是《宝宝文学报》的记者。冉娜不知道这份报纸，但报纸的名字使她笑了。

记者：外交部和我们联系了……小姐您是欧内斯托的妹妹？

冉娜……对吗？

冉娜说对，是这样。

记者：对不起，我有一点不安……您是这么……迷人……

冉娜笑了。还是那份报纸的名字逗她笑。

冉娜：您的报纸叫什么名字？《丽丽文学报》？

记者笑了起来。

记者：不，是宝宝。

冉娜：是为儿童办的报纸了。

记者撅起嘴说：可以这样说吧……（片刻）我来是想知道……您的看法……关于您哥哥。您哥哥是从哪里获得那些想法的？您，您有看法吗？

冉娜微笑：没有。

记者：您瞧……我在想这是不是一个圈套……人们称作的吹牛皮招数……

冉娜：我不明白您说的话。应该去问我哥哥……

记者：我不敢。

冉娜和气地对《宝宝文学报》的记者微笑。

记者：对不起……我可能弄错了……那么这是一种反叛形式……对不公正现象……固有的……发现……可以说是社会行为……

冉娜：我想我哥哥不会对您的话感兴趣。

记者：对不起……可是……总得讲讲现实……你们可以既以

这个社会为生但又揭露它的机构……运行状态……?

冉娜很漂亮。她不羞涩。她爱笑也爱哭。她也很精细。母亲说她是个精明人。她始终很和气。

冉娜：如果您来是为了这个，那您不必等了。在这里我们没有看法。

记者欣然接受了冉娜的讽刺。他们又一同笑了起来。两人都笑。

记者：您，您学了社会学？

冉娜：不多……欧内斯托也不多，但比我学得多。

记者极为惊讶。

记者：噢……您多大了？

冉娜：十岁，很快就十一岁了，比欧内斯托小一岁。

记者瞧着她大笑起来。

记者：告诉我……你们家对数字可是有点问题。十一岁，我说：不对。而且村子里谁也不会相信的。你们不把世界放在眼里，就是这样。

冉娜没有回答，她看到《宝宝文学报》的记者在笑，于是也笑了。

记者：对不起……可是……这为什么使你们感兴趣呢……这一切……

冉娜：很难……

记者：难……怎么难……？

冉娜干脆、直截了当地说： 很难说清。也很难理解……

沉默。记者久久地注视冉娜。

记者： ……你也离开了学校……？

冉娜： 是的，我在学校待的时间比欧内斯托短。四天。他待了十天。算是不错了。欧内斯托不在身边我坚持不住了。当时正讲到波波尔。《爸爸惩罚波波尔》，你知道这个故事吗？还有《谢瓦利埃夫人》。

记者： ……听我说……我必须写篇东西……无论如何……所以……随便告诉我点什么吧……毕竟……《宝宝文学报》让我烦透了，毕竟……

冉娜： 你想听《爸爸惩罚波波尔》还是《夫人使邸宅现代化》？我会故事的正版。

记者： 就听《爸爸惩罚波波尔》吧。

冉娜： 好好听着……集中注意力否则您听不明白。

"爸爸为什么惩罚波波尔？

"爸爸从来没有惩罚波波尔。老师捏造说爸爸惩罚波波尔，为的是老师他能说： 爸爸惩罚波波尔。但是爸爸从来没有惩罚波波尔，从来没有，从来没有。"

我不知道结尾，冉娜说。

记者记完了冉娜的口述。他一面写一面低声重复： 波波尔。他狂笑起来。

记者： 这有点太短了……你没有别的故事了……

冉娜：有《谢瓦利埃夫人》。

记者：来《谢瓦利埃夫人》吧……来吧……

冉娜：好吧……"谢瓦利埃夫人有只小狗叫丽丽谢瓦利埃夫人一天早上对丽丽说我们去市场天气好她很高兴遇见了迪韦尔热夫人于是她问您的小女儿好吗接着她遇见了斯唐莱夫人然后是女看门人每次她都说天气多么好呵啦啦突然她看见了李子她说呵我忘了我来市场是为了买李子我心不在焉天哪而你丽丽你什么都不说但丽丽板着脸因为它不喜欢任何水果而谢瓦利埃夫人很清楚但她根本不在乎她问小贩一公斤李子多少钱小贩说三法郎她说呵啦啦太贵了她买了十公斤。

"问题：谢瓦利埃夫人买十公斤李子付了多少钱？"

记者哄然大笑，冉娜也和他一起笑。

冉娜笑着说：……这是我知道的全部……

记者：在我们这该死的行业里，这么开心地笑可是少有的事，特别是在《宝宝文学报》报社，它比世界上其他地方至少落后了一百年。

记者瞧着冉娜。

记者：你有时去巴黎。

冉娜说没有，从来没去过。

他仍然看着她。

记者：你有情人……

冉娜微笑。

冉娜：是的。

记者：你真是十一岁？

冉娜：是的。

夏天一下子就来了，突如其来。清早一醒过来，夏天就在那里，一动不动、阴沉沉的。天空呈现一种难看的蓝色，暑热炙人。

一天早上，天色还早，大概七点钟，维特里全城响起了喧闹声。它来自塞纳河河谷的小丘下方。

父亲说迟早有一天会发生的，已经发生了，已经来到了。人们还以为他指的是暑热。

前几天从七号国家公路上就开下了水泥搅拌车、德国的挖土机、斗式提升机、推土机。其后是一批发电机组，最后是大客车，里面装满了来自北非、南斯拉夫和土耳其的工人。

然后，突然之间寂静了下来。在白天大部分时间里没有任何物资或任何人来到维特里，只有在傍晚，几乎在黑夜降临时，从七号国家公路开来了一种马力极大的新车，它像是铁制的活动房屋，像是油罐，它慢慢地驶向下方的河边。它与其他的工业机器不同，来自另一个国家。

上午稍晚的时候，对老高速公路的毁灭开始了。父亲管这叫执行死刑。

即使维特里的人还不知道是怎么回事，但一听到头几下沉闷的捣碎声，大家都明白这只能是在彻底毁灭黑色水泥的老高速公路。

第一天傍晚，市长对维特里居民发表讲话。他预告这座城市的大发展和将来的竞争力。铁路将改线以扩大新工业区的面积。这样一来，城市也会摆脱塞纳河边的贫民窟和地区劳动人民引以为耻的小酒店和妓院。

他宣布要修建好几栋社会福利楼房——这些低租金住房的规划已有二十年了。

最后的这个消息使父亲和母亲和欧内斯托和冉娜和弟妹们大为沮丧。

在一个又一个星期里，老高速公路的死亡震动了维特里的小丘，震动了通往港口的小街上不牢固的建筑，震动了鸟、狗、孩子。

接着一切都静寂无声。

出现了新的寂静，没有任何回声。海声消失了，同时消失的是从河边被赶走的外国居民。

一个普通的黄昏，欧内斯托从巴黎回来时，看到屋前的院子里有两把花园用的柳条椅。它们放在院子边上荒芜的篱笆前，在樱桃树的另一侧。它们仿佛是被遗忘在那里,在那个地方,相互挨着,面朝街道,准备用来观看,观看过往的人和自行车以及时间的流逝。这些用于花园、用于阳台的椅子已经很旧了,当初被买下时大概很昂贵,但仍然结实,有强烈的异域风味。柳条发亮,仿佛被打过蜡,在被遗忘在这里以前或者,谁知道呢,在被放到小屋前面以前可能被擦拭过。

在这个院子里,在这个家庭的整个历史上从未发生过类似的事。

这两把椅子继续待在那里,真实得接近不真实,欧内斯托这时意识到一切静悄悄,小屋、棚屋、宿舍以及他感觉到的整个维特里。

于是他喊叫起来。

恐怖突然来临。欧内斯托不知不觉间叫了起来。

冉娜跑来了,朝欧内斯托跑过来,她害怕。她问欧内斯托出了什么事。他先是不知道,然后说道:

我看见你们都死了一千年。

弟妹们听见了喊声,从棚屋跑来了。他们也害怕。

我害怕这些椅子,欧内斯托说。

他在流泪。弟妹们知道他有一点发疯,于是说些别的事。他们解释说这两把椅子是父亲在塞纳河与高速公路之间那些被废弃的贫民窟的垃圾箱里找到的。他想把椅子给母亲，让她和他在夏天傍晚坐在院子里，但母亲不愿意，于是他俩一气之下往市中心去了。

大弟弟们说他们要把椅子放在棚屋里供自己用，小学老师和冉娜和你欧内斯托都可以用。

欧内斯托说这些椅子大概是很久以前偷来的，然后被扔掉，然后又被偷，如此这般，还说他们把椅子拿到棚屋里用是对的。

冉娜像贵妇人一样在一把椅子上坐下，两个最小的弟弟和妹妹坐在另一把椅子上。他们很高兴有了椅子。

厨房关着门，里面是空的。

欧内斯托知道母亲在卧室里闭门不出。欧内斯托与她说话。

欧内斯托：你怎么了？

母亲声音很慢，仿佛还没有醒过来。

母亲：我没事……稍稍有点累。

欧内斯托：你房间是黑的……

母亲：我喜欢这样，你明白……有时我喜欢……

长长的沉默。

母亲：你从巴黎回来了，欧内斯托？

欧内斯托：是的。（片刻）爸爸在哪里？

母亲：在高速公路上，他去那里瞧瞧。

沉默。

母亲：你学到哪里了，欧内斯托？

欧内斯托犹豫，然后开口了。

欧内斯托笑着说：什么都学了一点点……我现在学……一点哲学……一点数学……这里一点……那里一点……

母亲：那化学呢？你没有放弃吧？

欧内斯托：没有。学完了。全部。

母亲：化学是未来，对吧？

欧内斯托：不对。

母亲：不对。（片刻）未来是什么？

欧内斯托：是明天。

沉默。欧内斯托的声音里有一丝不安。

欧内斯托：妈妈……你怎么了？

片刻。

母亲：没事。我在思考，你明白，一会儿想这，一会儿想那……像你一样……

欧内斯托：我仿佛看见了你……你在瞧你的两只手……

母亲：不错……晚上我常常瞧自己的手……我很喜欢黑夜前的这个时刻。

沉默。

欧内斯托：你现在很平静。

母亲：对了。我在想我自己，但不是一天一天地算，而是从原则上想,你明白……(沉默)欧内斯托,你那天晚上说的话使我明白了许多,你说没有必要……它对我很有好处……忧伤减轻了……而且孤独可以说变得更为自然……

沉默。

母亲走出卧室。她挨着欧内斯托坐下。她瞧着他。

母亲: 欧内斯托……我想对你说……有时我喜欢你甚于别的孩子,这使我很难受。

欧内斯托叫了起来: 你胡说些什么?

母亲: 别想这事了,欧内斯托,忘掉吧。

欧内斯托: 你这是累了……没事的。

母亲: 对……没事。(沉默)欧内斯托……关于上学那件事,欧内斯托,它会纠缠你一辈子……离开学校可是对你不利的材料。

欧内斯托: 不会的。

母亲: 你这么想?

欧内斯托: 我敢肯定。(片刻)这一切都结束了。

母亲: 靠你会的东西你当不了管子工……不可能的。(欧内斯托不回答)你呢,你想做什么?

欧内斯托: 什么也不做。

母亲: 你坚持不住的,欧内斯托,什么也不做,谁也做不到。

沉默。接着母亲叫了起来。

母亲: 欧内斯托,你向我发誓……你想要的不是……向我发誓,欧内斯托……

欧内斯托： 我发誓，妈妈……我不想要什么明确的东西……甚至可怕的东西……我什么都不想要。什么都不想要。你明白吧。

沉默。

母亲： 你在说谎，欧内斯托。

沉默。

欧内斯托： 是的，除了和冉娜在一起，我什么都不想要。

母亲： 和她在一起，你什么都想要。

欧内斯托不回答。

母亲： 和她在一起，你想死去。

沉默。

母亲： 你要是不愿意回答，欧内斯托，就别回答吧。

欧内斯托： 是的，有一天我曾经想死。

沉默。慢慢的。

欧内斯托： 然后有一天又不再想死。

沉默。母亲克制着不叫喊，两只手在颤抖。

母亲： 你想死的那天是怎样的？

欧内斯托不瞧母亲。

欧内斯托： 第二天……你讲述在西伯利亚火车上和那位旅客……就在那天夜里……

母亲喃喃地求助于天主。

母亲： 往下说，欧内斯托……

欧内斯托： 很快就不想死了……什么也不想……后来只想要

冉娜……不再想死。

母亲仍在等待,恐惧使她变了脸色。

欧内斯托犹豫着,然后说了真话。

欧内斯托: 我不知道冉娜是怎么想的……我没有问她。我想……和我一样……但我不敢肯定……很难知道冉娜的想法。

母亲: 不可能,是的……应该多注意冉娜。

欧内斯托: 是的。

母亲在发抖但没有流泪。她的目光流露出痛苦和骄傲。冉娜就是她,母亲。

欧内斯托: 我不该告诉你……

母亲: 是的,你不该。我不该问你……

沉默。

母亲: 你现在走吧,欧内斯托。

欧内斯托: 好的。

欧内斯托仍待在那里。他在等待。母亲还在说话。

母亲: 冉娜,她想死,一直如此……她小时我们不知道。

欧内斯托: 她现在也不知道,是我编出来的。她什么也不知道。

母亲: 不,她知道。

暮色笼罩着维特里小丘。仿佛有母亲和欧内斯托的交谈声。冉娜在厨房的台阶下听着。声音传到空院子里,深深地藏匿在山丘方向,穿透了心灵。

母亲: 你对学习抱过希望,欧内斯托?

母亲的声音十分缓慢,温柔得令人厌恶。

欧内斯托: 很大的希望。

欧内斯托的声音也更阴沉,仿佛放慢了。

母亲沉默着。

母亲: 现在呢,欧内斯托,你不再抱希望了。

欧内斯托: 不再抱希望了。

沉默。

母亲: 根本不抱?欧内斯托,你发誓,根本不再抱希望……

欧内斯托在犹豫,最后让步了。

欧内斯托: 根本不抱。我向你发誓。

对冉娜和欧内斯托而言,事物、时日不再有同样的寿命,同样的形式,同样的含义。弟妹们的爱不再有同样的紧迫性。父母的爱大概也不那么令人害怕。维特里可爱的山丘现在远离了现时。它们成了情侣们往日的山丘。

冉娜和欧内斯托几乎没有感到这些变化。变化十分隐晦,从未被点明,不言而喻,自煞而协调,仿佛是完整的进程。

人们绝口不提这种变化,即使在冉娜和欧内斯托之间,从来不提,也许甚至在别处也从来不提,甚至在父母的卧室里,也从来不提冉娜和欧内斯托有时流露的那明亮的目光。傍晚,晚饭时,在母亲那发绿发黄的眼光中,那新生的幸福仿佛是一种幸福的痛苦,是的,却是枉然的痛苦,这种感情的本质似乎就是无法表达的,止步不前的,筑在空虚之上的。

另一天傍晚。冉娜和欧内斯托在窃窃私语。声音来自他们睡觉的那个开放的走廊。

冉娜: 人们不知道天主是不存在的。

冉娜和欧内斯托的声音很温和,很相似。

欧内斯托: 是的,人们只是这么说,但并不知道。天主如何不存在,就连你,你也不知道。

冉娜: 你说: 它不存在就像你可能说它存在一样。

沉默。

欧内斯托: 你说什么?你说仿佛它存在。

冉娜: 是的。

沉默。

欧内斯托: 不。

冉娜: 你说过: 天主不存在,有一次你又说: 天主是存在的。

沉默。

冉娜： 如果它可能不存在，那么它也可能存在。

欧内斯托： 不。

冉娜： 如果它不存在那它怎么可能存在呢？

欧内斯托： 这就和世界上到处一样，和你我一样。问题不是： 比这多或比这少，也不是： 如果它存在或如果它不存在，这是个谁也不知道的问题。

沉默。

冉娜： 你怎么了，欧内斯托？

欧内斯托： 恐惧。它不是固定不变的，它在增长……它使人发疯……

冉娜： 使人痛苦……

欧内斯托： 不。

欧内斯托将两手放在妹妹脸上。

欧内斯托： 别哭，千万别哭。

冉娜： 不哭。

欧内斯托将两手从冉娜脸上拿开，捂在他自己的脸上。

冉娜： 你和我，我们再不能一同死去了。

欧内斯托： 不能，再不能了。这你早就知道。

冉娜： 是的。

欧内斯托： 你是怎么知道的？

冉娜： 从那个君王的故事里。

沉默。冉娜和欧内斯托不说话。房子静悄悄的。夜在那里，十分明亮,这是夏天。夏夜开始了。

冉娜: 等你离开时,欧内斯托,如果我不和你一同走,我宁愿你死去。

欧内斯托: 你与我分开,我们就像是死人。和死人一样。

沉默。

冉娜: 你不带我走,欧内斯托……你说出来。

欧内斯托: 是的,我不带你走。

沉默。

冉娜: 你不愿意幸福,欧内斯托。

欧内斯托: 不愿意。对。(他喊道)不愿意。

冉娜: 我们都一样,欧内斯托。

沉默。

冉娜: 我们已经死了,欧内斯托,也许?

欧内斯托: 也许已经死了。是的。

沉默。

冉娜: 给我唱歌吧,欧内斯托。

欧内斯托唱道: 我很久以来就爱你,我永远忘不了你。

冉娜: 歌里的这几句总让我流泪。

欧内斯托不再唱了,低声说: 永远。

冉娜: 别唱了,念歌词吧,欧内斯托。

欧内斯托念歌词。

我很久以来就爱你,欧内斯托念道。我永远忘不了你。

冉娜： 再来一遍，欧内斯托。

欧内斯托念这些话。冉娜听着每一个字。

欧内斯托： 在高高的枝头上有只夜莺在歌唱，唱吧夜莺唱吧，如果你心中欢畅。

冉娜和欧内斯托含泪相互看着。

欧内斯托捧起冉娜的脸贴在自己脸上。他在冉娜的呼吸与泪水中念那首歌词： 我散步在清泉边，我浸泡在清澈的水里。

在他们混合在一起的呼吸中，在他们的泪水中，欧内斯托说话了。我很久以来就爱你，欧内斯托说。

一千年。

那时那位君王还在那里，冉娜问道。

是的，他在那里，他还年轻，充满了活力与信仰。

沉默。

你说一千年，欧内斯托。

是的。

欧内斯托不说话。

他又唱了起来。

他不再唱了。他们脸靠着脸待了很久，一动不动。

我们死了，欧内斯托说。

冉娜不回答，像他一样死去了。

再念念歌词，冉娜说。

欧内斯托： 我很久以来就爱你，我永远忘不了你。永远。

记者突然闯进小屋。母亲和父亲在那里。他说他来找欧内斯托,他是《宝宝文学报》的。

他很快就会回来吗?记者问道。

应该吧,父亲说。

沉默。

记者看着这两个人,父亲和母亲。

记者:你们是他的父母?

父亲:正是,先生。

记者弯弯腰。

记者:幸会……您儿子在哪里?

父亲:他和妹妹去捡土豆了,先生。

记者和气地微笑。他在寻找谈话的借口。

记者机灵地说:嗯,土豆是捡的……

母亲:……不是……不过耙过地以后,土豆就露出地面了。

啊,我明白了,明白了,记者说。

父亲和母亲开始怀疑地瞧着记者。

母亲:您见过欧内斯托吗,先生?

记者:从没见过……他很高大?

母亲:又高又大。

记者:十二岁?

母亲做了一个马马虎虎的手势,说道:十二岁……二十二岁,二十三岁,我想。埃米利奥您问他。

记者： 你们不把世界放在眼里还是怎么的？

父亲： 对我来说，十二岁，二十七岁，二十八岁……您明白吗，年轻人？

母亲： 这是什么问题，我们可说不上。

父亲： 对，我们说不上。

父亲今天情绪激烈。

父亲： 再说我们孩子的年龄，不用别人指点，先生。

记者开始使用这两位父母的语调。

记者： 请原谅……

母亲： 没关系。

记者： 我的工作会有进展……如果知道……稍稍多一点……如果不太麻烦你们……我能问问您现在在干什么吗，先生？

父亲： 我什么也不干，先生，丧失工作能力。

记者： 啊……我斗胆问是以什么名义呢，先生？

父亲： 丧失能力。这是别人对我说的。

记者轻松地说： 可能是大脑的一部分运行不良……

母亲： 我，我的想法和您一样。故障。

记者对母亲说： 这对您可不是愉快的事，夫人。

母亲： 不愉快，应该这么说，是的，是的……（沉默）那您呢，先生？

记者： 我没什么，夫人……谢谢。

三人都不说话。大家茫然。

记者：可以稍微讲讲你们的生活来源吗？

母亲：我们有退休金、补助金，还有津贴。您明白，先生，没有什么特别的，但是过得去。

沉默。

记者大笑起来。

记者：那奖励津贴呢，你们也有吗，夫人？

母亲：我得查查，马上说不出来……奖励什么，先生？

记者：我也不知道……奖励生育……

三人都笑了起来。

记者：我认识你们的女儿，你们知道……

父亲和母亲同时说：呵是您呀……呵是您呀……有趣……

记者：是我。

他仔细看着母亲。

记者：那个冉娜，她将来会和您一样漂亮的……这可不是瞎说的……那孩子真漂亮……

父亲：她也很灵巧……

记者叹气说：不说这个了……（片刻）你们儿子的事感动了全法国，你们知道吗……？是维特里的小学教师到处讲的。他甚至还向国民教育部写了一份教育学报告。是他到处讲你们儿子的故事，到处讲，到处讲……这家伙靠这扬名。

母亲：什么故事？我儿子没有任何故事。

记者：他的那句话，夫人。那句名言，全法国都在琢磨它到底是什么意思。我就是为这件事来的,夫人,试图识破这个奥秘。

母亲: 有时我明白它的意思,但接着就过去了,我一下子又不明白了,一点都不明白……

父亲: 是这样,她时而明白时而不明白。

母亲: 有时我觉得这句话十分、十分了不起,有时又觉得它一文不值。就是这样。您什么都知道了。

记者等待解释,但是落了空。

记者突然满意得喜形于色。

记者: 我正想问你们……你们在什么时候发现你们儿子的个性不同寻常?

沉默。

父母相互看着,对记者的满意感到惊讶。

母亲: 这我得想想,先生……我不知道。

记者: 是不是发生过什么个事,夫人……一件鸡毛蒜皮的事就够了,一个小细节……使您惊奇的事……

父亲: 剪刀,也许它算是……

母亲: 呵,对……等等……

母亲完全记起来了。

母亲: 呵,对,有一天,那时他三岁,他来了,哭着喊: 我找不到我的剪刀了,我找不到我的剪刀了……我对他说,你只要想想你放在哪里了。他喊: 我不能想,我不能想。于是我说: 这也算是个理由,你为什么不能想呢? 这时他说: 我不能想,因为如果我想，我大概是把它扔到窗外了。

沉默。大家茫然。

记者：对不起，夫人，不过……即使您聪明绝顶，您是怎样从这里发现您儿子的天才的呢？

沉默。

母亲：我不明白您突然说的这些话，先生。这真叫我厌烦。

记者叹了口气。沉默。沉思。接着记者开口了。他更重地模仿父母的音调。

记者：我是说，夫人，这件事，关于剪刀的这件事，和另一件事，就是怀疑普遍知识的那件事是风马牛不相干的……

父亲：我妻子和我，我们可不是傻瓜，当心您说的话，先生。

记者：对不起，夫人，先生。我想说的是，即使她不聪明，她同样也会对任何这类剪刀的故事赞叹的，何况这是她儿子的故事。

沉默。接着母亲说话了。

母亲：先生，不是这个道理。我原认为您明白是怎么回事。听我说：欧内斯托的那句话，谁也不懂，没有人。懂，除了我，正是因为我解释不了这句话。

沉默。众人茫然。记者再次感到气馁。

记者：关于你们的儿子，有人说到世界的多孔性……有人说世界是多孔的，知识即使不是被传授的，也可以说是从世界分泌出来的……还说学校并不像从前认为的那么重要……你们的看法呢？

父亲：没有看法。可是，先生，您这种说法真叫人厌烦。

母亲： 我也没有看法……这能让您平静了吧，先生。

记者： 可是那句话……

父亲固执地说： 哪句话？

母亲固执地说： 到底是哪句话？

父亲： 总之，先生……您要知道……您瞧瞧那些海上遇难者……现在他们坚持了六个星期，缺粮缺水……在大海上……喝咸海水……千年以来人们就说这不可能，瞧他们试了试，瞧这是可能的……我们孩子的话也一样，也许有一天它有许多含义……

记者生气地说： 噢，继续这样说，或者又说老一套……

母亲： 什么，先生，什么老一套？您要是不满意，先生，您就回家……躺下呀。

沉默。众人再度茫然。

接着母亲看着窗外，说欧内斯托和冉娜回来了。

母亲： 瞧，我们亲爱的孩子们来了。

欧内斯托和冉娜走进厨房。

欧内斯托提着一小袋土豆，将它放在桌上。冉娜空着手。记者和冉娜相互微笑。

记者对欧内斯托的身材大为惊异。

记者： 嗯，嗯，十二岁……

母亲： 是的……

记者向冉娜和欧内斯托打招呼。他想摆脱父母。

记者拉住欧内斯托的胳膊,低声对他说: 我能单独和您谈谈吗?欧内斯托先生,只需要一小会儿。

欧内斯托: 我愿意他们待在这里,先生。

记者: 就按您说的,先生,我只是说说……

欧内斯托: 是为了那句话。

记者: 是的。

欧内斯托微笑。

欧内斯托: 听着,如果有人能明白那句话,那就是他们,我们的父母。他们明白到这个程度,以致一个字也说不出来。

沉默。

记者: 那您呢,欧内斯托先生?

欧内斯托: 我嘛,我好像在说那话以前就明白了。

沉默。

欧内斯托: 现在……我可能不再明白了。

沉默。

记者: 这种事是可能发生的。

欧内斯托:是的,您瞧……

沉默。

记者: 是的……您现在学习到什么阶段了,欧内斯托先生?

欧内斯托: 很快就结束了,先生。

记者激动异常。

记者结结巴巴地说：呵，请您原谅，欧内斯托先生……我以前不知道……您认为什么时候结束？

欧内斯托：也许几个星期。

沉默。

记者：全部。

欧内斯托微笑：是的。

记者：可是……您……欧内斯托先生……您？

欧内斯托：我，没事。

记者不再说话。欧内斯托的诚恳令他透不过气来。他不再学父母的音调。

记者：科学的界限每天都在后移，至少人们这样说……

欧内斯托：不，它是固定的。

记者：您是说，欧内斯托先生……只要人们一直寻找天主，这界限就是固定的？

欧内斯托：是的。

记者：那么天主会是人类的主要问题了？

欧内斯托：是的。人类的唯一思想就是缺乏对它，对天主的思考。

记者：人类的主要问题不再是保护，保护人类？……

欧内斯托：不，这是空谈。人类从未受到保护，人们很久以来就相信这个，但人类从未受到保护。

沉默。

记者：您接着说，欧内斯托先生。

欧内斯托：说什么，先生？

记者：随便说，欧内斯托先生……

沉默。然后欧内斯托开口了。

欧内斯托：我们的原籍是意大利。

停顿。沉默。

记者：其他的孩子不去上学？

欧内斯托：不去，没有一个孩子上学。

记者：一个也没有……对不起，欧内斯托先生，可这是怎么回事呢……？

欧内斯托：这很……很难解释，先生，对不起……我能说的是我们是一般的孩子，您明白。

记者突然理解了欧内斯托。

记者：我感到了一点什么……如果我没有弄错，这是合乎事物逻辑的……

欧内斯托：就是这样，先生。我母亲家有十一个孩子。我父亲家有九个孩子。我们是七个孩子。我已经告诉您主要的了。

记者：而这一切已经是徒然的……

欧内斯托：的确犯不着……比平常的事更犯不着。

记者：这事真可以这样说，比平常的事更犯不着。

欧内斯托：是的。

沉默。

记者试图继续与欧内斯托交谈。

记者： 高出生率……在意大利……

母亲： 很高。

记者： 你们从意大利什么地方来？

父亲： 从波河河谷。

记者惊呼： 了不起的地方……

父亲： 不错。最先，我们是波河河谷的人。在拿破仑时代，我们已经来这里采摘葡萄了。

欧内斯托又变得心不在焉。

小学教师来了。他没有朝欧内斯托走去。他走到记者身边。他们不说话。

在众人沉默不语的漫长时间里，母亲唱起了《涅瓦河》，没有歌词，歌声很低，仿佛当她间或独自一人时或者当她和埃米利奥都感到某种莫名其妙的幸福时——而且又在刚恢复的长久的夏夜聚会中。

小弟妹们一听到没有歌词的《涅瓦河》就来到了小屋。他们总能听见母亲唱《涅瓦河》，即使她声音不大。

首先他们待在一旁，待在台阶上，然后悄悄地走进厨房。最小的两个坐在母亲脚前，大的孩子坐在长凳上，靠近小学教师和记者。母亲唱《涅瓦河》——她年轻时关于这条河的俄国歌曲——弟妹们都去小屋里听。他们知道母亲不会赶他们，即使当她醉得会滚进沟里。

这天晚上和往常一样弟妹们不知道母亲为什么唱。他们知道发生了什么事，仿佛是节日，但他们不知道为什么。

这天晚上，母亲在无意中突然记起了《涅瓦河》的歌词。先是零零落落的，然后越来越频繁，最后成为完完整整的句子，彼此连贯在一起。这天晚上母亲醉了，也许是唱醉了。重新想起的歌词不是俄语，而是高加索语和犹太语的混合，还夹杂着在战争、尸堆、大堆尸体以前的那种柔声。

当母亲的歌声更轻时，欧内斯托讲起了以色列王。

我们是英雄，君王说。
所有的人都是英雄。

他是大卫之子，耶路撒冷的君王，欧内斯托说。追风和虚而又虚的君王。
欧内斯托犹豫片刻，说道：我们的君王。

欧内斯托将冉娜的头放在自己的肘窝里,冉娜闭上眼睛。

欧内斯托久久地瞧着冉娜,沉默无语,这时母亲又低声唱起了歌,这次没有歌词。

欧内斯托说,君王认为能在学识里找到生命的缺陷。
走出令人窒息的痛苦,
走到门外。
但是不对。

母亲的歌声突然很高亢。

欧内斯托靠近冉娜躺下。
冉娜和欧内斯托瞧着母亲,十分幸福地听她唱。
接着歌声渐低,于是欧内斯托谈起了以色列王。
我,大卫之子,耶路撒冷的君王,我失去了希望,我懊悔我曾希冀的一切。邪恶。怀疑。犹豫以及在它之前的坚信。
瘟疫。我懊悔瘟疫。
对天主的枉然追求。
饥饿。苦难和饥饿。
战争。我懊悔战争。
生活的礼法。

一切错误。

我懊悔谎言和邪恶、怀疑。

诗与歌。

我懊悔沉默。

还有奢侈。还有罪恶。

欧内斯托停住。母亲的歌声又起。欧内斯托听着,但他再次开始回忆以色列王的时代。他用几乎很低的声音对冉娜说话。

他懊悔思想,欧内斯托说。甚至还有那么虚枉,那么徒劳的追求。

风。

欧内斯托慢慢地、艰难地说着。仿佛他已进入只有冉娜和母亲体验到的状态,这种带着微笑的半睡眠状态使人害怕,因为它如此接近幸福。

夜里他懊悔,欧内斯托接着说。

死亡。

狗。

母亲瞧着他们,冉娜和他。《涅瓦河》继续从她体内流出,柔弱而强壮,万分温柔。

冉娜和欧内斯托的生命暴露在母亲的目光下，变得可怕。

童年，欧内斯托说，他懊悔，十分，十分懊悔。
欧内斯托笑了起来，向弟妹们抛飞吻。

还是《涅瓦河》。
昏暗更浓，侵入了小屋。黑夜来临。

爱情，欧内斯托说，他懊悔。
爱情，欧内斯托重复说，他懊悔它超过生命，超过他的力量。
对她的爱。

沉默。冉娜和欧内斯托闭上眼睛。

暴风雨的天空，欧内斯托说，他懊悔。
夏天的雨。
童年。

《涅瓦河》在继续，低沉、缓慢，呜咽着。

直到生命的终结，欧内斯托说，对她的爱。

欧内斯托闭上眼睛。母亲的歌声更响了。

欧内斯托不说话，让位给《涅瓦河》。

不知道该辱骂谁，该扼杀谁，但同时又知道早该辱骂和扼杀，欧内斯托说。

然后有一天，欧内斯托说，他热切地想过石头的生活。

死亡和石头的生活。

沉默。

有一天，欧内斯托终于说，他不懊悔了。

他不再懊悔任何东西。

欧内斯托不说话。

冉娜走到他身边，抱着他，亲吻他的眼睛，他的嘴，她靠墙躺下，紧贴着他。

正是在这天夜里，在母亲唱着长长的、呜咽的《涅瓦河》时，维特里下了第一场夏雨。雨点落在整个市中心，落在河流上，被毁的高速公路上，那株树上，孩子们的小路和坡路上，落在世界末日的那两把令人痛心的椅子上。强劲而浓密的雨点像是不断的啜泣声。

据某些人说,欧内斯托没有死。他成了一位年轻而杰出的数学教师,后来又成为学者。他最初好像在美国任教,后来随着大型科学站在全球的发展去了世界各地。

由于这个看上去平静的选择——一种可以说他漠然处之的追求——生活似乎终于是他可以容忍的了。

冉娜她也永远离开了,而这是在她哥哥做出决定以后的那一年。有人推测说她的离去应该属于他们所做的在童年之后一同死去的许诺。也正是由于这个许诺他们从未回到法国,回到他们出生的这个形式上的郊区故土。

在冉娜和欧内斯托走后,父亲和母亲抑郁而死。

弟妹们被转到法国南方的一家孤儿院后,小学教师便离开了塞纳河上维特里。

据官方消息他要求调到弟妹们所在的寄宿学校。而在离开维特里之前他向维特里的初级法院申请监护权并获得肯定的裁决。

一九八四年由于文化部长雅克·朗对我个人的资助，我写了一个电影文本，取名为《孩子们》。

《孩子们》是与让·马斯科洛和让-马克·蒂里合作拍摄的。同样，演员也是共同挑选的。其中有塔蒂阿娜·穆基、达尼埃尔·热兰、马尔蒂娜·谢瓦利埃、阿克塞尔·博古斯拉夫斯基、皮埃尔·阿尔迪蒂、安德烈·迪索利埃。摄影是布吕诺·纳伊滕及其小组。

在好几年里，这部电影一直是我叙述故事唯一可能的方式。但我经常想到这些人，这些被我抛弃的人。于是有一天我根据维特里的拍摄现场去写他们。在几个月中这本书叫做《雷雨的天空·夏天的雨》。我保留了后一半：雨。

在写书期间，我到维特里去了十五六次。几乎每次我都迷路。维特里这个郊区令人害怕，它不同一般，也难以界定，我开始爱上了它。这是难以想象的最缺乏文学性、最缺乏个性的地方。我臆造了它。但我保留了音乐家的名字，街道的名字。还有这座容纳好几百万居民的郊区城市向四面八方延伸的规模——我在电影里是做不到这一点的。我也保留了父母的小屋。小屋被烧掉了。维特里市政府严肃地称这是意外。我忘了：我保留了塞纳河，它一直在那里，一直在场，漂亮之极，顺着此后光秃秃的河岸流淌。荆棘烧掉了。沿着塞纳河的公路很完美，三车道。外国居民消失了。企业的总部成了官殿。《世界报》的官殿放在巴黎是装不下的，它比博菲尔在塞日蓬图瓦斯修的官殿还大。夜里人们感到害怕，因为河岸上荒寂无人。我还忘了：那株树还在那里。花园的围墙换成了钢筋水泥，高高的，再也无法看到整株树了。我知道，我本该去维特里阻止他们建水泥围墙的。可是没有人告诉我，有什么办法呢……从此人们只能看到枝叶的上部，因此再不会有人去看它了。它似乎被照料得很好，树枝被修剪过，树干更高更壮。它像以色列王。

我还忘了：孩子们的名字不是我杜撰的，书中自始至终的爱情故事也不是杜撰的。

我还忘了：那个港口的确叫英国港。七号国家公路就是七号国家公路。那所小学确实叫布莱斯·帕斯卡尔小学。

被烧毁的书是我臆造的。

玛·杜

扬·安德烈亚·斯泰奈

王文融 译

首先，在此讲述的故事开始时，《印度之歌》在你生活的那座大城市的一家艺术实验影院放映了。你参加了放映后的一场讨论。然后我们和准备参加哲学教师资格会考的年轻人去了一间酒吧，你是他们中的一员。后来，很久以后，是你提醒我这间相当雅致和舒适的酒吧的存在，我那晚还喝了两杯威士忌。我呢，我丝毫记不得那些威士忌，记不得你和其他年轻的应试者，也记不得那个地点了。我记得，或不如说，我觉得你陪我去了我存车的电影院停车场。那时我还开我喜欢的 R.16，那时我车开得还很快，即便在饮酒过量健康出了问题以后。你问我有没有情人。我说一个也没有了，这是实话。你问我夜里车速是多少。我说一百四。人人开 R.16 都这样。非常爽。

这天晚上以后你开始给我写信。许多的信。有时一天一封。信很短，类似于短笺，是的，类似于从一个无法生存的、致命的、荒漠似的地方发出的呐喊。这呐喊带有显而易见的美。

我没有回复你。

我留着所有的信。

信纸上方有写信的地点、时间或天气：晴或者雨。或者天冷。或者：孤单。

有一次，你很长时间没写信来。也许一个月，我不清楚这段时间有多长了。

于是在你留下的虚空里，在没有信件、没有呐喊的情况下，轮到我给你写信了，我想知道你为何不再写信，为何戛然而止，为何停止写，好像猛然受到阻碍，比方死亡的阻碍。

我给你写了下面这封信：

扬·安德烈亚，今年夏天我遇见了一个你认识的人，让-皮埃尔·塞通，我们谈起了你，我没想到你们俩认识。《黑夜号轮船》之后，我在巴黎寓所房门下发现了你的便条。我试图打电话给你，但没找到你的电话号码。后来接到你一月份的信——我再次住院，记不得又生了什么病，人家告诉我是服用所谓抗抑郁的新药中了毒。总是那一套。这没什么，心脏没任何问题，我甚至不难过，我不过是什么东西走到了头而已。我依然喝酒，是的，冬天，晚上。多年来我叫朋友们周末别来，我一个人住在诺弗勒那幢能住十个人的房子里。一个人住十四个房间。对回声已经习以为常。有一次我写信告诉你，我刚完成了影片，名字叫《在荒芜的加尔各答他的威尼斯名字》，我已记不清楚对你讲了什么，大概是我喜欢这部电影，正如我喜欢几乎我所有的电影。你没有回这封信。后来你寄诗给我，我觉得其中有一些非常美，另外的差一些，而这，我不知如何对你说。就这些，对，就这些。你的信就是你的诗。你的信文辞优美，我觉得是我一辈子接到的最美的信，美得令人心痛。今天我很想和你谈谈。现在我开始康复了，但我在写作。在工作。我相信第二部《奥雷丽亚·斯泰奈》是为你写的。

这封信，我觉得，大概也不要求得到任何回音。我不过把我的近况告诉你。记得这是一封忧伤的、条理不清的信，在信中，我好像因为生活中遇到了不知什么麻烦，因为新近不期而至的新的孤独而心灰意冷。有很长时间我几乎记不得这封信了，甚至不能肯定是那个夏天，你闯入我生活的那个夏天写的。也不能肯定是在我住过的哪个地方写的。我不相信是在海边的那个地方，但我也记不清楚在哪个别的地方了。很久以后我才回想起信的周围我那间房的大小、黑色大理石壁炉和我正好面对的镜子。我问自己该不该把信寄给你。两年前，当你告诉我接到过我类似的信后，我才确信把它寄给你了。

我不记得是否重读过这封信。你常常跟我提起它。你被它震撼了。你说这封信很可怕，它谈到了我的全部生活，全部工作，但对我的生活未做任何表述。而且那种冷漠，那种心不在焉，令你心寒齿冷。你还告诉我，这封信的确是我从塔奥米纳寄给你的。不过是五天前在巴黎写的。

　　我这封长信,多年后我们把它遗失了。你说曾把它放在特鲁尔寓所中央衣柜的一个抽屉里,后来,一定是我把它取了出来。但那天你并不知道在房里或其他地方发生了什么事。你正在蒙卡尼西各大旅馆的园子和酒吧里,寻找夏天聘用的布宜诺斯艾利斯和圣地亚哥的英俊男招待。而我呢,我迷失在《乌发碧眼》的性迷宫中。很久以后,当我在这本书里谈论你和我的故事时,我才在中央衣柜里找到这封大概从未离开过衣柜的信。

这封信寄出后过了两天,你往这儿,往黑岩旅馆打电话,告诉我你即将来看我。

你在电话中的声音有点变,好像因为害怕,受了惊吓似的。我没有听出来。这是……我不知怎么说,对,正是,这正是你打过电话后我杜撰的你信中的声音。

你说:我就来。

我问为什么来。

你说:为了相互了解。

在我生命的这一时刻,有人这样大老远来看我,是件了不得的事。我从未谈过,的确,从未谈过我生命中这一时刻的孤独。《劳儿之劫》后的孤独,《蓝月亮》《爱》《副领事》的孤独。这种孤独是我一生中最深沉也是最幸福的孤独。我对它的感受不是孤独,而是一生中至此尚未品尝过的决定性自由的机会。我在中央餐厅用餐——总吃一样的东西——白煮海螯虾和一块勃朗峰干酪。我不游泳。海里和城里一样人满为患。我的朋友亨利·夏特兰和塞尔日·德吕米耶来时,我晚上游泳。

你告诉我，打完这个电话后，你一连几天给我打电话，我都不在。后来我对你说过为什么不在，告诉你我的塔奥米纳之行，电影节，我要在那儿见一位非常亲密的朋友伯努瓦·雅科。但我很快会回来，回到海边，如你所知，这也是为了每周给《解放报》写八〇年夏专栏。

我又问你：来干什么？

你说：和你谈泰奥朵拉·卡茨。

我说我已经放弃了多年来我以为可以写成的关于泰奥朵拉·卡茨的书。为了我死亡的恒久长存，我把它藏在了一个犹太人的地点，一座对我而言神圣的坟墓，巨大、无底、禁止叛徒——背叛基本教义的那些半死不活的人——靠近的坟墓。

我问你什么时候到。你说：明天上午，大客车十点半到，我十一点到你家。

我在我房间的阳台上等你。你穿过黑岩的院子。

我忘记了《印度之歌》的那个男人。

你是个又高又瘦的布列塔尼人。我觉得你很优雅，非常含蓄的优雅，这一点你自己不知道，现在依然如此。你走着，不看豪华住宅的大楼。根本不朝我看。你带一把很大的木柄雨伞，好似中国的油布遮阳伞，八十年代的年轻人很少有人用了。你还有个很小的行李，一个黑布包。

你沿着篱笆穿过院子，朝大海的方向拐，没有抬眼望我，便消失在黑岩的大堂里。

这是上午十一点,七月初。

八〇年的夏天。有风有雨的夏天。格但斯克①的夏天。哭泣孩子的夏天。年轻女辅导员的夏天。我们的故事发生的夏天。在此讲述的故事发生的夏天:八〇年第一个夏天的故事,非常年轻的扬·安德烈亚·斯泰奈与那个写书的、跟他一样在这大如欧洲的夏天形影相吊的老女人之间的故事。

我事先告诉了你如何找到我的套房,楼层,走廊,门。

你再也没有回到卡昂那座大都市。那是在八〇年七月。十二年前。自从我患病以来,我每年在这套房子里度半年假,你也一直住在这儿。这场病长达两年。深度昏迷。在我的病区的大夫们一致决定"了结我"的前几天,我睁开了眼睛。我四下张望。人,病房。他们都在——人家告诉我——我望着这些身着白大褂、一动不动的人,他们带着几分疯狂,几分狂喜,默默地冲我微笑。**我没有认出他们的脸,但我认出这是人的形态,而不是墙壁、器械的形态,是用眼睛看的人的形态。**我闭上双眼,接着又睁开,为了再看见他们,眼里露出——据人家说——开心的笑意。

---

① Gdansk,波兰波罗的海沿岸港口城市。一九八〇年该城造船厂发生劳工骚乱,导致团结工会的诞生。

出现了片刻的寂静。

接着响起敲门声,然后是你的声音:是我,是扬。我没有回答。敲门声非常非常微弱,好像在你周围,在这旅馆和城里,在海滩和海上,在夏日清晨靠海的旅馆所有的房间里,人人都在睡觉。

我又一次没有立即打开门。我还在等。你又说了一遍:是我,扬。嗓音同样柔和,同样平静。我仍在等。不出任何声音。十年来,我生活在极其严酷的、近乎修行的孤独中,跟我在一起的有安娜-玛丽·斯特雷特和法国驻拉合尔的副领事,还有她,恒河女王,茶之路上的女乞丐,我童年的女王。

我开了门。

要了解一个故事,非得等它写出来之后。等促使作者写它的状况消失之后。尤其在书中他的过去,他的身体,你的面孔,你的嗓音变了样儿之后,它变得无法挽回、不可避免之后,我还想说:它游离于书之外,被远远带走,与它的作者分开,作者永远失去它之后。

接着门在你和我的身后关上。一个又高又瘦的新来者的身后。

接着有了声音。柔和得令人难以置信的声音。冷淡。庄严。这是你信中的声音。我生命的声音。

我们谈了好几个小时。

一直谈书。一直,好几个小时。你提到罗兰·巴特。我告诉你我对他的看法。我对你说，我可以一下子拿出罗兰·巴特所有的书，去换缅甸森林里我的茶之路、红太阳以及恒河穷女人死去的孩子。这你已经知道。我还对你说，他的书我根本读不下去，对我而言，罗兰·巴特写的是假话，他正是因为讲假话才死的。后来我告诉你，有一天，在我家里，罗兰·巴特客气地劝我"回到"早期小说的类型，"那样简练，那样迷人"，如《抵挡太平洋的堤坝》《塔尔奎尼亚的小马》《直布罗陀水手》。我笑了。你说咱们将再也不谈这个话题。我猜想这位杰出作者的书你已经读腻了。

我们还谈了——就像一直做的那样——写作这件大事。谈了各种各样的书。

你开始谈论书的时候，在专注的目光和清醒缜密的推理后面，有种紧迫感令我惊讶；你无法缓解它，仿佛突然间你必须加快速度，才能告诉我你决定告诉我的一切，和你决定不说的一切。在显而易见的事，可怕的、一目了然的事突现之前，在你做出认识我，然后自杀的决定之前，你想告诉我的一切。

很快你就只对我讲这些了。

很久以后你旧事重提，你告诉我，是的，这一定是真的，尽管语焉不详，你补了一句：从另一种方式看，对你也是真的。你没有说出那个字眼，后来我才明白，你大概在心里也绝口不提那个字眼，那个在你的微笑中透露出来的字眼：写作。

到了晚上，我对你说：你可以留下来，住我儿子的房间，房间面向大海，床已经铺好了。

如果你想洗个澡，这也可以。

你愿意出去走走也行。

比方你可以去买只冷童子鸡、一罐栗子泥、拌着吃的鲜奶油、一些水果、干酪和面包。我生活简单，每天就吃这些东西。我还对你说，你可以为自己买瓶酒。有些日子我酒喝得少。我们俩都笑了。

你刚出门就回来了。钱，你说，乘了大客车，我一分钱也没有了，我忘了。

你像孩子似的吃得津津有味，我还不知道你一向如此。

很久以后你对我说，你离开餐桌时肚子还是饿。虽然你没有察觉到，你把整整一罐栗子泥和鲜奶油都吃光了。

也许从这天晚上起，我又开始喝酒了。我俩喝了你在澡堂街买的两小瓶罗讷山坡葡萄酒。这酒变了味，很难喝。我们喝了澡堂街的这两小瓶葡萄酒。

第一天晚上你睡在面朝大海的房间里。这房间里没有任何动静，跟我独自住的时候一样。经历了那么多日日月月，或许很沉重的年月，面对前程的乏味而悲惨的年月，还有孤独地承受青春期欲望的长期磨难的年月，你想必已经疲惫至极。

到的第二天你发现了大浴室的浴缸。你说你从未见过这样的浴缸，巨型的，"历史性的"浴缸。此后，每天早上，你一起床就在浴缸里泡一小时，我跟你说过，你在里面想待多久就待多久，我呢，我总洗淋浴，因为浴缸令我害怕，可能因为我来自热带丛林地区，那儿的职务公房里没有浴缸。

你的声音。柔和得令人难以置信，冷淡，令人生畏，好像勉强发出来，几乎听不见，好像总有点心不在焉，与讲的话分开，毫不相干。十二年后的今天，我仍听见你当年的声音。它流入了我的身体。它没有形象。它谈区区小事。它也默不作声。

我们交谈，你谈到黑岩旅馆的美。

然后你沉默不语，仿佛在琢磨如何对我说你要对我说的事。你听不见伴随夜而来的愈来愈大的静谧，它那样深沉，我忍不住到阳台去看看。汽车不时从黑岩前经过，驶往翁弗勒尔或勒阿弗尔。和每一夜一样，勒阿弗尔过节似的灯火通明，城市上空，不见星辰，天空与圣阿德雷斯的灯塔之间，一列黑色的邮轮和往常一样开向法国和南欧的各个港口。

你站了起来。你隔着窗玻璃望我。你总是这副心不在焉的样子。

我回到了房间。

你又面对我坐下,你说:

"你永远不写泰奥朵拉的故事了?"

我说写还是不写,对此我一直毫无把握。

你没有回答。

我说:

"你爱泰奥朵拉。"

你没有笑,喘了口气说:

"泰奥朵拉是我对你不了解的部分,那时我很小。剩下的部分,我全知道。我等你写她的故事等了三年。"

我说:

"我不清楚为什么我写不了泰奥朵拉的故事。"

我补充道:

"也许太难,这没法知道。"

你的眼里噙满泪水。

你说:

"别告诉我任何你知道的关于她的事。"

接着你说:

"我对泰奥朵拉的了解,仅限于《外面的世界》最后那几页。"

"也就是说,你已经知道她是如何与那个情人做爱的。"

"对。我知道,当流放犯疲惫不堪地从纳粹德国北部的集中营回来时,他们的妻子正是这样与丈夫交欢的。"

我说可能我永远写不完泰奥朵拉那本书,这几乎是肯定的。这种事我这辈子只遇到过一次。我能做的,仅仅是挽救被弃手稿的这一段落。这本书我一写就会立即离题,去写我从未决定写的其他书。

后来你去了阳台,一直走到临海的栏杆处。我没有再听到你的声音。

皓月当空,天色深蓝,我们上床睡觉。次日我们做了爱。

你来我的房间找我。我们没说一句话。滋养我们的是泰奥朵拉·卡茨孩童般的躯体,那残疾的躯体,她的清亮的目光,负责集中营秩序的德国兵开枪击中她的脖颈前呼唤妈妈的喊声。事后你说我的躯体年轻得令人难以置信。我不敢把这句话公开。但我没有不公开它的力量。我还写了些我不懂的事。我把这些留在我的书里,再读一遍,它们就有了含义。我说人家一直对我讲这句话,甚至《中国北方的情人》,那时我十四岁,甚至还不到,我们笑了。没有讲话,没有亲吻,欲望重新燃起。做爱后你跟我提起泰奥朵拉·卡茨。提起这几个字:泰奥朵拉·卡茨。即便名字,你说,也令人震惊。

你问我：

"为什么突然变得难写了？"

我说：

"不知道，我只知道困难可能来自别人对我讲的话，就是泰奥朵拉·卡茨被流放的时期还没有焚尸炉。尸体就在埋尸坑的土里腐烂。后来，在一九四二年最终解决之后，才有了焚尸炉。"

你问是否正因为如此我才不管泰奥朵拉·卡茨的结局。

我说：

"也许吧，既然她早已死去，并被众人遗忘，甚至可能还有我。她当年那样年轻，二十三岁，至多二十五岁。

"而且她一定身有残疾，但不严重，左脚有点跛，我好像记得。"

你问：

"德国人忘了吗？"

"是的。不然，单单知道自己是德国人，无可救药的德国人，他们就活不下去了。"

"你希望如此？"

"是的。战争结束三年后，时间才又流动起来。首先对他们德国人——一向如此——然后再对其他国家的人。但绝不对他们，犹太人。"

你要求我再跟你谈谈泰奥朵拉·卡茨，即使你对她知之甚少。

于是，那天晚上，我跟你谈了泰奥朵拉·卡茨，我以为是泰奥朵拉·卡茨的那个女人，依然活着的她，但在战后，战争结束后的那一年。我告诉你她住的旅馆在瑞士，泰奥朵拉·卡茨去世前最后住的正是河谷旅馆。在纳粹集中营里找到的奄奄一息的孩子们遣返后，也被送进了这家瑞士旅馆——一座带水池和浴女雕像的方形建筑物。这些来历不明的孩子整天大呼小叫，又吃又笑，使这家旅馆，这个幸存孩子们待的地方简直没法住。不过，似乎泰奥朵拉·卡茨正是在河谷旅馆真正感到了幸福。

你带着我未曾见过的温柔问道：

"是些孤儿？"

我无法回答你。你呢，你又问：

"犹太人？"

我说恐怕是。我还说再也不该以偏概全，永远不该。不过我仍然哭了，因为我总和犹太孩子们在一起。我说：是的，犹太人。

我跟你讲，在这家瑞士旅馆里，孩子们，他们偷食物、面包、点心，并且藏起来。他们什么都藏。他们脱得一丝不挂，往水里扎。水，他们喜欢得要命。人们望着他们。在旅馆里无其他事可干。他们在这个水泥池子里把自己弄伤，但他们快乐无比，没有觉得受伤。有时水池的水被他们的血染成粉红色，于是便换水。人们无法禁止他们做任何事。任何事。

我们想摸摸他们的脸时，他们就搔我们，朝我们吐口水。

他们当中有很多人忘记了自己的母语、名字、姓氏、父母。他们发出各种不同的叫声，但彼此能够理解。据这家旅馆的人说，那个时期，他们都来自波兰，如一个地区般庞大的维尔纳①犹太人大聚集区。

"因为这些孩子，泰奥朵拉从这家旅馆逃走，以便能继续活下去。"

我曾说过，她逃离这家旅馆是可能的，但是我，我不相信。

我说泰奥朵拉取决于我。我一认识她，她便取决于我，即便我很少写她。

我说我觉得这也取决于时刻。夜里我相信已经见过她，泰奥朵拉。有些日子我以为是战前在巴黎与她结识的。早上我什么都不知道了。早上我相信我从来没有见过泰奥朵拉·卡茨。无论何时何地。

"泰奥朵拉这个名字是你杜撰的。"

---

① Vilna，今立陶宛首都维尔纽斯。

"是的。这个年轻女子的一切都是我杜撰的：眼睛的绿颜色、体态的美、她的嗓音，因为我知道她中过毒气。有人对我第一次说出这个名字时我便认出了它。它只能是我杜撰的。我杜撰了名字，或许是为了得以谈论被德国人谋杀的犹太人。一个躯体没有任何名字，这毫无用处。"

你说：

"应该说：纳粹。"

我说我从来不用纳粹来指德国人。我将继续这样说：德国人。我相信某些德国人永远摆脱不了他们的屠杀，他们的毒气室，他们弄死的所有犹太新生儿，他们在犹太青少年身上进行的外科实验。永远摆脱不了。

她住在大学街或附近的一个小房间里……她十分孤单。面容娇艳如花。她也是贝蒂·费尔南代斯的朋友，德国人一到，后者便把这间房借给了她。

我记忆犹新的是泰奥朵拉·卡茨发疯似的想学习法语，直至能用这种语言写作。

我哭了。我们停止交谈。夜将尽。谈完孩子后我们躺到了床上，我在床上哭。你说：

"别哭了。"

我说我根本止不住这些泪水。哭泣变成了我的一项义务，生活中的一种需要。我，我可以用我整个的身体、我全部的生命来哭，我知道，这是我的运气。对我而言，写和哭是一样的。不成体统才写得出快乐的书。丧事应该办得仿佛它本身便是一种文明，对死亡的全部记忆的文明，这死亡是人宣判的，不论性质如何，是受惩罚而死，抑或因战争而死。

你问我：

"应该如何处置法国的纳粹呢？"

"跟你一样，我不知道。把他们杀了。听我说，如果听任法国人和德国纳粹一样随便杀人，法国人也会变成杀人凶手。让那些人活着是法国的耻辱。没有大开杀戒，我们至今仍耿耿于怀。"

我投入你的怀抱，两个人一起哭。有时候笑笑，为哭泣感到不好意思。接着泪水又往下淌，我们又笑自己对此无能为力。

你说：

"你没见过泰奥朵拉。"

"我见过，但如同见过街头走过的大美人，或者女电影演员、女话剧演员，所有这一类的女子。出名的女子，不论美不美，但名气大，招人议论。是的，她独自移民到各地。有很多年，人们处处见到她，泰奥朵拉·卡茨。"

"有个人知道她……"

"是的。贝蒂·费尔南代斯听说过。一九四二年，有人每天早上在德国的一个车站见到她，一个运送犹太人的编组站。在那儿发现了一些很美的画，和泰奥朵拉这个人。她被送到这个车站一定是送错了，被流放的犹太人从来不在这儿上车去奥斯威辛。听说她一个人和站长在一起。还听说泰奥朵拉下火车时也许自己下错了站。也许有个德国人看她面庞如此温柔美丽，看她青春年少，便告诉她应该在此下车，这样或许可以救她一命。她拿起手提箱下了车，没提任何问题。她一定非常坚决地要乘坐这列火车，身着那件洁白的连衣裙，她那样美，那样优雅，因此没有任何人，任何铁路职员向她要票。炭笔画画的总是同一个年轻女子，总穿着同样的白色衣裳，坐在花园一角同一棵树下，一张始终面对编组站的白色扶手椅里。这些画没有存放在火车站的同一个地点。院子的地上有。到处都有。听说：地上尤其多。人们猜想战后有人住在火车站，他们遭到了抢劫。总是同样的画，画中人酷似泰奥朵拉·卡茨：她总穿白衣裳，一身英国女子的打扮，着白衣，戴帽子，化淡妆，戴一顶草帽，坐在同一棵树下的帆布椅里，面对一盘普通的早餐。她久久地待在那儿，泰奥朵拉。她起得早，总在同一时间淋浴，穿好衣服，去花园用早餐，以便随后乘这列火车，它总有一次会把她带离那儿，带离德国。火车站守卫每天给她送来美味的食物。他说每天他也在等这趟火车，他们从来没有耽误过。每天，每个早上，他们等着同一列火车，犹太人的火车。每天，每一列火车经过后，她都说现在那趟车一定过去了，不可能等到了。对这列定时驶过的火车，我思考了很久。我相信也想过，对泰奥朵拉·卡茨而言，这列火车是她的希望之车，断头而死之车，以活生生的血肉供养奥斯威辛之车。

她一辈子很少讲话，泰奥朵拉，像某些英国女子，她觉得话语喧闹，骗人，她呢，她选择了写作的寂静。

你问火车站位于德国哪个地区。她，她相信在克拉科夫以南，朝南边国界的方向。在那些被诅咒的地区。她原籍英国，但在比利时长大。她不熟悉欧洲地理，跟许多英国人一样，只喜欢伦敦、巴黎和海湾国家。

你问我那个守卫火车站的人是否在她睡着时去造访她。我相信我写过这件事，是的，在她睡着的时候。我不能肯定此人就是战争期间她住了两年的那个火车站的站长。为什么不是呢？或许他们相爱了，这点我想过，甚至想过后来她正是为情而死的。

我说我没有想方设法去打听，关于泰奥朵拉，我没有问过任何这样的问题，但我相信他们成为情人并非不可能。

你问我作何感想。我对你说，我从未问过那男人的姓名，也从未问过画上那位年轻白衣女子的姓名。我说我一听到这个故事，就讲出泰奥朵拉·卡茨这个自然听见过的名字。临了，几年后，我身边的人都这样称呼那位迷失在死亡欧洲的白衣女子了。

我对你说，我知道自己见过泰奥朵拉，但我只记得贝蒂·费尔南代斯，我对她十分熟悉，我告诉过你，她是年轻的泰奥朵拉·卡茨的朋友。我知道贝蒂·费尔南代斯非常爱她，并且欣赏她。

我从未忘记这个名字，这个时期，这衣裙的白色，这天真的对死亡列车或爱的列车——人们当时不清楚，也一直没搞清楚——的等待。

你说即便我不认识泰奥朵拉，从未接近过她，也应该告诉你我以为她可能有的遭遇。

我相信，依我的想法，她在战争结束前回到了英国。她先就职于伦敦一家很有名的文学杂志社，随后嫁给了英国作家G.O.。她不快活。我对她的了解，主要在她与作家G.O.结婚之后，这位英国作家享誉全球，我对他极为钦佩。她呢，她从未深爱过他，无论作为作家，还是作为男人。

你问我泰奥朵拉在伦敦什么样。我说她长胖了。她不再与丈夫做爱，她再也不愿意做，绝不，她说：宁可死。

你说：

"这个伦敦女子，是德国火车站的那个女子吗？"

"我从未求证过。我能说的就这些。不过，我认为这并非不可能。她总算是个人物，即便死了，也会有个归宿，被英国或其他地方的一个家庭讨回去。可是不。没人讨要泰奥朵拉·卡茨的遗体。"

"可有一次她从这个火车站走了。"

"是的。除非在纳粹德国失败后，有些人在火车站发现了她，并且把她丢在了那儿，那个火车站，就像他们在成千上万的'政治犯'集中营做的那样。对她的情人，人们一无所知。一无所知。她在这同一个火车站待过。我依然看见她，身着当天熨过的白色套装，而这一天布满她的血迹。"

我相信，正是这白色使人们永远没有忘记她。正是这衣裙的白色，和她对衣裙过分的、异乎寻常的关注，听说过她的人才永远没有忘记她，以及那些同为白色的布制鸭舌帽、她的布便鞋、所有那些东西、她的手套。她的故事传遍全欧。人们一直半信半疑，始终不清楚她是个什么样的人，为什么在那儿，在那个火车站待了两年。

是的，正是这衣裙、这夏季套装的白色使她的故事传遍全球：一位身着洁白的衣裳、很有英国女子风度的妇人，等着焚尸炉火车。

对全世界而言，这白色的端庄形象占了上风。对其他人来说，笑声压倒了一切。

"是的，也许她根本没有故事。"

"也许如此。说不定她疯了，一种潜伏的、温和的癫狂，剥夺了她看、知、理解的意愿。也许她，她的身心，患了正常状态下的精神病。至于我，我尽量使车站的现象重现。它重现了。"

你问我她是否死了。我说是。车站的礼仪重现了。由于身患癌症，她瘦了许多。她不愿意把不利于她的一面呈现于人，破坏她的清丽的形象。于是她在她住的医院附近的一家大旅馆里开了一间房，求人把她抬了去。她让人给她穿上她最漂亮的连衣裙，并且涂了脂粉。她的朋友们在那儿见了她最后一面，她栩栩如生的遗容。

下雨了。

雨落在海里。

落在森林里，落在空旷的海滩上。

夜里开始下雨。轻盈的细雨。

夏天的太阳伞还没有支上。夏令营，是公顷大的沙滩上的唯一活动。今年他们年纪小，非常小，我觉得。辅导员们不时放他们到海滩上。免得自己受不了。

他们来了。

他们大叫大嚷。

他们喜欢下雨。

大海。

他们叫得越来越响。

过了一个钟头，待在外面没有用了，于是把他们送进帐篷，给他们换衣裳，搓背，以防感冒，他们喜欢这样，又笑又叫。

人们叫他们唱《被砍倒的月桂树》。他们唱了，但声音不齐。他们总是这样。他们最愿意听人讲故事。随便什么，只要讲就行。

唱歌，他们不乐意。

　　除了一个。四处张望的一个。
　　孩子。灰眼睛的孩子。他是和别的孩子一起来的。
　　人家问他：你不跑着玩？
　　他摇摇头：不。这孩子总不开口，几个小时不说话。
　　人家问他：你干吗哭？
　　他不回答。他不知道。

　　真希望一切都带有这哭泣孩子的魅力。这孩子注视大海时大海的魅力。

　　他在这儿不快活吗？他不回答，做了一个不知何意的手势，好像稍感厌烦的手势，然后他会为此道歉，没什么，你瞧……没什么。
　　突然，人们看见了。
　　人们看见大海的壮美在这儿，也在注视它的孩子的眼睛里。

　　孩子，他四处张望。他注视一切，大海、海滩、空茫。他有一双灰色的眼睛。灰色。如同风暴、石头、北方的天空、大海、物质和生活内在的智慧。灰色如思想。时间。过去和未来混为一体的世纪。灰色。

孩子知道海滩上有个人看管他吗？一位眼睛既忧伤又笑眯眯的褐发姑娘？人们不清楚。她叫约翰娜。

有一次人们好像觉得他朝她转过身来。不对，他朝自己身后望，风从身后刮来，风力很大，这风，一阵阵的，风力那样大，好像变了方向，从森林，从不知哪个陌生的地方刮来，离开了海洋上方的天空，去另一个时代的陌生之地。

是的，他注视的正是风。在海上逃遁的风，在海的上方飞扬的整整一片海滩的风。

看管他的人就是她，这位让娜，夏令营的一位辅导员，很年轻，爱笑。她问他：你总在想什么？他说不知道。她说她也一样，从来不知道。于是轮到他望着她了。

今天，没有一丝云彩的空中有只好像中国做的风筝，我不大清楚，但我似乎认出了中国漆的红色，中国北方的红色。

孩子在，他也望着风筝，空中的红色图案。他稍稍离开众人，这一定不是故意的，他大概总是这样。如同他虽不情愿却会落在其他孩子后面。

风筝掉下来死了，孩子望着，然后坐在沙子上望着死去的风筝。

海鸥也在，面对大海，被风梳理着羽毛。它们栖息在沙上，窥视着雨变换方向。突然它们叫起来，震耳欲聋，令人害怕。接着，毫无理由的，它们朝海面逃遁，再突然转回来。疯疯癫癫的，海鸥，孩子们，他们说。

孩子们爬上山冈去食堂。海滩慢慢空了,夏季每天的这个时候都如此,这是夏令营孩子们午餐的时间。女辅导员们叫他们。那个孩子站了起来等让娜。他牵着她的手,跟在她后面。

夏季有一天将结束。你有时会记起阳光普照的海滩边滚滚而来的透明波涛。时而夏日散布得无边无际,那样强烈,那样刺目,抑或晦暗无光,有时又明亮耀眼,比方你不在这儿,我孑然一身的时候。

我永远不会知道,那孩子有一天是否会知道在这海滩上有个人老望着他。他已朝我转过身来,但只是为了看那成群结队的风筝。或者风。或者海鸥。他注视的是那位年轻的女辅导员,他知道她是夏令营行政部门指派给他的。

这是我第一次看见孩子的身体离我这样近。他是个瘦高的孩子,对他的年龄来说也许高了点。六岁,他说。

第二只风筝疯了似的朝大海飘去,然后落进了风的罗网。孩子跑过去抓它,但风筝掉下来死了。孩子停下脚步,望着死去的风筝。然后走开了。

这时从豪华住宅又传来《诺尔玛》的曲调。远远的,卡拉斯仍与孩子一起为死去的风筝哭泣。

在恶劣的天气中间出了一小时的太阳,海滩突然被温和的空气包裹。风停了。孩子们被告知可以去游泳,雨后的海水是热的。

女辅导员没有跟在他后面,也不再望他一眼。她不用望就看得见他。他脱下毛料上衣,仿佛他独自生活似的,他走过去把上衣放到她身边,和其他孩子一起朝大海走去。他没有提这第二只风筝的死。

很快,他又回到海滩,年轻女辅导员的身边。

孩子穿着白汗衫。很瘦。躯体看得分明。他长得太高,好像是玻璃,窗玻璃做的,已经看得出今后会长成什么样。

看得出,他比例匀称,关节突出,肌肉长度适中。看得出,韧带、骨骼、脖颈、大腿和手出奇的脆弱。

而且,头的姿势好像一个射出点,一座灯塔,一朵花的末端。

就这样：突然间夜里热起来。接着白天也热了。

夏令营的小孩子们在蓝色和白色的帐篷里午睡。

那个一声不响的孩子闭着双眼，跟其他孩子没有任何不同。

年轻的女辅导员来到他身边。他睁开了眼睛。你睡着了吗？他不回答，总带着歉意的微笑。你不知道什么时候睡着的？他依然微笑，说他不大清楚。

你几岁？六岁半，他说。女辅导员双唇抖动。我可以亲你一下吗？他笑了，可以。她把他搂在怀里，亲吻他的头发、眼睛。她松了胳膊，嘴唇离开孩子的身体。眼里噙满了泪。孩子也看见了。他习惯了，这孩子，他知道，有时候注视他的人会哭。他习惯了，这孩子。于是他谈起最近几天，说他怀念刮大风、起大浪、下雨的日子。

"这些会回来吗？"他问道。

"这些总回来，"女辅导员说。

"天天？"孩子问。

"不知道，"女辅导员说。

有时，我看见你却不认识你，不认识，一点都不认识，我看见你远离这片海滩，在别处，远远的，有时在国外。你在的时候，对你的回忆已经存在，但我已认不出你的手。好像你的手，我从来没有见过。或许还剩下你的眼睛。和你的笑声。还有那潜藏的微笑，时时准备浮现在你那极其天真的脸上。

风和日丽，我到外面去看看。事情大概就在这时发生了。我给你写了信，仅仅为了告诉你，就在这天早上，我对你说，也许不知不觉的，我爱上了你。你站在我面前听我讲。我还对你说，这天早上一过，告诉你我爱你，永远爱你，对我而言就太迟了。太迟了。在北方海滩的这座宫殿里，在有风有雨的正午的天空下，对你说这些话的如此强烈的需要，以后再也不会有了。

接着，太阳又露了脸，放射出生硬的绿光。天气变冷了。

次日。上午。

海鸥又飞到沙滩上，待在孩子和年轻女辅导员的身边。

孩子的眼里又露出对生活的些许恐惧。

突然间，不知为什么，全体海鸥乘着风，一齐朝海面飞去，纯白如鸽的羽毛被风梳理得平整光滑。

然后，远远的在海上，它们绕了一个大弯子，又齐刷刷地飞回海滩。但这一次，它们在阵阵狂风中登陆，这一次破破烂烂，好像被撕成了碎片，乱叫乱嚷，发了狂似的，庸俗，傲慢，和人一样。于是孩子笑了。年轻的女辅导员也笑了。

孩子边笑边看，发现海鸥飞回沙地的动作多么缓慢。他的眼里仍有那份担忧，怕它们回不来，怕它们淹死。但它们回来了。它们到了。昏头昏脑，精疲力竭。但活着。疯疯癫癫的，它们，这些海鸥，女辅导员，她说。孩子呢，他笑了。

后来，海鸥，它们先休息，然后用黄色的喙梳理羽毛，接着又像狗，像马似的叫起来，让人直捂耳朵。它们监视天空，尤其始终如一地监视唯独它们辨识得出的雨的转向。已经可以看出沙子在抖动,血红色的沙蚕开始朝天光攀登。

  孩子望着海鸥吞食血红色的长蠕虫。他冲它们微笑。有时一只海鸥吃虫时噎住了,孩子便笑了。

是的。有一天这会发生，有一天你将对被你形容为"难以忍受"的那件事感到万分悔恨，就是你和我在八〇年风雨之夏企图做的事。

有时在海边。当夜幕降临,海滩上的人渐渐散尽时。儿童夏令营撤离了之后。在整片沙滩上突然有个声音吼道:卡普里,这结束了。这是我们的初恋之城,但现在结束了。结束了。

骤然这变得可怕。可怕。每次都可怕得令人哭泣,逃跑,死掉,因为卡普里与大地一起转向了爱的遗忘。

天不再放晴，整日下雨，除了夜里，黑黢黢的天空下，云彩仍把夜色照亮。一些人走了。出租屋无人住了。但女辅导员们和夏令营还在。孩子们待在用大石头固定住的蓝色帐篷里。人们还在里面唱歌，讲故事。最后也不知道讲了什么，但孩子们在听。即使用汉语讲，用爪哇语、美国英语讲，他们也会听。要想让他们疯笑，就唱汉语歌。于是他们笑得前仰后合，笑得喊起来，然后他们齐声用"汉语"唱，年轻的女辅导员们和孩子们一样，也笑得喊起来。

住别墅、有汽车的家长带着孩子来，看看这儿发生了什么事，竟笑得如此欢畅。他们跟着笑，和一文不名的孩子们一起唱歌。

人们回家了。咖啡馆的露天座空了，被雨点打着。街道上空空荡荡。执意留下的人在空车库里玩滚球，或在旅馆的大堂里打桥牌。赌场日夜营业。超市里挤满了人。咖啡馆关门待客，拒绝向拖家带口的人供应咖啡。价钱太便宜了。他们说大咖啡壶坏了，要渗滤那么多咖啡，他们说的倒是实话，雨天他们只供应酒精饮料。如有孩子来，那就简单了，他们干脆不开门。

夏令营离开了海滩。雨下得太大时,就把孩子们关在营地,山冈上的那些大宿舍里。

从那儿,从那些建筑物里,孩子们可以看见眼前伸展着的辽阔的海滩。远处,孩子们还可以看到其他的海滩,埃讷克维尔的海滩,尤其是山脚下,俯瞰大海的悬崖崩塌后留下的石块。这一望无际的空洞布满滑到黏土里的巨大的黑色岩石。女辅导员们说,此事距今有几个世纪,或者几夜。

你问我:
"我们在哪儿?"
"我说过: 在沙塔拉。"
"沙塔拉后面呢?"
我说,在沙塔拉后面还是沙塔拉。就是那儿。因为爱之城位于那儿。

再后面是维莱维尔的海滩,女辅导员说,阿加塔海滩。之后是派纳德皮,阿尔伯公爵们的黑色木桩。在喇叭形河口湾之后,塞纳河离开陆地注入大海。剩下的是非洲木材港的遗址,鳗鱼和鲤鱼漫游的泥塘,以及幼兔出没的荆棘丛。然后是面朝塞纳河、已毁的红砖玻璃窗德国工场,和巴黎的工场一模一样。在我的一本书里,你对着它哭泣,站在闪着蒙尘的窗玻璃钻石般光彩的红色地面上——面对这条河,它以光的速度,如千匹脱缰的野马,猛地冲向大洋。

后面，再后面，是位于韦尼埃沼泽冲积地的基尔伯夫，我和你在那儿第一次，也是最后一次与埃米莉·L见了面。

孩子们留在了市政府划拨给夏令营的驻地。它在黑岩豪华住宅上方的山上。由于天冷，由于令孩子们感冒的雨天寒气，人们给他们穿上了毛衣。然后领着他们唱歌。他们唱了，但时间不长。许多孩子躺在了地上，然后睡着了，没人管他们。许多女辅导员和孩子们一样，也躺在地上睡着了。

你明白，这个，对一个幼时什么都想要，什么都想同时要的人，是无法抗拒的。撕书，烧书。担心书籍消失。你当时知道那本书已存在。你对我说：你以为你在做什么？这是什么意思？活着就是整天一刻不停地写？你将被所有的人抛弃，因为你疯了，叫人吃不消。一个蠢女人……你甚至看不出每张桌子上都摆满了你的草稿，一叠一叠的……

偶尔我们一起笑你的狂怒。爆笑。偶尔你也怕我把书扔进海里，或把它烧掉。有时候你沿着不同的路线，一站站欣赏山上各大饭店、被列为世上最奢侈饭店的那些不可言喻的酒吧间男招待，清晨五点才回来。看过这些妙不可言的人后回家，你很高兴。经常你回来时我已睡了。我听见你去大房间查看手稿是否还在桌上，然后去厨房看看盒里还有没有咖啡和面包，有没有黄油和咖啡！

我不再同你讲话，只在幸福中向你道一声早安。把你一个人丢下。给你买牛排。只在早上看见你头发蓬松地从屋里出来去找杯黑咖啡喝，那副管理人和视察员的神气让我笑出眼泪。

你很可怕。我常常怕你。我们周围的人为我担心。我觉得你越来越有诚意，但对我而言这太晚了，我再也无法阻拦你。正如我从来无法不怕你。你不善于消除被你杀死的担忧。我的女友和熟人都对你的温柔着了迷。你是我最好的名片。你的温柔，它把我带向死亡，你一定毫无意识地渴望给我的死亡。每夜。

有时候，你一觉醒来我就害怕。每天，哪怕仅仅几秒钟，你和所有男人一样，变成女人的杀手。这每天都可能发生。有时候你令人害怕，像一个迷路的猎人，一名在逃的杀人犯。为此，我周围的人有时为我担心。我呢，我改不了，我怕你。每天，在你不注意的某些短暂的时刻，我怕你投向我的目光。

有时候单单你的目光就令我害怕。有时候我好像从来没有见过你。我不再知道你来此地寻找什么，在这个面向广大公众的海水浴疗养地，在这个致命的、人满为患的季节。在此地你比在你的省会更加寂寞。

也许为了能够把你杀死，把你赶走，我不知道，有时我觉得从来没有见过你。不了解你，直到惊恐不安的地步。不再明白你为何在这儿，到这儿来寻求什么，今后有何打算。未来是我们唯一不触及的话题。

你也一样，你大概不再清楚来这儿做什么，在这个已上了年纪的、为写作而疯狂的女人家里。

或许这一如往常，到处都一样，这没什么，你来仅仅是因为你当时感到绝望，正如你在活着的每一天都感到绝望，某些夏天，白昼或夜间的某些时刻，比方当每晚太阳离开天空，沉入大海之际，你,你总情不自禁地想死。这,我知道。

我看出我们俩迷失在同样的天性里。有时我会对我们这类人充满柔情。朝三暮四,人家说,有点疯癫。"一些不再看电影、看戏、参加招待会的人"。左翼人士,瞧,他们就是如此,他们不会生活了。戛纳,这令他们厌恶,还有摩洛哥大旅馆。电影,还有戏剧,全一样。

又起风了。天空再度变黑。

大海一望无际,又成为茫茫一片的雨。

孩子站在墙前面的挡雨披檐下。他注视着海,没有拿堆积在海滩上的小石子玩。他把石子紧紧攥在手里。他穿了一件红衣裳。年轻的女辅导员在他身边。她望着他,望望雨,又望望他,这孩子。孩子的眼睛比平时更亮,更大,也更吓人,因为可看的东西广阔得令人失明。

这天过后不久,有一次,我记得,女辅导员走进一顶白色大帐篷。她开始讲大海和一个孩子的故事。所有的孩子都望着大海。
从前,年轻的女辅导员说,从前有个名叫大卫的小男孩。他和父母乘一艘游艇,希斯泰姆海军上将号环游世界。
有一天,海上起了风暴。
惊涛骇浪之中,希斯泰姆海军上将号连同人员和财产一起沉入海底，除了他，这个小大卫。想不到一条鲨鱼正好经过，它对小男孩说，喂！小孩，骑到我背上来。于是他俩双双在大海上巡游。

"哦！啊！"孩子们说。

年轻的女辅导员停了一下，然后接着讲：

鲨鱼很快游出了海面，女辅导员说。

接着，她住了口，睡着了。他们叫起来。她又开始讲。

女辅导员讲得慢条斯理，娓娓动听，她希望孩子们保持安静，而孩子们完全静了下来。

拉泰克塔布姆是鲨鱼的名字，她重复道，必须记住这个名字，不然你们什么也听不懂。

听到鲨鱼这个名字，孩子们哄堂大笑。有的笑鲨鱼，有的笑女辅导员。

孩子们乱重复一气。他们有节奏地重复着：布姆，布姆，泰勒。泰勒，拉泰克，布姆，布姆，他们说，这是一样的。

那个不作声的孩子听没听年轻女辅导员讲大卫的故事？人们无法知道，不过肯定听了，这是个什么都听的孩子。这天晚上，他有点像第一次听人讲故事。他注视着年轻女辅导员，但那双灰眼睛里什么都没有，他朝年轻女辅导员望，正如朝海鸥、大海望，朝比海滩、大海、风更远的地方望，朝沙子、云彩、喳喳叫的海鸥和被杀死的红色蠕虫望。女辅导员讲大卫的故事，还有那条鲨鱼，它有着无法去说的名字……

353

大海呈现出泛着乳白的蓝色。没有风带走年轻姑娘讲的大卫的故事。她躺在一块帐篷布上,仰望天空,随便讲着什么,然后笑起来。孩子们也笑了,尽力地听。

大海如此平静,成群的燕子也飞来了,在海滩上方盘旋,灰丝绒的羽毛,姿态优美,好像迷上了孩子们,迷上了孩子们的肉。孩子们呢,这令他们好笑……

鲨鱼责备哭泣的大卫。女辅导员继续讲。他提醒大卫,是它吞下了他的父母,当着它的面哭,这样做是失礼的。

突然间,年轻女辅导员好像睡着了。孩子们叫起来。

"赶快讲这故事,不然就揍你,"孩子们叫道。

岛出现了。女辅导员笑着说。

她忘了,接着又想起来,她说:

可这是一座赤道岛!大卫说。

她又忘记了下文,她说:

"我忘了,"她说,"请原谅。"

孩子们吼起来:

"绝不,绝不。"

于是她还是讲了。孩子们照样地听,但最后他们发现她讲的不是同一个故事,她已经开始讲的那个故事,他们又嚷起来:

"赶快讲这故事,不然就揍你。"

于是她讲道:

可这是赤道岛，大卫说。

正是。鲨鱼说。

这时她说她什么也不知道了。

然后她睡着了。

这是晴朗但没有太阳的一天的晚上。海滩的年轻女辅导员走在木板路上。她和孩子在一起。他差不多在她身边走。两人走得很慢。她跟他讲着话。她对他说她爱他。说她爱一个孩子。

她告诉他她的年龄，十八岁，以及她的名字。她要求他重复一遍。他重复了名字、年龄。他说约翰娜。他说十八岁。接着他又把约翰娜这个名字重复了一遍。这时他问：约翰娜，姓什么呢……年轻姑娘说：戈德堡，约翰娜·戈德堡。孩子重复了全名。

年轻姑娘问他叫什么名字。

孩子说：

"斯泰奈·撒母耳。"

他冲一个全世界唯独他还记住的形象微笑。

"我的小妹妹，叫斯泰奈·犹滴。"

孩子和她，女辅导员。他们一起走着。两人瘦削，纤细，有同样的身材，同样倦怠的长长的步伐。今天早上他们沿着大海走。两人很像。非常瘦的白种黑人。从天上跌入凡尘。

一种不安的情绪似乎开始在其他女辅导员和童子军女领队中间蔓延。因为两人形影不离。

她在路灯下停下脚步，捧起孩子的脸，凑近灯光看他的眼睛：灰色，她说。然后她放下他的脸，跟他讲话。

她对他说，他一辈子都会记得这八〇年的夏天，他六岁这年的夏天。她要他注视一切。还有星星。还有一长列昂蒂费①的油船。一切。她要他今晚好好看看。大海、城市、河流彼岸的那些城市、旋转的灯塔，你好好看看海上各式各样的船，非常漂亮的黑色油船。还有英国的大渡轮，白色的船……所有的渔船，——你看看那边的万家灯火——她要他注意听夜里所有的声音。这是他六岁的夏天。在他的一生中，这个数字再也不会回来。要他牢牢记住伦敦街——只有他和她认识这条街——它是太阳神庙。她对他说，等他十六岁时，可以在今天这个日期来，她将来到海滩上的这个地点，但要晚一个小时，将近午夜时分。他说他不大明白她的话,但他会来的。

她说她会认出他,他应当面对伦敦街等着她。他不会搞错的。

她说: 你和我咱们一起做爱。

他说好的。他没说他不明白。

她说: 海面将空荡荡的,已是入夜时分,海滩将冷冷清清,众人都在阖家团聚。

他俩朝大海走,直至消失在沙子里,直至目送他俩的人心惊胆战。

而这一直延续到他俩返回网球场。

她把他扛在肩上。她唱道,她在清澈的泉水旁歇息,永远,永远不会把他忘记。

他们久久地走着。时间不早了,海滩上空无一人。

他们离开木板路,消失在山里。

他们走后,天还没有完全黑下来。他说他想跟她说点什么。

于是年轻女辅导员又哭了,她对他说这没必要,她知道他想对她说什么,可这没必要,她知道,孤儿院行政部门的人告诉过她。然后她掩住脸哭,接着讲大卫的故事。

其他的孩子,女辅导员们讲故事的时候,他们总过来听。

那么,女辅导员说,这就是赤道岛。拉泰克塔布姆把大卫放在

---

① Antifer,法国勒阿弗尔的石油新港。

一个海滩上。你这是在源泉岛上了,它对大卫说。大卫问源泉在哪儿。鲨鱼说源泉住在一个大铁笼子里。大卫说谢谢你。大卫向鲨鱼致谢。谢谢,先生,大卫说。不用谢,鲨鱼说,今后你有什么打算?会有的,大卫说,你呢,你有什么打算?没有,和你一样,鲨鱼说。不过它将动身去危地马拉。它问道:有什么别的事可干呢?大卫同意。冬天有一点热的海水,这对慢性支气管炎有好处,鲨鱼说。它盯着大卫看:看他气色那样好,营养那样好,鲨鱼的情绪明显低落,开始以异乎寻常的速度,用夹杂着呼噜、打嗝、难以置信的感叹、牙齿的格格声等等不知什么语言,声音很大地讲起话来。大卫叫它冷静些。好吧,鲨鱼说。于是它冷静了下来。

孩子们呢,他们求年轻姑娘"随便讲"。她说她不会,这很难。

这时鲨鱼和大卫分别了。他们互祝逗留愉快,一路顺风,身体健康,新年好,然后分别了。因为有什么别的事可干呢?

鲨鱼走后,大卫睡着了,然后醒来,然后又睡着了,就这样反反复复了很长时间。后来,有天晚上,大卫遇到了一件事。天空呈现出海上风暴的金色,和夜色一样晦暗——人们来不及明白,刹那间就发生了。

突然,年轻女辅导员不再讲述,她躺在沙子上,说她困了。于是孩子们,他们大声嚷嚷,他们揍她,骂她大坏蛋,她呢,她笑笑。你到底讲不讲,不讲就杀了你。她还笑。她笑着睡着了,他们呢,他们去海里游泳了。只有他,灰眼睛的孩子,留在睡着的她的身旁。

一天早上，天空显出蓝漆色，太阳还在山的后边。孩子从木板路上走过。我望着他。望着他直到他没了踪影。然后我闭上眼睛，以便重新遇到那无边无际的灰色目光。

年轻的女辅导员在木板路上停下来，望着孩子回来。他来了。他注视着她叫他买的明信片，他知道在市场上可以买到最漂亮的明信片。这是她告诉他的。他做了她说的该做的事。

姑娘在明信片上写字。

现在，明信片上写了姑娘的名字，日期，一九八〇年七月三十日，他十年后应该来的日期和钟点，一九九〇年七月三十日，午夜。

明信片上的画是头一天海滩的地点，网球场路、散步大道和伦敦街的交叉口。那么美，她说，最美的街，她最喜欢的街，美得像面对大海的阳光隧道。

在大海里如同在睡眠中，我看不出这孩子和其他孩子有什么不同。她去找他的时候，我才看见他。我注视着他俩。海处于低潮，太阳硕大，从一个天际去另一个天际，黄得像金子。

此时事情发生了,她去找他,我看见了他。她把他扛在肩上,两人朝海里走,仿佛要一块死。不对。孩子是被她拖到海水里的。他还有点怕,惧怕令他发笑,开怀大笑。

他们从海里出来。她替他擦了身,然后丢下他。她呢,她回到海里。他望着她。她走,走得很远,在退潮时必须走很远才能抵达深海。孩子目不转睛地望着她,她向海里逃跑时,他始终很害怕,但他什么也不说。她躺在海水上走了。几乎没有回转身向孩子送个飞吻。他看不见她了,她头埋在海水里朝深海游。他始终望着她。她身边的海水被风遗忘,她被自身的力气所抛弃,她散发出一个沉睡女子的魅力。

孩子坐了下来。

他始终望着她。

姑娘回来了。她总回来,这姑娘。她总是回来的。然后她问他是否记得她写在明信片上的她的名字。他说出一个姓,一个名。她说对,这是她的名字。

女辅导员睡着了。

孩子盯着这片海滩看,他不大明白这片海滩为什么在这儿,他从来没有见过它。最后他也不想弄明白了,他走近她,女辅导员。她睡了。他轻轻把手放在她的手下面,万一她把他忘了呢。她的手没有动。然后孩子立即也睡着了。

次日，太阳出乎意料地又回来了，它再次出现在完美的天空。下面，大海波平浪静，和天空一样无辜、平滑。人们一眼可以看到勒阿弗尔后面的圣阿德雷斯，甚至昂蒂费。

在黑屋子里我们望着夜的光，夜的透明。你在我的身边。我说：得有个人讲一次昂蒂费的美。讲讲如何既孤单又面对上帝。背依远古时代的峭壁荒凉而光秃，与一个可能的上帝的绝对缺席相契合。

姑娘从海里游泳回来了。她一丝不挂，和孩子一样，现在她赤身裸体地躺在孩子身边。

两人久久不说话，闭着眼睛。

然后她跟孩子讲鲨鱼的故事。

那天晚上，风暴的金色，她，年轻的女辅导员说。大卫听见一个声音，一个活的声音，有人在岛上哭，但不带怒气，他不大清楚，也许有人在哭，也许在睡梦中哭。

大卫寻找，他转过身，看见岛上的动物全躺在金色的阳光下。钻石般的眼睛如同一大群横卧动物身上的窟窿。眼睛齐刷刷注视着大卫。

我是迷途的孩子，大卫叫道，别害怕。

于是动物们走近大卫。

谁在哭？大卫问。

源泉，动物们说。

十分轻柔的哭声随风从海上飘来。

她每天晚上哭。这是一泓哭泣的泉水。她来自一个遥远的国度，叫危地马拉，为了来这里，她横越两大洋和海底的二十二块大陆。

她有七亿年了，一只老野兔说，现在她活够了，她想死，一到夜里，源泉，她就呼唤死神。

大卫没有回答。

她是为此而哭，你明白吧，一头幼豹说。

该设身处地替她想想，一只小灰猴说。

好像她在听，大卫说。

有人在呼唤，听……是源泉，我们大家的母亲，我们伟大的大洋侨民。北半球的大赤道源泉，小白猴说。

全体动物都在听。大卫也在听。

谁到岛上来了？源泉细声细气地问。

一个孩子，亚洲小水牛说。

啊！一个小人儿……

正是。

他有手吗，这孩子？源泉又问。

有，动物们齐声回答，至少有两只，好像……

大卫伸出手给动物们和源泉看。

他捡起一块石头，动物们说。

他把石头抛向空中。

他接住石头。

那么，是他，口琴，今晚？源泉问道。

今晚，是他，动物们说。他们为源泉高兴。其他日子，动物们，它们不知道小大卫是谁，而今晚，正是他，口琴。

感谢上帝，源泉说，愿上帝保佑小大卫。

对，动物们重复道。

源泉用神奇难懂的话念了一段祷文。动物们按各自的讲话方式回答，发出一片全然意想不到的噪音。

然后：杀人，他会吗，这孩子？源泉虚伪地问。

不会，动物们说。接着，动物们等着，他们待在那儿，以便阻止源泉想各种办法去死。

不，动物们说，不，不……孩子，他什么都不杀。什么都不。

源泉不作声，一直缄默无语。然后，突然间，在夜晚的寂静中响起哗哗的流水声。

她从大西洋蓄水池出来了，动物们说。

源泉现身了。

姑娘说，源泉是一个人，同时也是一座水山，玻璃状的好似翡翠。她没有胳膊，没有脸，失明，走路纹丝不动，以免弄皱一身衣服上的水褶。

她寻找大卫的手，源泉，她说。

夕阳进入她已死的眼睛，接着天黑了。

大卫，大卫，她，失明的源泉呼喊着。

她找大卫去死。孩子环顾四周。

她哭了。大卫，大卫，她叫道。

于是大卫做了下面的事：大卫掏出口琴，吹奏了一支十分古老的危地马拉波尔卡舞曲。

于是……于是……好好听着……源泉停止叫喊，目瞪口呆，然后踏着年轻人的十分舒缓的舞步，带着女童的优雅姿态，跳起了她的故乡危地马拉那缓慢又如此轻柔的波尔卡舞。

她一直跳到黎明时分，年轻女辅导员说，当白昼来临，她边睡边舞。于是岛上的动物们慢慢地把她带回大西洋蓄水池黑暗的洞窟。他们用亲吻温暖她影子似的身体，这些吻靠对生命的遗忘使她复生。

年轻女辅导员不说话了。灰眼睛的孩子在她身边躺下睡着了。他把两手放在姑娘年轻的乳房上。她没有动，听任他这样做。在衣裙下他找到了乳房。他的手被海风吹得冰凉。他惊叹不已。他使劲捏乳房，捏得很疼，他无法放手，无法忘记，当她把他的手移开乳房时，眼里流了泪。

人们相互说着与下午以及来临的夜毫不相干的事，但这些事关系到上帝，关系到他无处不在的缺席，如同在未来的茫茫无际前那如此年轻的姑娘的乳房。

卡拉斯最后一次咏唱她的绝望，卡普里冲过来把她杀死。诺尔玛一被谋杀，这就结束了，卡普里的嚎叫响彻海滩、国家、城市、大洋，世界末日辉煌的存在已被证实。

一九八〇年八月。

我身边，这片海滩人满为患，地球绕着太阳公转。

一九八〇年八月。格但斯克。

格但斯克港。对全世界而言，它变成了因贫穷和孤单而遭受侵略的人民痛苦的代名词。

格但斯克和孩子一样令人颤抖。和这孩子一样孤单。成了俘虏。被中日耳曼经常猖獗的法西斯主义扼死了。

孩子随夏令营一起经过。他望望身后，又望望海。

姑娘，她来晚了，她带来了早餐。她与孩子会合，用手搂住他的脖子。她跟他讲话。他走着，朝她微微仰起头，注意听她讲，不时露出笑容。他和她一样微笑。她因为格但斯克而高兴，她说。他呢，他对格但斯克一无所知，但他也高兴。

她讲述鲨鱼对大卫的拜访。一次它带着美国口音来，另一次带着西班牙口音，还有一次带着特怪的口音，打喷嚏、擤鼻涕、嚎叫的口音，只得忍受它。孩子笑了。开怀大笑。他笑的时候，姑娘就停止讲述。然后再接着讲。她说有一次它戴了一顶鸭舌帽来，是它去听一场纽约的摇滚音乐会时在阴沟里拣到的。人们甚至不知道音乐会在哪儿举办，它听到的那份喧闹是否真是一场音乐会。但是鲨鱼就是鲨鱼，毫无办法，它蠢得很，女辅导员说。愚蠢。

孩子问鲨鱼将在纽约做什么。

年轻女辅导员说，鲨鱼为鲱鱼群维持治安，它去纽约港和曼德勒港盯渔民的梢，然后给鲱鱼送情报。这样做糟透了，姑娘说，但生活就是这样。孩子好像没怎么听懂。

接着她说，有一天鲨鱼回到岛上，要求大卫来，想给他看马尾藻海的牧场，那儿从来没有风，没有浪，只有轻柔的涌浪。永远不冷。有时大海因为一条乳房受伤的母鲸的奶水变成白色，大家在乳房流出的奶海里游泳，喝奶，在温热的奶里翻滚。这是无法言说的幸福。

来吧大卫。来吧。大卫。

最后大卫来了。

于是鲨鱼哭了，大卫不明白为什么。

岛上所有的动物都来到大卫身边，开始晚上的梳妆打扮，舔着从此成为它们孩子的大卫。

但鲨鱼想的是去沙滩把大卫偷走。这是抵御不了的。有我们在，别怕，动物们对大卫说。

大卫对鲨鱼说：瞧，又来了，谁也不明白你要什么。

鲨鱼，它哭了，又叫又嚷，说这不是它的错。

于是大卫和鲨鱼为了鲨鱼们如此不公正的境遇一起哭。

这时灯火通明，空中突然响起液体的雷声，伟大的大洋侨民缓缓走出大西洋蓄水池看夕阳西下。

一直失明又一直如此美丽的源泉，问是谁痛得叫唤，说这很失礼，大西洋蓄水池里吵得听不见对方的话了。

这时全体动物齐声说：是想吃大卫的鲨鱼。于是大卫明白了，他为鲨鱼难过。

岛上全是痴子，伟大侨民用法语说。

孩子问源泉是否每晚跳舞。年轻女辅导员说是的，每晚一直跳到夜色降临，并不总按拍子跳，也并不总跳危地马拉的波尔卡舞，有时跳卡洛斯·达莱西奥的探戈。有时也跳缓慢的葬礼帕萨卡里亚舞，这儿无人能肯定谁是该舞的作者，据某些人说，大概是位德国的老管风琴演奏家。

孩子问大卫在岛上待了多久。姑娘说两年，但她也不能肯定。

她问他是否想知道故事的结局。他做了个否定的手势，他不想知道。他不再说话，哭了。他不愿意源泉或者鲨鱼死。大卫呢？女辅导员问。他说：也不愿意大卫死。

接着姑娘又向孩子提了一个问题，问他更喜欢大卫怎样做：

杀死源泉还是让她活着。

孩子望着海和沙,但视而不见。他犹豫不决,然后说:杀死源泉。

接着孩子问:你呢?她说她,她不知道。但也许和他一样,杀死她。

她说人们不知道为何希望源泉死。

孩子说真的,人们不知道。

玻璃窗外,天突然黑了。夜在不知不觉中到来,天色已十分昏暗。人们思考着孩子和大海的野蛮,思考着所有这些极其相似的差异。

姑娘说过去人们总写世界的末日和爱情的死亡。她看出孩子没有听懂。两人为此笑了,大声地笑。他说这不是真的,是写在纸上的。他们笑了。于是她说,孩子,他懂了。他们笑了。她还说,如果没有大海,没有爱情,谁也不会写书。

夏令营度过了夏天。那儿有灰眼睛的孩子。在他身边,总有她,那个年轻姑娘。大家唱了歌,除了他俩,孩子和她,夏令营的女职员,那位孤独的姑娘。

你知道,他们又去了防波堤的另一侧。朝黏土山和黑木桩的一侧。在那儿,她为孩子唱道,在清泉边她反反复复地散步,她唱了这个。她说,从朗布依埃经过的非犹太裔流放犯们也唱这首歌。他问流放犯们是谁。

她说:是法国人。后来犹太裔流放犯临死前也唱了清泉这首歌。

然后她很长时间没有说话。

后来她说这是些犹太人。

海水正在退潮,姑娘跟孩子讲最近读的一本书,它依然烧灼着她的心,令她欲罢不能。书中讲的是没有引起死亡但等待死亡的爱情,它比肉欲的爱强烈无数倍。

姑娘告诉孩子，她对他讲的话，他有些听不明白，正如她注视他时，对自己也有些不理解。她告诉他她爱他。她说：

"我爱你甚过一切。"

孩子哭了。

姑娘没有问他为什么。

接着孩子又问起犹太人的事。姑娘不知道。

跟第一天一样，大海用愤怒的滚滚白色浪涛冲击着海滩，它给海滩带回浪涛，如同它将带回昔日的爱情。或者直至地球生存的万世之末也永不会被遗忘的、德国焚尸炉中被烧焦的犹太人的骨灰。

灰眼睛的孩子在这儿。姑娘也在这儿。形同陌路。

他们望着海，避免互望。试图永不互望。不再互相讲话。

正当他们望着别的东西时，孩子哭了。

我把他们从海边，从风中领回来，就像我对你做的那样，我把他们关在超越时间的迷失的黑房间里。我称作犹太屋的黑房间。我的房间。也是扬·安德烈亚·斯泰奈的房间。

孩子，他哭了很久。姑娘听任他哭。他把她，那姑娘忘记了。

后来姑娘问：

"你想起什么了……"

孩子说：没什么。然后他闭口不语。然后他清清楚楚地说，他的小妹妹,德国兵,他朝她头上开枪,她的头,炸开了花。孩子没有哭。他尽力回忆,他记起来了。他讲到处是血。狗也被德国兵杀了,因为它朝他扑过去。狗叫得厉害。他说他还记得。

她,小妹妹的年龄,两岁。孩子,他记不得别的。

他住了口。他望着她,面色发白。他怕说出他隐瞒的事。他说他不记得了。

她一声不吭。又望着他。她说:

"的确,什么也记不得了。"

他不开口。然后他说:

"我母亲,她喊起来,她叫我逃,赶快,立即从公路走,永远,永远别向任何人讲犹滴的事。"

孩子突然住了口。仿佛失去了理智。仿佛突然间惧怕又变成了法则,仿佛突然间他开始怕她,怕这个姑娘。

她久久地望着他,然后对他说:

"你必须讲这个,不然你和我会死的。"

孩子听不懂。她看了出来。她说,不如此,这会再次发生。

孩子又看看她,露出了笑容。他说: 你是说着玩的……

她冲孩子嫣然一笑。他问她:

"你,你也是犹太人?"

她回答说她也是犹太人。

孩子从未见过如此猛烈的风暴,他一定很害怕。于是姑娘把他抱在怀里,两人一起进入海浪的泡沫。

孩子吓得心惊肉跳。他忘记了姑娘。

正是在这忘却中,姑娘看见了孩子明亮清澈的灰眼睛。她闭上了自己的眼睛,忍住不进入更深的泡沫中,她其实很想这样做,以便把他们这两个犹太人也杀死。

孩子一直注视着浪涛,浪涛的一来一去。他的身体不再轻微地颤抖。

姑娘转过脸去不看海,亲吻着孩子的头发,头发散发出海风的气味,她哭了,这天晚上孩子知道了缘由。

她问孩子冷不冷,他说不冷。问他还怕不怕,他说不怕,他撒了谎。他改口了,说夜里有时候怕。

孩子问她能不能走得更远,走到波浪被拍碎的地方。她说如果她这样做,大海的力量很可能把他俩分开,把他卷走。孩子以为她说笑话,笑了。

她问他父母的事。孩子不知道他们葬在何处。他们吞了药丸,母亲总跟他说他们会吞药丸的。她把他放在门口,然后他们可能立即就死了。

他见过他们的尸体吗?

没有。只见过小妹妹和狗。

德国兵,他见过吗?

没有。他走后,公路上有德国兵乘车经过。

姑娘不出声地哭得很厉害。他望着她。心中诧异。他什么也没说。

"后来你怎样了？你记得什么？"

"我是从公路走的。在一块田里有几匹马和一位妇人，她听见了枪声。她叫我，给了我面包和牛奶。我留在了她家，但她怕德国人，于是把我藏了起来。"

后来她还是害怕，于是把我送进了儿童救济院。

"一直在那儿？"

"我想是的。星期天我们到森林去。这我记得。"

"从不去海边？"

"从不。这是第一次。"

她说：

"你在儿童救济院过得好吗？"

他说是的，过得好。他哭了。他还说，这一次喊着说：那个德国兵，他朝我妹妹开枪时，狗扑到他身上，士兵，他把狗也杀了。

两人又互相望了望。他说：

我清楚地记得狗的叫声。

接着孩子不再注视任何东西。他注视虚空。他说母亲对他说过他们是犹太人。而德国人，他们杀犹太人，全体犹太人。他们，德国人，希望从此再也没有一个犹太人。

孩子迟疑片刻，然后问情况是否依然如此，德国人，他们是否继续在谋杀。

姑娘说不。他望着她。她不知道他是否相信她的话。

后来他们朝北方，朝港口码头前塞纳河小海湾的沼泽草甸走。

他们穿过退潮后露出的沙滩，朝着航道，走到黑木桩那边。此地的海滩低洼处尽是淤泥，姑娘又抱起了孩子。

他们穿过海湾的大片沙滩。越朝前走，木桩越高。

后来姑娘把孩子放下，两人来到塞纳河的最后一个沙洲。她说，河继续流向大海，然后消失得无踪无影。她叫他看看水的颜色，绿还是蓝。

孩子看了。

姑娘躺在沙滩上，闭上了眼睛。

于是孩子到附近拣贝壳的人们那儿去。孩子走后她哭了。

他呢，他不时回到她身边来。

他回来注视她的时候，姑娘知道。

他又去渔民那儿，然后再回来的时候，她也知道。

他给她渔民剩下的东西，小灰螃蟹，虾，空蚶子。姑娘把它们扔进最高的黑木桩脚下的水坑里。

后来海水慢慢泛出绿色的珠光。

后来昂蒂费的长列油船颜色变得更深。

后来海水开始涌入塞纳河。海水和塞纳河水泾渭分明,如同一本易懂的书那样清清楚楚。

孩子和姑娘回来了。他紧贴着她,两人久久四目相对。尤其她。好像突然成了陌生人。

她对他说:你是灰眼睛的孩子,你就是这个。孩子看出他不在时她哭过。孩子说他不喜欢她哭。他知道这是因为他的小妹妹,但他有时候忍不住要谈马利亚。她问他马利亚眼睛的颜色。他记不得了。绿的,他想,他母亲说过。

光阴荏苒,已近秋季。但夏末尚未到来。

天突然冷了。

姑娘抱起孩子,把他紧紧搂在怀里,亲吻他的身体。于是孩子说,有时候在夜里,他梦见自己还在为这个小妹妹和狗哭泣。

孩子朝航道望,也许他害怕,因为大片的沙滩上现在只有他俩。姑娘对孩子说不该再害怕。她把他放到地上,孩子不再害怕,他们在来时走过的路上走,海水涨潮时被淹没的荒地之间的路上走。

这时姑娘跟孩子谈话。她对他说,她更喜欢他和她之间现在这个样子。

她更喜欢这故事到此为止,哪怕孩子不懂她的话,她更喜欢这故事在这个欲望上打住,哪怕这可能导致她自杀。不是真的死,你明白,是死去的死,不觉得疼,不伤心,不受惩罚,什么也没有。

她说: 但愿这完全不可能。

她说: 但愿这完全没有希望。

她说如果他更大一些,他们的故事会令他们分手,她甚至无法想象这样的事,他和她目前这个样子很好。她补充说,如果她的话他不全懂,这没关系。孩子哭了。他毫无理由地哭,仿佛对小妹妹的谋杀从未停止,谋杀继续在地球蔓延,慢慢蔓延到整个地球。

她还对他说,她知道他还无法听懂她对他说的话,但她不知道他竟然会保持沉默。

孩子倾听一切。这孩子,他什么都听。

他走着,有时望望她,久久地,仿佛头一次见到她。

开始他什么也没对姑娘说。什么也没说。

后来他说他累了,她又把他抱起来。当他被抱在怀里的时候,他久久望着她的脸,带着她从未见过的严肃神情,突然间低声对她说,好像别人能听见似的,他对她说,如果她不带他走,他就投海自尽,其他孩子告诉过他如何在海里寻死,现在他知道怎样做。

正是此时姑娘答应无论如何将带他一起走,她向他发誓,永远永远不丢下他,永远永远不忘记他。

终局开场了。

南郊的营员到了。他们在客车四周等,司机们看管着他们。

南郊夏令营的女主管朝山坡上望。

她说:应该叫警察来。孩子没回来。女辅导员也没回来。应该叫。

从图克喇叭形河口湾那边传来第一阵警笛声。好似沿公路那些小工厂的下工号。

姑娘躺在灌木丛后面。孩子过来紧挨着她,仿佛想丢失在、消失在她的身体里。孩子不知道。孩子,他令人害怕。他叫道:

"我将和你在一起。"

响起第二阵警笛声,更舒缓,更柔和。她说:

"走吧,我跟着你。"

于是孩子站起来,四下张望。他远远望着空荡荡的网球场、关闭的别墅,她呢,无力地躺着,默不作声。他望着远处南郊的客车,箱式运货卡车。孩子见到这些,便朝山冈望。一切都很平静。一切都很清楚。孩子,他应该已经知道如何做才能永不回来。

又一阵警笛声,这一次更长,更响,消失在海里。姑娘低声叫道:
"现在走吧。我恳求你,走。"
孩子再一次望望这个夏季的大沙漠和她,这位陌生人。
他说:
"和我一起走。"
她说不,不行。她等等再去找他,但她会去的。今夜,她说,或者明天,或者更晚,但不是今晚。她说今晚她不敢这样做。她说必须等等。他按她的要求做了。他慢慢离开那个地点,开始走。随后他朝山冈的方向走。

她没有看着他离开。她依然唱着她在清泉边歇息。

她摊手摊脚地躺着休息,闭着眼睛。在肆无忌惮的幸福中唱着歌。

她一唱歌,孩子就不怕了。

他们四目相对,突然笑了,好像欢乐一闪而过。孩子明白了:现在她绝不会忘记他,永远不会忘记他,对犹太人犯下的罪行,在得悉他和她的故事后从地球上消失了。

在黑房间里,时间突然缩短了。这是在晚上。

她对他说，无论她去哪儿都将带上他。今夜她将找到他，他应该一直走到森林，过了森林，他应该在为外国旅游者标了白色记号的小径上继续前进。

我记起来了。
这是在故事开始的时候。然而我回想起来了。
她问他：你最爱什么。
他努力弄明白这个问题，然后问她，她最爱什么，她回答：
"跟你一样，大海。"
他说一样：大海。

我不再知道孩子内与外的区别，他周围的事物与维持他生命的事物之间，与把他和这生命分开，和这混乱的生命分开的事物等等之间的区别。

然后我回来谈那孩子身体的脆弱，那些暂时的不同，他的心脏轻微的跳动，单单这些就述说着他的生命，每一天，每一夜，这生命朝着注定只留给它的未知前行。

我不再知道格但斯克的人与教士们有何不同。维尔纳成千上万饿死的孩子与年轻神甫耶尔齐·波皮耶卢什科[①]有何不同。

---

① Jerzy Popieluszko，波兰团结工会的布道神甫，一九八四年十月十九日被杀害。

还有东方的坟墓与葬于乌克兰和西里西亚土地上的诗歌有何不同,阿富汗土地上死一般的寂静与这同一个上帝深不可测的恶意有何不同。

我不再知道任何事。任何事。任何地方。除了真理中的真理,谎言中的谎言。我再也分不清讲话与哭泣。我只知道孩子在森林小径上前行。

他朝前走。独自一人。他继续朝前走。

继续。年轻女辅导员站起身,朝树木间张望,她看见了他的红毛衣。她低声喊出一个词儿,孩子听出来了,也喊了。一个写不出来,但一万年来,十万年来——人们不清楚——只在犹太人之间讲的词儿。

我把嘴贴在格但斯克上,我拥吻这个犹太孩子和那些死于维尔纳犹太人区的孩子。用身心拥吻他们。

你说:在黑房间里咱们谈了什么?什么?
我跟你一样,说不知道谈了什么。
大概谈了夏天发生的事,雨,饥饿。
不公正。
还有死亡。
恶劣的天气,八月份度过的燥热的夜,墙壁清凉的阴影,
那些滥施欲望的残忍的姑娘,
那些没有尽头如今已被谋杀的旅馆,

那些阴暗凉快的走廊，那些在里面写了那么多本书，做了那么多次爱，如今已被遗弃的房间，

那位住在卡堡、和孩子一样的犹太人，作品和心灵都是犹太人的，

那些悠长的夜晚，你记得吗，那两个坏姑娘在他面前跳舞，他呢，饱受欲望的煎熬，几乎丧命，坐在带海景的大客厅的长沙发上哭，

为有一天为此而死的希望欣喜若狂。一次，

谈莫扎特和北极湖泊子夜的蓝色，

在雪和薄冰的赌场里歌咏声中的子夜的蓝光，为之颤抖的心。是的，咏唱莫扎特曲子的嗓子和被谋杀的犹太人，

你无所事事的那种样子，我等你到海滩来的样子。为了看。看你笑眯眯的眼睛，一看再看，日甚一日，

你面朝屋外、散落的大陆、各大洋、不幸和快乐坐在沙发上等待的那种姿态，

还有那孩子。他的永恒。

我们谈到波兰。一个未来的、燃烧着希望和上帝理念的波兰，

孩子给年轻女辅导员带回来的明信片，

又谈到波兰，我们所有人的祖国，维尔纳半死不活的人和犹太孩子的祖国，

还有美得出奇、光滑、纯得毫无细节、和目光一样赤裸裸的伦

敦街。

孩子在走。朝前走。我们再也看不见他了。

我们彼此分开站着。

闭上眼睛。朝山冈的方向闭上眼睛。

你为我看。

你说第一批营员的客车开上了国道。下雨了，仍是夏日轻盈温热的雨。

你说：孩子走过了山冈。你喊道：他去哪儿呀？

你说：她没有转身。我明白了：她随他去做。开辟道路的是他。她沿他指出的路走，她完全放手让他去做，正如她将听凭命运的摆布。

我问你，你是否希望永远见不到他们，永远找不到他们的足迹和踪影。

你不回答。

你说：孩子还在往前走。

我说孩子绝不会死。我发誓。我哭，我喊，我担保他会活着。

你说他正在消失，正在藏匿，她，她看不到他了。

你说好了，他消失了，但不是去死，绝不会去死，绝不，绝不。你吓得叫起来。

我大喊我爱你。你听不见。你一直因为惧怕和希望大喊大叫。

你说现在，哪怕她愿意，也无法见到他了。我说：也无法自杀了。

你说孩子，人们又见到他了，他上了山，藏在树林里，没有到客车那儿去。他一定犹豫过，后来下了决心：他没有到客车那儿去。下雨了。

你说他永远不会到客车那儿去，一辈子也不会，我们幸福地哭了。

他照她的要求做了。

你说：头天夜里她已经向他解释过如何朝面向停车场的那座山冈走。他毫不遮掩地顺着客车停车场走。有些卡车司机看到了他，朝他送飞吻，但没有注视垂下眼睛朝大海那边望的孩子。于是孩子又担起心来，他加快了脚步，然后冲卡车司机们微笑。

突然，光线暗下来，时间也缩短了，暮色骤然蔓及森林和大海。

孩子在走。

他没有等她。他知道她会来。

他朝前走。

她已经站起来开始走了，远远的在他后面。然后她又开始跟着他走。她抵达了山冈。

姑娘不时离他很近。他听见她的脚步声，他露出笑容，同时流下狂喜的泪水。

在昏暗的房间里，我们分开站着。

闭上眼睛。望着他们，看见他们。为他们的幸福流泪。

无法分享这份快乐。不愿意，我们。只能为快乐哭泣。

你继续给我讲他们在山冈上的方位。

你说：他大概抵达了山冈的另一侧。她在他后面，离得很近。你说：他们处于心惊胆战的幸福中。

你说：他头也不回。她还不愿意与他会合。她的脸色和白垩一样白。她害怕。但她笑了。她那样年轻，同时好像已经死了。这个她知道。

我问你是否曾希望在某座城市的街头与他们重逢，哪怕一次，谁说得准呢？

你说对，你曾希望过，你还从未如此希望过其他的事。

你说：他们正在离开我们。

你说：已经离开了。

你说：现在，哪怕她愿意，也无法留在这座山冈上，天一黑她就会被抓起来。她必须跟孩子走。

为他，那孩子，现在她用极低的声音唱道：她在清泉边歇息，永远永远不会把他忘记，永远不与他分离。永远，永远，永远。

我们回到了黑岩旅馆。

我们来到阳台上。什么也不说。只是哭。一直哭。

南郊夏令营的人在傍晚时到了,天还亮着。给新来的孩子们点了名。同样的名字回来了。其中有撒母耳。

于是我又哭了。

后来,你再也没提起过那孩子和女辅导员。你谈到了那个女子,泰奥朵拉·卡茨。你仍然问我为什么不再写她。

你想明白我的理由,只想明白这个。

我说我谈论过她,直到在瑞士阿尔卑斯山发现了那座旅馆。在那儿,书不再往下写了。

对一本书而言太多了,泰奥朵拉。太多。

你说:太少,也许。

也许不是一本书,泰奥朵拉。

也许太多,这白色,这份耐心,这默默无闻、解释不清的等待,太多,这种漠然。写作随她的名字戛然而止。单单她的名字就写尽了泰奥朵拉·卡茨。它已经讲得明明白白。这名字。

还有衣裙的白,她皮肤的白。

也许这是件仍然不为人知的事,泰奥朵拉·卡茨,是写作的又一次沉默,妇女和犹太人的沉默。

MARGUERITE DURAS
L'homme assis dans le couloir
© Éditions de Minuit, 1980

L'homme atlantique
© Éditions de Minuit, 1982

La maladie de la mort
© Éditions de Minuit, 1983

La pute de la côte normande
© Éditions de Minuit, 1986

Emily L.
© Éditions de Minuit, 1987

La pluie d'été
© P.O.L Éditeur, 1990

Yann Andréa Steiner
© P.O.L Éditeur, 1992

All rights reserved
All adaptations are forbidden.

图字：09-2007-277号　09-2007-280号　09-2006-211号　09-2006-309号

图书在版编目（CIP）数据

扬／（法）玛格丽特·杜拉斯著；王道乾等译. —
上海：上海译文出版社，2020.12
（杜拉斯全集；10）
ISBN 978-7-5327-8698-5

Ⅰ.①扬… Ⅱ.①玛… ②王… Ⅲ.①随笔—作品集
—法国—现代　Ⅳ.①I565.65

中国版本图书馆 CIP 数据核字（2021）第 012970 号

扬：杜拉斯全集 10
L'homme assis dans le couloir. L'homme
atlantique. La maladie de la mort. La pute de
la côte normande. Emily L. La pluie d'été.
Yann Andréa Steiner

Marguerite Duras
玛格丽特·杜拉斯　著
王道乾　马振骋　桂裕芳
王文融　译

出版统筹　赵武平
责任编辑　周　冉
装帧设计　UN_LOOK LAB

上海译文出版社有限公司出版、发行
网址：www.yiwen.com.cn
200001　上海福建中路193号
杭州宏雅印刷有限公司印刷

开本 890×1240　1/32　印张 12.25　插页 6　字数 153,000
2021年6月第1版　2021年6月第1次印刷

ISBN 978-7-5327-8698-5/I·5370
定价：60.00元

本书版权为本社独家所有，未经本社同意不得转载、摘编或复制
如有质量问题，请与承印厂质量科联系，T：0571-88855933